国家社会科学基金重大项目"中国古代文体观念文献整理与研究"（18ZDA236）阶段性成果

明代

题跋

文体观念研究

左 杨◎著

中国社会科学出版社

图书在版编目（CIP）数据

明代题跋文体观念研究／左杨著．—北京：中国社会科学出版社，
2024.4

ISBN 978 - 7 - 5227 - 3577 - 1

Ⅰ.①明…　Ⅱ.①左…　Ⅲ.①题跋—文体—研究—中国—明代

Ⅳ.①I207.62

中国国家版本馆 CIP 数据核字（2024）第 101531 号

出 版 人	赵剑英	
责任编辑	杨　康	
责任校对	张彦彬	
责任印制	戴　宽	

出　　版	中国社会科学出版社	
社　　址	北京鼓楼西大街甲 158 号	
邮　　编	100720	
网　　址	http://www.csspw.cn	
发 行 部	010 - 84083685	
门 市 部	010 - 84029450	
经　　销	新华书店及其他书店	

印　　刷	北京明恒达印务有限公司	
装　　订	廊坊市广阳区广增装订厂	
版　　次	2024 年 4 月第 1 版	
印　　次	2024 年 4 月第 1 次印刷	

开　　本	710×1000　1/16	
印　　张	20	
字　　数	210 千字	
定　　价	89.00 元	

序

党圣元

　　左杨的第一部学术专著《明代题跋文体观念研究》即将由中国社会科学出版社刊行面世，她向我索序，我很爽快地就答应了。之所以如此，是因为左杨连续做过我六年的学生，她的硕士和博士学业都是由我指导而完成的，所以在她的第一部学术著作即将出版之际，我在为她感到高兴之余，再应允而写个序，应该是顺理成章的事。这也是我多年来形成的一个习惯，凡有学生要出版自己的学术专著，如果让我写序，我都不假推辞，乐而为之，以借写序机会表达自己看到学生在学术上取得进步、术业有成的喜悦心情。我这个人，从自己当学生到也成为半个老师，先后招收指导过多名研究生（主要以博士研究生为主），也担任过多名博士后的合作导师，自然也深知身为人师者在传道、授业、解惑方面的职责所在，所以未敢掉以轻心而唯恐误人子弟。但是毕竟因于各种头绪繁多的工作，以及自己的学术和教学水平以及指导经验均相当有限，所以虽然是"师傅带徒弟"式的培养方式，但是在学业完成和学术成长方面，所指导的学生基本是依靠他们自己的自觉和自信来完成学业的。我作为指导教师，可能会在关键时候和关键问题上点拨一二，提供一些必要的帮助和鼓励，而最终正果之修成，却是由他们通过自己在读书、研思和学术写作过程中的悟性和毅力所取得的。我在这里为什么说自己只是"半个老师"呢？这是由于我长期在中国社会科学院文学研究所和外国文学研究所从事科研和管理工作，而研究机构的科研人员与大学的专职教师毕竟有所不同，包括在学生培养方面，我并没有专门接受过担任高校老师的职业训练、考验、形塑，所以与高校的同行朋友们比较之下，我始终只承认自己是半个老师，并且多次在不同的场合与高校同行朋友们相聚时这样讲过，也可能朋友们以为我在开玩笑，其实我说的完全是真话。这个话题就此打住，算是这篇序的一个开场白。

左杨在学习研思和学术写作方面是一个非常用心和用功的学生。她聪颖而不扬露，在学术研究方面有追求而不急于求成，沉稳而有韧劲，能就着一个自己选中的专题长期探索究研下去，力求达到专精的程度。而这本《明代题跋文体观念研究》专著，正是她以此种"虚一而静"的治学心态，从攻读博士学位开始便进入这一研究专题，积多年之功，翻检文献、细析文本、深思精虑，然后平心静气地结撰而成的。此言并非对该著的溢美之词，我相信待该著正式面世之后，学界同行和读者朋友们翻阅到时，会与我有所同感的。

左杨的这部专著，是她在自己的博士学位论文基础上逐步扩充、修改而成的。记得当年她举行学位答辩时，答辩委员们充分肯定论文选题和撰述内容的学术价值，并且肯定了该论文撰写成篇所体现出来的学术研究方面的潜质，当然，也提出了一些答辩后如何进一步扩充、修改成书稿的意见和建议，因为仅仅只有三年的在校学习时间，各种学分课程要完成，真正可用于学位论文撰写的时间也就是一年的时间，最多一年半时间，所以即便是质地很好的论文，也难免存在捉襟见肘处而难以不留下一些这样那样的缺憾。左杨的这篇博士学位论文亦复如是。但是，她的这篇学位论文，好在从选题到研究思路和学术目标，再到基本结构框架和问题意识和内容展开，再到撰写过程中以翔实的文献为基础，通过文本细读而对所要论述的明代题跋文体进行观念史研究层面的"辨体明性"之剖析阐发，以及文中的梳理和阐释并进而整合建构明代序跋文体观念发展演变轨迹与内涵分析，均为后来她拓展、补充、修改这篇论文，并且最终形成现在的这部专著，打下了良好的基础，亦即是说当时提供答辩的论文是一篇质地相当好的可打磨、可再行雕塑的璞玉之材。左杨的这部即将付梓的著作，正就是这样经过数年的打磨而成的。在此期间，她还将书中的个别章节以论文的形式在几家学术刊物上发表过，借以听取学界同行对这一研究的反映意见和建议，以利于将书稿拓展和修改的更好一些。此外，左杨博士毕业之后，一直在专业学术刊物做专职编辑工作，长期编辑工作中所积累的阅文及裁衡取舍经验，以及学术眼光与能力，应该说对她定稿该著和进一步提升著作的学术质量与品位，亦产生了助益。左杨的这部 20 余万字的著作，分为上下两编，另有开头的"绪论"和末尾的"结语"，以及作为附录之"明人选题跋总集知见录"。上编以"明代题跋文批评与文体观念的具体呈现"为标目，主要就明人选题跋总集概貌及文体观念、明代题跋文批评及其文体界定这两个论域中的问题展开梳理和阐释。从每章的每个小节的标目和具体的内容阐述来看，她所进行的研究是相当细致而深入的，其对具体的文本现象之关注和对其中的文体观念进行的阐发析论，均进行的有板有眼，文献和理论结合的相当好。下编则以"明代题跋文创作与文体观念的多元表达"为标目，分别对以宋濂的题跋创作与文体观念为代表的明初时期题跋文体观念、以王世贞和徐渭的题跋创作及其文体观念为代表的明中期题跋文体观念、以袁宏道的题跋创作及其文体观念为代表的晚明时期题跋文体观念进行了论析。如此来看，左杨的这部专著并非概述和通论有明一代的序跋文体观念，而是选择了明代序跋文体观念发展演变过程中三个时段四个方面的具有代表性意义的重要论域，进行分析阐述，而在具体的论析中又能拓展视野，联系序跋文体观念发展的其后左右展开分析阐述，因此虽然书写时进入问题的切口小，但所见者并不小，基本上对明代前、中、晚期序跋文体观念的发展变化轨迹从现象描述和理论分析两个层面做出了具有相当深度和广度的探析。我个人认为，对于一个青年学者而言，这样的研究路径和方法选择是非常适宜的，可以有效地避免那种追求面面俱到、仅见综述性描述和括写，而不见多少具体而明确的自己的研究所得、所见之广泛存在于当下学术产品生产中的弊端，因此值得提倡之。

此外，书后附录的"明人选题跋总集知见录"，本身亦具有一定的研究价值，既可以见出左杨在该书研究和撰写过程中在文献方面所下的非常扎实之功夫，又对了解和掌握明人选题跋总集的情况，以及明人通过这种集文活动而体现出来的文体观念，提供了一个具有共享性的学术劳动成果。

左杨是我主持的项目"中国古代文体观念文献整理与研究"课题组成员之一，她已经为这个项目发表了数篇阶段性研究成果的论文，她的这部著作又作为该项目的阶段性研究成果之一而即将面世，对此，我心里确实感到非常喜悦。当然，即便是已经被学界视为"大师"级的那些成名学者，其著述虽然可以呈现出"波澜独老成"之气象，但是却难以达到"毫发无遗憾"的程度，大大小小的问题总是会有所存在的，而对于左杨这样的尚还相当年轻的学者而言，尤其该著还是她学术生涯中的第一本专著，书中存在这样那样的不周，甚或有所缺失的问题，便更是在所难免的了。该著面世之后，同行专家和读者朋友们自会有明鉴，而所有意见和建议对左杨今后继续开展明代文体观念研究，将不无裨益。

左杨作为一个专业学术刊物的编辑，编辑工作和研究工作相兼，并行而不偏废，能做到这一点颇为不易，需要克服许多工作、时间、精力几个方面的困难，但是在这些方面她一直坚持得相当不错，因而尤其值得点赞。无论从何种意义上来讲,该著之出版,既为左杨提供了一个坚实的、有一定高度的学术起点,又为她预示了今后的学术研究与精进的可以呈现出来的广远目标和路径。因此,我希望她能继续这样一直努力下去,立足于在现在这本专著的基础上,对明清两代的序跋文体观念进行开拓性、综合性的研究,以及对中国历代序跋文体观念,进行全面系统的研究和撰述,在不远的将来,有更加厚重、更加专精的学术新创之作面世,从而对中国传统文体形态和文体理论批评研究做出自己的学术贡献。

是为序。

党圣元

2024 年 1 月 5 日草拟于京西北寓所

目　　录

绪　论 ……………………………………………… 1

第一节　论题的缘起及意义 …………………………… 1

第二节　相关成果回顾 ……………………………… 11

第三节　研究思路及主要内容 ……………………… 24

上　编

明代题跋文批评与文体观念的具体呈现

第一章　明人选题跋总集概貌及文体观念 …………… 35

第一节　明人选题跋总集的编选时间分布 ………… 36

第二节　明人选题跋总集的编选体例 ……………… 41

第三节　明人选题跋总集的选本类型 ……………… 53

余　论 ……………………………………………… 62

第二章　明代题跋文批评及其文体界定 …………… 66

第一节　明人选题跋总集与明代题跋文体分类 …… 67

第二节　苏轼、黄庭坚题跋文的小品属性与明人的

题跋文体观念 ……………………………… 83

余　论 ·· 107

下　编

明代题跋文创作与文体观念的多元表达

第一章　明初时期题跋文体观念
　　——宋濂的题跋创作与文体观念 ·········· 113
第一节　重教化而讲实用：宋濂的题跋功能观
　　　　与作品类型 ······················· 115
第二节　官方立场与个体表达：宋濂台阁体题跋的
　　　　价值 ··························· 122
第三节　两朝文臣的多面呈现：元末明初宋濂题跋的
　　　　差异与共性 ····················· 130
余　论 ·· 143

第二章　明代中期题跋文体观念
　　——王世贞、徐渭的题跋创作及其文体观念的
　　　　比较 ··························· 156
第一节　王世贞与徐渭书画题跋的体貌差异 ······ 157
第二节　王世贞与徐渭的题跋创作及其文学思想的
　　　　多元表达 ····················· 163
第三节　王世贞与徐渭题跋的学术价值剖析 ······ 173
第四节　王世贞与徐渭题跋书写的开放性及文体流变
　　　　 ··························· 186
余　论 ·· 193

第三章　晚明时期题跋文体观念
　　　　——袁宏道的题跋创作与文体观念 ……… 195
　第一节　袁宏道对题跋文体规范的遵从 ……… 196
　第二节　袁宏道题跋行文结构的独特性 ……… 205
　第三节　袁宏道题跋笔调的多样化 ……………… 210
　第四节　公安派其他相关作家的题跋文体观念
　　　　　与创作 ………………………………… 216
　余　论 …………………………………………… 227

结　语 ……………………………………………… 231

附录　明人选题跋总集知见录 ……………… 238
　一　凡例 …………………………………………… 238
　二　《知见录》及提要 …………………………… 239

主要参考文献 …………………………………… 286

后　记 …………………………………………… 305

绪　　论

第一节　论题的缘起及意义

　　题跋是具备重要文学、文献学及史学价值的文体，同时又是体制极其灵活的文体。这种灵活性既取决于题跋评述对象的多样性——涵盖大量中国传统艺术形式，金石书画、诗文篇集均可作题跋；也与题跋作家身份的多样性密切相关——无论是馆阁大臣还是隐逸文人，抑或布衣作家，均可借题跋来谈学问、论古今、达情志。而就此来讲，在文体形态上与题跋有相似性的序文多难以对应，题跋文体的独特价值不容忽视。[①] 从文学史的角度来看，宋、元、明时期是题跋创作的高峰时期，作品数量与艺术成就均蔚为大观。从文学批评的角度来看，明代是题跋文体选评、认知的重要时段。自宋代始，总集中开始出现单独划分出文

---

　　① 如同汉学家宇文所安的评价："11 世纪以后，跋成了特别重要的形式。除了包含若干重要的文献资料以外，跋还经常包含若干有关文学接受史和作家风格的评论"。参见〔美〕宇文所安《中国文论：英译与评论》，王柏华、陶庆梅译，上海社会科学院出版社2003 年版，第 8 页。

体的题跋选文。有明一代，因复古思潮的流行及文体分类的需要而辨体风潮极盛，当时有大量总集将题跋与序视为两体来分开选辑，并对题跋文体进行了细致的二级分类。与明代明显不同的是，自清代以来，文体学分类又趋向于合同归并。如在《古文辞类纂》等重要选本中，题跋与序常被合并为"序跋"类来进行选辑。由此不仅反映了明、清两代辨体特征的差异，同时也显示出其文学观念与文学价值取向的不同。直至当代的文学研究与文学创作，序跋归并分类仍是较为常见的文体划分方式。在将序与跋作为通常意义上的副文本的研究视野中，二者的文体差异、题跋的文体优势多被忽略或轻视。故而研究明人的题跋文体观念，并进一步探讨蕴含于其中的文学思想，便成为题跋研究的必经之路。

一　论题的缘起

题跋（包括署名及诗题）是依附于书画、金石碑帖、诗文作品、个人著述等载体，带有"后语"性质的文体。对于题跋文体的具体定义，明人徐师曾在《文体明辨序说》中有详细表述："按题跋者，简编之后语也。凡经传子史诗文图书（字也）之类，前有序引，后有后序，可谓尽矣。其后览者，或因人之请求，或因感而有得，则复撰词以缀于末简，而总谓之题跋。"① 检视诸类宋代与明代文人撰著或编选的别集及总集，其对题跋有多种命名的方式：除以

_____

① （明）徐师曾著，罗根泽校点：《文体明辨序说》（与吴讷《文章辨体序说》合刊），人民文学出版社1998年版，第136页。

"题""跋"之称谓命名外，还有"题后""书后""读"的命名方式。徐师曾又对该文体"题""跋""书""读"的四种分类展开说明："题者，缔也，审缔其义也。跋者，本也，因文而见本也。书者，书其语。读者，因于读也。"①明人吴讷在《文章辨体序说》中则着重对"跋"语进行了辨析。他认为，"跋"乃"随题以赞语于后"②。这些对题跋文体的界定及分类的表述颇具经典性，成为后世文体学著作、文集辑录及分类的重要理论依据。

　　从中国古代文体演变史的角度来讲，题跋文被视作独立的文体应始于唐宋时期，对"题跋"之明确称谓的使用则始于北宋欧阳修所作《杂题跋》。题跋文最为突出的体制特征当为"简劲"，如徐师曾认为，题跋"专以简劲为主，故与序引不同"③。所谓"简劲"，是指与序文相比而言，题跋文的篇幅较为短小，但内容又鞭辟入里而峭拔有力，多能申明文意、论说义理、抒发感想。吴讷亦认为，题跋文的写作"须明白简严"，并强调"跋比题与书，尤贵乎简峭"④。关于题跋文体的功用，徐师曾将之归纳为"考古证今，释疑订谬，褒善贬恶，立法垂戒"⑤。晚明选家

①　（明）徐师曾著，罗根泽校点：《文体明辨序说》（与吴讷《文章辨体序说》合刊），人民文学出版社1998年版，第136页。

②　（明）吴讷著，于北山校点：《文章辨体序说》（与徐师曾《文体明辨序说》合刊），人民文学出版社1998年版，第45页。

③　（明）徐师曾著，罗根泽校点：《文体明辨序说》（与吴讷《文章辨体序说》合刊），人民文学出版社1998年版，第137页。

④　（明）吴讷著，于北山校点：《文章辨体序说》（与徐师曾《文体明辨序说》合刊），人民文学出版社1998年版，第45页。

⑤　（明）徐师曾著，罗根泽校点：《文体明辨序说》（与吴讷《文章辨体序说》合刊），人民文学出版社1998年版，第137页。

贺复征认为："跋，足也。申其义于下，犹身之有足也。"①他特别强调了跋文阐发文义的作用。

对于题跋文体的起源问题，吴讷认为："汉晋诸集，题跋不载。至唐韩、柳始有读某书及读某文题其后之名。迨宋欧、曾而后，始有跋语。"② 徐师曾也谈道："题、读始于唐；跋、书起于宋。"③ 吴讷和徐师曾皆认为唐以前尚无明确文献记载的题跋文。至唐代，以"题某""题某后""读某"形式来命名的题跋文方才出现；至宋代，以"跋某""书某""书某后"形式而命名的题跋文始见于文献记载。而关于题跋文是否如吴讷、徐师曾所言在唐代方才出现的论断，后世学者多有争论。

持异见者将题跋文体产生的源头大抵分为两种。一种是六朝时期书画作品的末尾署名。④ 此种类型的文章创作一般依附于书画载体而不独立行文。另一种是在文章、典籍后带有议论性质的文字。余嘉锡认为先秦时期"诸子之中，有门人附记之语，即后世之题跋也"⑤。这样一来，就将题跋文体的源头追溯到了先秦诸子散文，甚至《左传》中"君子曰"的内容也是早期题跋文的雏形。⑥ 此种类型的文章创作却不一定依附于诗文作品等载体，有时可以独立撰

①　（明）贺复征编：《文章辨体汇选》卷三六八，《景印文渊阁四库全书》，台湾商务印书馆 1986 年版，第 1406 册，第 473 页。

②　（明）吴讷著，于北山校点：《文章辨体序说》（与徐师曾《文体明辨序说》合刊），人民文学出版社 1998 年版，第 45 页。

③　（明）徐师曾著，罗根泽校点：《文体明辨序说》（与吴讷《文章辨体序说》合刊），人民文学出版社 1998 年版，第 136 页。

④　此论点出自罗灵山《题跋三论》，《益阳师专学报》1994 年第 2 期。

⑤　余嘉锡：《古书通例》，上海古籍出版社 1985 年版，第 129 页。

⑥　参见王国强《题跋起源考述》，《图书馆理论与实践》2010 年第 10 期。

写。以书画作品末尾署名为源头的题跋文，在后世的发展过程中其跋尾内容逐渐丰富，开始出现相关的鉴定、说明等内容。如苏轼的《题凤翔东院王维画壁》《书吴道子画后》。此类题跋文的载体在后世亦走向多元——从书画扩展至"金石碑帖、诗文作品、文集著述等"①，可以欧阳修的《集古录跋尾》为代表。宋人董逌、米芾、赵明诚也都有"考古证今，释疑订谬"之作。今人多将此种"考古证今，释疑订谬"的题跋文称为"学术性题跋"②。今人认为受到先秦散文影响的题跋文，关于它的讨论情况要稍微复杂些。首先，这类题跋文最为明显的特征是带有说理、议论的性质。其次，除了直接针对题跋载体而进行的评述外，它还可以用来抒发创作者的心得、体会及感想等。它可以是依附在载体之后的；也可以脱离载体而独立成篇，如韩愈的《读墨子》《读荀子》等。最后，这类题跋文的创作在宋、明两代已呈蔚为大观之势。它不仅在宋代散文创作中占有相当重要的分量，也对明代散文尤其是晚明小品文的繁荣产生了广泛而深刻的影响。因此，后一种长于议论的题跋文又常被学界称为"文艺性题跋"或"文学类题跋"。

　　那么吴讷、徐师曾二人的看法是否缺乏依据呢？笔者认为，明代文体学家是从辨体角度提出的判断，自有其学理依据。如果从创作特征着眼，我们当然可以从相近的文类中找到题跋文的源头。但倘使虑及文坛诸多作家广泛进

---

① 朱迎平：《宋代题跋文的勃兴及其文化意蕴》，《文学遗产》2000 年第 4 期。
② "学术性题跋"及下文"文艺性题跋"的论述，参见罗灵山《题跋三论》，《益阳师专学报》1994 年第 2 期；朱迎平《宋代题跋文的勃兴及其文化意蕴》，《文学遗产》2000 年第 4 期。

行创作的实际规模，以及时人对文类特征的明确认识及辨体分类的细致程度，则他们二人的观点又颇具说服力。无论如何，相比较于众多的应用性文体，题跋是较晚形成的文体，这一点是应当被肯定的。认识到题跋作为独立文体形成较晚这一事实是很重要的，因为中国古代形成较早的文体一般都与实用功能关系密切，也就是刘勰所强调的"体要"，即其文体功能与其撰写方法及主要体貌均有密切的关联，如果不能遵守文体功能的实用规定，便被贬斥为"文体解散"或被称作"将遂讹滥"①。而形成较晚的题跋文体，一开始就较少承担特定的实用功能，也就很难具备明确的体要规定。又由于其所题写对象的多样性以及由此而形成的多元化特征，这些因素共同造成了题跋文体的灵活性、开放性及包容性样貌。凡此种种皆成为明代颇多知名文人乐于选择题跋文体进行创作的重要原因，也是促成晚明小品文空前繁荣的关键因素。

二　明代题跋文体观念研究的意义

从题跋创作状况来看，宋、元、明三代是题跋文创作的高峰时期。宋人的题跋文创作确立了该种文体的基本形态，可以说题跋文体较为完备的典范性特征萌发于宋代。题跋文在宋代得到长足的发展，可谓名家辈出、名作如林。隋唐时期兴盛发展的碑文，促进了宋代"金石学"的繁荣，因而与之相关的学术研究类题跋文亦开始大量涌现。北宋

---

① （南朝梁）刘勰著，范文澜注：《文心雕龙注》，人民文学出版社 1958 年版，第 726 页。

时欧阳修作《集古录跋尾》，确立了以研讨学术为重心的题跋文的典范。而苏轼、黄庭坚所作的以阐述作者思想、表达个体情感为重心的题跋文，则形塑了小品类题跋文的神情品貌。南宋时陆游的诸多题跋文，亦广为后人所称誉。宋、元两代文人画的大量创作，尤其是元代文人画论的集中出现，促使题跋文多能脱离载体而单独衷辑成册。元朝时大量书画题跋文涌现，赵孟頫、倪瓒、钱选等书画大家均有题跋佳作传世。

明代是多种文学派别交相辉映的时代，这一历史时段涌现出题跋文创作的又一高峰。明初跨朝文人、复古派文人、唐宋派文人乃至中晚明性灵派文人，均作有相当数量的题跋作品。这些持不同文道观念的文人在题跋创作过程中往往能够任性发挥，持不同散文文体观念的文人多可通过题跋的创作进行议论抒情，以表达自我的见解。明初开国文臣宋濂，其题跋文既有道统立场，又可见文人情致。嘉靖以还，复古派王世贞所作《读书后》，问途于前代文集而多有见地。万历年间，李贽题跋文离经叛道、有胆有识；徐渭题跋文"师心横从"①，不乏真知灼见；公安三袁（袁宗道、袁宏道、袁中道）题跋文最具小品本色。相比于元代，明代题跋文更具规模，文体特征也更为丰富。这与明代文人对宋代散文的称誉和仿效密切相关。而明代散文家奉宋文为圭臬的仿效行为又存在阶段性的历史流变，因此需要详加辨析。就题跋而言，其文体边界于宋代便逐

---

① （明）徐渭：《书田生诗文后》，《徐渭集》，中华书局1983年版，第976页。

渐清晰。明代文人对于具备典范意义的宋人题跋文，则表现出了识鉴与延用的智慧，使得题跋在有明近三百年中焕发出极强的生命力。这些明代文坛行家里手的题跋文，呈现了其文体观念的立体化特征，更勾勒出明代文学思想兼收并蓄的历史面貌。

从文学批评的角度来讲，明人对题跋文的选评、认知显示出了度越先贤的视域。有明一代辨体风气极盛，不仅出现了大量分类编选的总集，而且在别集编选时也往往以文体作为其分卷标准，同时更有大量的辨体学说及著述出现。明代总集在选文分类方面体现出严格的辨体意识，也通常被视为明代文学复古思潮尊体意识的具体表现。严于辨体作为明代重要的文学观念之一，其源头可以追溯至刘勰《文心雕龙·宗经》："论、说、辞、序，则《易》统其首；诏、策、章、奏，则《书》发其源；赋、颂、歌、赞，则《诗》立其本；铭、诔、箴、祝，则《礼》总其端；纪、传、铭、檄，则《春秋》为根：并穷高以树表，极远以启疆，所以百家腾跃，终入环内者也。"[1] 在此，刘勰不仅强调了文源于经的源头发生观念，而且由此得出不同文体各有其特定的功能与相应的创作方式及体貌，也就是所谓的"体要"。尊体其实就是把握每种文类的"体要"，以实现各类文体的实用功能。这同样也是明代复古派文人所推崇的文学价值观念，只不过他们不一定仅关注文体的实用功能，同时还兼及对审美格调的崇尚等要素。而明代中期以降，性灵派的

---

① （南朝梁）刘勰著，范文澜注：《文心雕龙注》，人民文学出版社 1958 年版，第22—23 页。

文学观念开始逐渐活跃于文坛。性灵派文人将"不拘格套""独抒性灵"① 作为文学的基本评价标准，因而常常会对传统的格调予以调侃并忽视文体的规定性。其最为直接的社会思想基础就是讲究自我体悟的阳明"心学"及其后学。然而，这两种看似相互抵牾的文体观念在明代题跋文的接受、批评活动中却达成了一定程度的契合，从而使得复古文人与性灵文人均对题跋文体表现出创作上的偏爱。也就是说，明人眼中的题跋文在遵循其基本体貌特征的同时，也能够在一定程度上达成文人抒写性灵的表达诉求。

明代不仅是题跋文创作的兴盛时期，更是题跋文体观念的成熟时期。这从明代文人对宋代题跋文的推尊程度中便可窥见一斑。苏轼、黄庭坚等宋代散文家的题跋文为明代小品诸家所尊崇。明人陈继儒在《书杨侍御刻苏黄题跋》中说："苏、黄之妙，最妙于题跋，其次尺牍，其次词。"② 明代著名藏书家毛晋所辑《津逮秘书》还以宋人题跋为一集，收宋人题跋二十家，共七十六卷。此外，从《文章正宗》《宋文选》《文章轨范》《古文关键》《宋文鉴》等宋代文章总集的选辑数量中可以看出，题跋文体还未能引起宋代选家的充分关注，如《宋文鉴》仅辑录题跋二卷。且宋代总集中仅有为数不多的选本将题跋单列为一体进行选辑，其余总集或未选录题跋，或将其归入序体来合并选辑。与宋代总集相比，明代文章总集则表现出较为清晰的题跋文

---

① （明）袁宏道著，钱伯城笺校：《袁宏道集笺校》，上海古籍出版社 1981 年版，第 187 页。

② （明）牛鸿恩、王凯符选注：《陈继儒小品文选注·白石樵真稿》，首都师范大学出版社 2010 年版，第 312 页。

体区分观念。《文章辨体》《文体明辨》《明文霭》《文章辨体汇选》《明文衡》等重要选本，均将题跋单独列为一体予以辑录。在选辑数量上，明代总集对历代题跋的收录规模亦较为可观。以晚明时期的重要文章总集《文章辨体汇选》为例，选本中卷三六四至卷三七八为题跋选文，总共十五卷。其中明以前（晋、唐、宋、元）的题跋文共计八卷一百二十三篇（其中包括宋人题跋文九十七篇）；明人题跋文共计七卷一百二十八篇。又如明末陆云龙等选评的《明人小品十六家》，共有十二家选文包含题跋类文体，总计四十九篇。由此可见明代选家对题跋文体的重视程度。至清代，伴随着宗经的实学思想以及考据之学的崛起，文体学家多将题跋与序合于一体，逐渐淡化了对题跋文体的细分与辨析。虽有如清末薛熙所编《明文在》将题跋单独分为一体的选本，但其选文数量也仅有十八篇而已。除此之外，黄宗羲编选《明文海》将题跋归类于序体；姚鼐《古文辞类纂》辑录序跋类文体，亦未再对题跋文体进行单独分类。①由此可知，对明代题跋文体观念之探赜索隐，是辨清题跋文体形态、文体功用、文体源流正变的重要学术环节。

宋代题跋文研究是学界以往关注的热点领域，尤其集中于文学史研究范围。究其原因，大致有三个方面。一是题跋文体的独立选辑及"题跋"称谓的明确使用，可追溯至北宋欧阳修之《集古录跋尾》和《杂题跋》，这往往会引

① 《序跋类文体》曾论及序跋文类中常见的重"序"而轻"跋"的现象，谈及曾国藩《经史百家杂钞》选序文较多，对题跋则仅选辑欧阳修《集古录跋尾》十首，来裕恂所编《汉文典》也未重视跋文。参见吴承学、刘湘兰《序跋类文体》，《古典文学知识》2009年第1期。

发学者探讨题跋文源头的研究兴致。二是在宋代散文中，题跋文创作占据了重要的分量，如仅东坡题跋就存有六卷，故而宋人的题跋文书写易成为古代散文研究的重心。三是以苏轼、黄庭坚为代表的文人题跋，丰富了题跋文体的表现领域，扩大了该文体的功用范围，并对明人产生了深广的影响，因而该种文学接受现象也易被学界所瞩目。除此之外，另有一些关于题跋文体源流、文体释名的传统文体学相关研究成果。对宋代以后的题跋文研究，则主要分布于小品文研究及元、明两代作家的个案研究之中。从文学史角度梳理明代题跋的创作特色、文体形态特征、文体功用的成果比较少见，而对于明代题跋文体观念的探讨则更是少之又少。本书将明初至明清易代之际的题跋总集选本进行统计整理及对比分析，力求清晰地梳理出明代题跋文创作对宋代散文的具体继承状况，以及有明一代题跋文体观念的演变过程。通过对题跋文体观念的讨论及分析，继而深入讨论明人严于辨体、强调古今正变的复古思潮与性灵派强调人各有体、性灵至上的文体意识之间的复杂关系，以及二者之间的融通折中。这无论是对于题跋文体特征的系统认识，还是对于明代文学思潮发展演变的复杂状况，乃至题跋文体的现代启示，均具备一定的学术意义。

第二节　相关成果回顾

本书的相关成果大抵涵盖两方面，一方面是对题跋文体的创作情况、文体正变、范畴梳理、类型划分等内容的讨论，涉及不同朝代作家的风格演变与文体绍承；另一方面是有关明代文体观念的批评实践、理论建构等向度的探索，涉及总集编次与选本指向。下文将对此分别概述。

一　题跋文体研究现状

与题跋相关的研究成果大体可分为三类。一是以研究题跋文体为核心的成果，包含题跋的文体源流、形态特征、类别划分、文体范畴、文体发展的相关社会文化背景等方面的问题，如罗灵山《题跋三论》①等。二是对题跋的文学史梳理，往往综合题跋的文体研究、思想内容研究、相关历史背景研究等方面，如朱迎平《宋代题跋文的勃兴及其文化意蕴》②、赖琳《黄庭坚题跋文研究》③等。三是以研究题跋所阐述的学术性内容及文献价值为核心的成果，包括书画题跋的理论表达和美学诉求、小说及戏剧题跋的评点状况及理论价值、书目题跋的文献及历史价值等方面的问题。与这三类研究相关的学术论文有二百余篇。就本书的论域而言，第一类与第二类研究成果更具备参考价值。

第一类以题跋文体为核心的研究主要集中呈现以下四方面内容。

首先是题跋起源，这在上文已稍有提及。关于题跋的起源，当代学者大致有以下几种看法。一是沿用明代吴讷

---

① 罗灵山：《题跋三论》，《益阳师专学报》1994 年第 2 期。
② 朱迎平：《宋代题跋文的勃兴及其文化意蕴》，《文学遗产》2000 年第 4 期。
③ 赖琳：《黄庭坚题跋文研究》，硕士学位论文，兰州大学，2007 年。

及徐师曾之"题后""读"始于唐,"跋""书后"始于宋的观点,如吴承学、刘湘兰《序跋类文体》①,黄国声《古代题跋概论》②,杨庆存《宋代散文体裁样式的开拓与创新》③等。二是将题跋文体的源头追溯至唐代以前。如罗灵山《题跋三论》一文认为,"'跋尾'始于六朝至唐人的书画文籍鉴定","题后"的源头可追溯至三国时期诸葛恪之文,及敦煌石室写经题记是题跋文体的重要源头。④邓安生《古代题跋试探》指出:"六朝是题跋的胎息和萌芽时期。"⑤朱迎平《宋代题跋文的勃兴及其文化意蕴》亦认为,"跋"类题跋文的源头乃六朝时期书画作品末尾署名。⑥毛雪《古代题跋文体源流述略》则提出,"载录书籍流传过程并对其内容进行介绍、校勘、注译、评价的题跋滥觞于汉代章句之学滋养下的解诂注释风潮","对诗文、书画、人物的品评及对有关情事进行叙写的文艺性题跋产生于汉代",及晋陶渊明《读史述九章》为"读"类题跋树立了典范。⑦张静、唐元《书跋与题跋之辨》一文举出唐杜希道所作《大还丹金虎白龙论跋》之例来说明"跋"在晚唐时期已出现。⑧王国强《题跋起源考述》则提出题跋文体起源于先秦。⑨余嘉锡认为,先秦时期"诸子之中,有门人附记

---

①　吴承学、刘湘兰:《序跋类文体》,《古典文学知识》2009 年第 1 期。

②　黄国声:《古代题跋概论》,《中山大学学报》1980 年第 4 期。

③　杨庆存:《宋代散文体裁样式的开拓与创新》,《中国社会科学》1995 年第 6 期。

④　罗灵山:《题跋三论》,《益阳师专学报》1994 年第 2 期。

⑤　邓安生:《古代题跋试探》,《天津师大学报》1986 年第 5 期。

⑥　朱迎平:《宋代题跋文的勃兴及其文化意蕴》,《文学遗产》2000 年第 4 期。

⑦　毛雪:《古代题跋文体源流述略》,《平顶山师专学报》2003 年第 1 期。

⑧　张静、唐元:《书跋与题跋之辨》,《湖北三峡职业技术学院学报》2010 年第 2 期。

⑨　王国强:《题跋起源考述》,《图书馆理论与实践》2010 年第 10 期。

之语，即后世之题跋也"①。

其次是如何对题跋文体展开类型划分。徐师曾在《文体明辨序说》中按照命名方式的不同，将题跋分为"题""跋""书""读"四类。② 而当代学者则多从表达内容、文体功用两方面对题跋文体进行区分。较有代表性的如朱迎平《宋代题跋文的勃兴及其文化意蕴》一文，该文提出题跋文应分为学术类和文学类两大类型。③ 学术类题跋文为正宗，以欧阳修《集古录跋尾》为代表，重载录、考订、议论。文学类题跋文为变体，以苏、黄之作为代表，其题材丰富、形式灵活，更重趣味。文学类题跋文在南宋时得到了进一步的发展，在内容上拓展至忧国忧民等现实题材，以陆游、辛弃疾之作为代表；在主旨上由个人性情的抒发拓展至对社会人生的剖析；在创作上更加普遍流行，可以与学术类题跋平分秋色。将题跋分为学术性、文艺性（文学性）两类的还有罗灵山《题跋三论》，该文中提出"学术性的题跋，往往考订金石、书画、文籍的流传真伪，重在客观的鉴定"，"文艺性的题跋，多记叙描写与对象有关的人和事，借以抒情写意，注重主观鉴赏"。④ 毛雪《古代题跋文体源流述略》及吴承学、刘湘兰《序跋类文体》也都从类似角度进行了阐述。除此之外，郭坚《古代"序跋"浅说》一文将题跋分为评价性、赏鉴性、感想

---

① 余嘉锡：《古书通例》，上海古籍出版社 1985 年版，第 129 页。
② （明）徐师曾著，罗根泽校点：《文体明辨序说》（与吴讷《文章辨体序说》合刊），人民文学出版社 1998 年版，第 136 页。
③ 朱迎平：《宋代题跋文的勃兴及其文化意蕴》，《文学遗产》2000 年第 4 期。
④ 罗灵山：《题跋三论》，《益阳师专学报》1994 年第 2 期。

性、考证性四类。① 张静、唐元《书跋与题跋之辨》则将"书跋"作为题跋中的特殊种类而单独论析。王国强《题跋起源考述》提及题跋有自跋、他跋之分。亦有学者将题跋与序归为一类。如陈必祥在《古代散文文体概论》一书中提出："'跋'作为一种文体，同'序'实为一类，'跋'是写在书后或文后的'序'。"②

　　再次是题跋文体的范畴问题，主要集中于题跋文与小品文之间关联性的剖析。如苏轼、黄庭坚的题跋、尺牍、札记等，常被后人称作"宋代小品"。小品的主要特征是形制短小、内容丰富、趣味横生、表情达意。而题跋文体以"简劲"为体制特征，体式上讲求主体的议论抒情，这些都与小品文类的特征相合。因此，有时小品竟成了题跋的代名词。罗灵山《题跋三论》认为姚鼐《古文辞类纂》将题跋与序合并实为不妥，而从立意和语言风格上来看"题跋即小品文"。将题跋归为小品文的成果还有一些，如吴承学在《中国古代文体形态研究》第十一章"晚明小品"中曾论及宋人题跋对晚明题跋的巨大影响。③ 其所著《晚明小品研究》一书，也将跋文归入"小品""文类"。④ 郭预衡所

---

① 郭坚：《古代"序跋"浅说》，《阅读与写作》2003 年第 3 期。
② 陈必祥：《古代散文文体概论》，河南人民出版社 1986 年版，第 167—168 页。
③ "题跋之所以受到重视，主要是其形态短小灵活，不拘格套，符合晚明人的兴趣。""小品是一种个性化很强的文体，在诸种文体之中，最为自由，它比较接近真实的生活和个人的情感世界……晚明小品样式很多，随笔、杂文、日记、书信、游记、序跋、寓言等等"。参见吴承学《中国古代文体形态研究》，中山大学出版社 2000 年版，第 258、260 页。
④ "其实更准确地说，'小品'是一种'文类'，它可以包括许多具体的文体。事实上，在晚明人的小品文集中，许多文体，如序、跋、记、尺牍乃至骈文、辞赋、小说等几乎所有的文体都可以成为'小品'。"参见吴承学《晚明小品研究》，江苏古籍出版社 1999 年版，"绪论"第 5—6 页。

著《中国散文史》第五编（宋、辽、金、元）第十四章亦指出："苏黄题跋，有此一体。虽属题跋，却似小品。"① 另有一些明代小品文个案研究也包含些许题跋文论析，如李子良《徐渭小品的审美取向和创作姿态》②。

最后是题跋文体演变及其社会背景的讨论。《题跋三论》一文对此提出了三点依据，一是宋代题跋发展是古文运动繁荣的"负效应"，是文人在"道"之外追求"艺"的表现；二是宋人重文的社会环境；三是印刷技术的发展。③ 此外，《宋代题跋文的勃兴及其文化意蕴》一文也指出，宋代金石之学、书画艺术、雕版印书等相关文化的发达与此时期题跋文体的繁荣发展密切相关。④ 这些研究成果对探析明代题跋文创作繁荣的原因具有一定的启示作用。

第二类对题跋文创作的文学史梳理，主要分为两类情况。一是针对题跋文而展开的个案研究，二是在散文史的书写过程中论及题跋文作品。就宋代题跋文个案研究而言，与之直接相关的专业论文近二十篇，是学界的研究重心所在。其中对苏轼、黄庭坚、欧阳修、陆游等宋代散文名家作品的研讨最为深入。具有代表性的如兰州大学赖琳的硕士学位论文《黄庭坚题跋文研究》⑤。该论文从宋人对题跋的承拓、黄庭坚创作的文化背景、黄庭坚题跋创作的艺术

---

① 郭预衡：《中国散文史》，上海古籍出版社 1999 年版，中册，第 740 页。
② 李子良：《徐渭小品的审美取向和创作姿态》，硕士学位论文，东北师范大学，2007 年。
③ 罗灵山：《题跋三论》，《益阳师专学报》1994 年第 2 期。
④ 朱迎平：《宋代题跋文的勃兴及其文化意蕴》，《文学遗产》2000 年第 4 期。
⑤ 赖琳：《黄庭坚题跋文研究》，硕士学位论文，兰州大学，2007 年。

个性、苏黄题跋的同异等方面对黄庭坚的题跋文创作进行了讨论，属于较为典型的文学史研究。又如陕西师范大学郑砚云的硕士学位论文《陆游题跋文研究》① 以及郑州大学毛雪的硕士学位论文《苏轼、黄庭坚题跋文研究》②、岳振国《晁补之题跋文研究》③、暨南大学付瑶的硕士学位论文《楼钥题跋研究》④ 等，亦属于相同类型的研究成果。另外，一些宋代散文史著作中也有专论题跋的章节，如曾枣庄所著《宋文通论》⑤。该书第二十五章为"宋人题跋"，从题跋的称谓、专书题跋与单篇题跋、题跋的内容、题跋的艺术特色这四个方面对宋代题跋进行了细致介绍。书中提出了很多颇有价值的学术见解，比如宋代题跋的命名方式除"题""跋""书""读"四种以外，还有"记某后"的形式。在对宋代题跋进行内容分类时，该书不仅从诗、文、词、书、画等载体入手来一一评述，还注意到"辨是非""置疑""辨疑"等功能区分。直至近期，宋代题跋文仍是热点选题。如《书迹诠释中的心史：黄庭坚晚年题跋的三重回观》一文，从黄庭坚的自题跋语入手，来体察其如何自道绍圣以来悟入三昧的书学历程，将题跋书写、话语诠释、晚年心态的剖析有机融合。⑥ 由此可知，学界对宋代题跋的文学史研究已颇具规模。

---

① 郑砚云：《陆游题跋文研究》，硕士学位论文，陕西师范大学，2007 年。
② 毛雪：《苏轼、黄庭坚题跋文研究》，硕士学位论文，郑州大学，2003 年。
③ 岳振国：《晁补之题跋文研究》，《大庆师范学院学报》2014 年第 4 期。
④ 付瑶：《楼钥题跋研究》，硕士学位论文，暨南大学，2013 年。
⑤ 曾枣庄：《宋文通论》，上海人民出版社 2008 年版，第 901—944 页。
⑥ 陆嘉琳：《书迹诠释中的心史：黄庭坚晚年题跋的三重回观》，《文学评论》2023 年第 4 期。

　　关于明人题跋文的研究则主要散布于明代作家散文研究之中。比如，复旦大学付琼的博士学位论文《徐渭散文的特色及其在文学史上的地位》① 通过对徐渭散文所体现出的精神气质与结构技法的分析，讨论其对秦汉散文、唐宋散文的继承状况。其中涉及徐渭题跋文的创作及其"本色"论的表现。除此之外，还有郑利华《王世贞研究》②、郦波《王世贞文学研究》③、李菁《晚明文人陈继儒研究》④、陈少松《论钟惺散文的艺术特色》⑤、夏咸淳《论明末嘉定文人李流芳》⑥ 等，均对所论对象的题跋文创作有所评析。另外，一些散文史著作也对题跋进行了介绍，但对明代题跋大多未作专节论析。石建初《中国古代序跋史论》一书对历代序跋文作了梳理，但因此书将序跋视为一类进行整理，故未能在阐述过程中充分突出题跋文体的特色。如关于明朝诗文序跋的介绍，该书虽将研究对象分为三个时段来分别论析，但通篇均以序文为例，无一篇题跋选文。是书论及"跋的概念"曰："跋，是一种写在书籍或文章后面的文章，多用来评介书籍或文章内容或说明写作经过的一种文体。"⑦ 这样的概念界定，虽突出了宋以后"文学类题跋"的共性特征，却将大量有关金石书画考证之跋文排除在外，

　　① 付琼：《徐渭散文的特色及其在文学史上的地位》，博士学位论文，复旦大学，2004 年。

　　② 郑利华：《王世贞研究》，学林出版社 2002 年版。

　　③ 郦波：《王世贞文学研究》，中华书局 2011 年版。

　　④ 李菁：《晚明文人陈继儒研究》，硕士学位论文，上海师范大学，2006 年。

　　⑤ 陈少松：《论钟惺散文的艺术特色》，《南京师大学报（社会科学版）》1997 年第 4 期。

　　⑥ 夏咸淳：《论明末嘉定文人李流芳》，《上海师范大学学报（哲学社会科学版）》2005 年第 2 期。

　　⑦ 石建初：《中国古代序跋史论》，湖南人民出版社 2008 年版，第 26 页。

故尚待进一步思考。张梦新主编的《中国散文发展史》也仅在谈及宋、元散文时，对题跋作了简要的叙述。[①] 郭预衡所著《中国散文史》[②] 第五编（宋、辽、金、元）第十四章中，专列"题跋之文"一节，简要介绍了宋代题跋文的创作状况。该书第六编明代散文部分未以专节论述题跋文，对明代题跋文的介绍分布于明代诸家文人的散文个案论析之中，且仅占少量篇幅。

值得注意的是，郭英德、张德建《中国散文通史·明代卷》[③] 将各历史时期的散文作品以文体分类的方式展开叙述，梳理出各历史时期的散文文体发展脉络。其中宋、金、元三代题跋被归入"书序文"一类，明代题跋被归入"杂论文"一类。尽管书中对于题跋的概述多集中于思想内容、艺术特色等方面，但该种分类方式还是大体反映出题跋文体在不同历史时期的流变特征。该书在"明代卷"的"明代杂论文"一章中，分"元明之际""明前期""明中期""明后期"四个历史时段对明代题跋文进行了集中介绍，并对各阶段的题跋文创作状况、艺术特征作出归纳。这是目前众多中国古代散文史著作中脉络比较清晰、较具备文体研究价值的明代题跋史论著作。该书仍将题跋与寓言、语录、文话、清言几种文体统归入"杂论"类进行讨论，对题跋的文体阐述仅略作勾稽，关于明代题跋发展历程的叙述仍属于宏观范围，对各家题跋的介绍作出了简要赏析。

---

① 张梦新主编：《中国散文发展史》，杭州大学出版社 1996 年版。
② 郭预衡：《中国散文史》，上海古籍出版社 1999 年版。
③ 郭英德、张德建：《中国散文通史·明代卷》，安徽教育出版社 2013 年版。

比如书中谈及宋濂题跋，以"宋濂宏学博识，长于题跋文字，往往能将自己精神心态融于其中，深得题跋文字精义"来概括大体，并举《跋张孟兼文稿序后》一篇题跋作简要分析。① 其实宋濂题跋文的创作情况相当复杂，举其要者便有元末与明初、私人创作与台阁创作的差异性，而且其中所蕴含的往往是颇为重要的文学观念问题。这固然是由于通史类著作的体例所限，难以将所有文类一一展开详叙以免失之琐屑。但作为在宋、明两代颇为流行的文体，题跋还是应当被予以充分的关注。由此可见，明人题跋的文学史梳理仍存有很大的延展空间。

第三类以研究题跋所阐述的学术性内容及文献价值为核心的成果比较丰富。关于小说、戏剧等评点研究中的题跋论述，则重在讨论相关的小说、戏曲理论。如李志远《冯梦龙戏曲序跋研究》②、姜丽娟《明清的小说序跋研究》③ 等。书画题跋的研究内容更为系统。其中多为书画鉴赏、考述类的题跋研究，如王连起《从董其昌的题跋看他的书画鉴定》④，傅璇琮、周建国《〈步辇图〉题跋为李德裕作考述》⑤ 等。因关注重心与文体观念研究存在距离，故在此不一一赘述。

综上所述，关于宋代题跋文的专章研究与题跋的文体

---

① 郭英德、张德建：《中国散文通史·明代卷》，安徽教育出版社 2013 年版，第175 页。

② 李志远：《冯梦龙戏曲序跋研究》，《中华戏曲》2008 年第 1 期。

③ 姜丽娟：《明清的小说序跋研究》，硕士学位论文，兰州大学，2007 年。

④ 王连起：《从董其昌的题跋看他的书画鉴定》，《中国书画》2006 年第 6 期。

⑤ 傅璇琮、周建国：《〈步辇图〉题跋为李德裕作考述》，《文献》2004 年第 11 期。

研究，多从"文学性"与"非文学性"的角度进行区分，近年来学界已经涌现出数量可观且卓有成就的丰硕成果。明代题跋文研究则主要分布于小品文研究及明代作家的散文个案研究之中，并已有一些重要成果出现。但是，有关明代题跋文体形态特征的研究较为少见，对明代题跋文发展脉络的梳理仍有待完善，围绕明代文人题跋文体观念的研讨则尚未见到。

二　明代文体观念相关研究梳理

与明代文体观念相关的研究成果可分为两部分：一是以明代总集的文献整理与其所呈现出的文体意识为中心的成果；二是通过总集的编次来讨论文体观念的成果。前者为本书的撰写提供了文献参考，后者则在研究方法上多有启发。

明代是继汉魏六朝之后，又一个辨体意识极为活跃的历史时期。加之明代中期以降，印刷业的刊印技术和规模亦大幅度提升，有明一代的诗文总集较前代而言可谓斐然可观。目前学界已开始关注明代文章总集及其体现出的辨体意识对文体学研究的重要价值，也出现了一些学术成果，如吴承学《明代文章总集与文体学——以〈文章辨体〉等三部总集为中心》①。该文主要从《文章辨体》《文体明辨》《文章辨体汇选》《六艺流别》这几部明代文章总集为讨论对象，从明人"以体制为先"的文体学意识、"序题"的批

---

① 吴承学：《明代文章总集与文体学——以〈文章辨体〉等三部总集为中心》，《文学遗产》2008 年第 6 期。

评形式、文体分类的集大成与新开拓这三个方面，对明代文章总集重要的文体学价值和巨大的学术影响进行了系统论述。且该文注意到对明人总集在文体学上的诸多成就，清代学者多持批判和排斥的态度；强调应当从中国古代文体自身的复杂性角度出发，重新认识明代文章总集在中国文学批评史及学术史上的价值。又如《贺复征与〈文章辨体汇选〉》一文，从《文章辨体汇选》的产生背景、编纂体例、编选特色与价值三方面阐述了该选本在明代文体学研究中不可忽略的学术地位。① 另外，陈正宏《明代诗文研究史 1368—1911》② 一文，以明清两代学者对明代诗文的选评为对象而展开研究，为明朝断代文学批评史的研究提供了参考。文章分明初、弘正时代、隆庆前后、万历中后期以降、崇祯时期这五个历史阶段对明代诗文选评状况作了论述。其中提及明初时期文章总集选本《明文衡》的纂辑原则、晚明时期小品文选本《媚幽阁文娱》《皇明十六名家小品》及总集《皇明文征》的整体编选状况。但该文过半的内容是围绕明代诗歌批评而进行的讨论，关于明代散文批评尤其是明人文章总集的研究仍存有很大空间。除此之外，还有一些论文亦对明代总集的文献整理与其文体意识的发掘做出了贡献，如何诗海《〈文通〉与明代文体学》③ 等。在论著成果方面，吴承学《中国古代文体学研究》一书也论及明代文体批评特色及代表性的文章总集。该书第九章

---

① 吴承学、何诗海：《贺复征与〈文章辨体汇选〉》，《学术研究》2005 年第 5 期。
② 陈正宏：《明代诗文研究史 1368—1911》，《中国文学研究（辑刊）》2000 年第 1 期。
③ 何诗海：《〈文通〉与明代文体学》，《苏州大学学报（哲学社会科学版）》2013年第 3 期。

"黄佐的《六艺流别》与"文本于经"的思想",围绕明代总集《六艺流别》而展开编纂状况、文编谱系的建立、序题的价值、文体分类方式等一系列范畴的详细讨论。① 除此之外,郭英德主编的《中国古代文学通论·明代卷》,其中亦包含一些对明代诗文总集的专章介绍。由此可以看出,明代文章总集的价值与重要性已为当代学者所重视。但明代总集数量巨大,种类复杂,不少总集尚未得到关注,甚至未能得到充分的文献整理。而明代总集的文体学价值尤其重要,却又亟待探研及梳理。

通过总集的编次来讨论文体观念的相关研究成果,近年来也屡屡出新。较有代表性的如吴承学《宋代文章总集的文体学意义》一文。文章提出:"文章总集的文学思想,不仅表现在它所选录作家与文章的名单之中,而且也反映在其编纂体例中,后者往往为人所忽略。"② 该文从"以体叙次""以人叙次""以类叙次""以技叙次"四方面来讨论宋代文章总集的编次体例及其反映出的文体观念和文学观念。这对探研明代文章总集与题跋文体观念的呈现提供了研究路径的启示和方法论的指导。此外,国家社会科学基金重大项目"中国古代文体观念文献整理与研究"的阶段性成果,也对该研究领域的推进与突破做出了贡献。如党圣元《论选本的文体批评功能》一文,提出"'选本批评'是传统文体批评的重要形式之一,选本的文体批评具有多指向性、多功能性,其在文体形态、文体观念、文体

---

① 吴承学:《中国古代文体学研究》,人民出版社 2011 年版,第 390—402 页。
② 吴承学:《宋代文章总集的文体学意义》,《中国社会科学》2009 年第 2 期。

分类、辨体四个批评指向方面对中国文体形态发展和文体观念演变产生了重要的影响和促进作用，其对文体形态的'定样'和文体观念的'形塑'所产生的批评功能不可低估"①。可以说，选本之于文体观念的定型、演化及其立体化面相的形塑，都发挥着重要的功用。

综上所述，仍有大量明人辑录的总集选本有待文献整理。以明代总集选本为对象，梳理、分析文体的编选类型及文体观念，就当前的研究状况而言仍存有不少的空白领域。因而从明代文学批评与明代文体学研究相结合的角度出发，梳理明代文章总集中题跋文的选评状况，有助于客观还原明人的题跋文体观念。这对于尽可能厘清明代总集分类与文学观念之间的关联性亦具有实践价值。

第三节　研究思路及主要内容

明代既是一个辨体意识极强的时代，又是追求个性张扬的时代，因而此时期题跋文的创作和题跋文体观念便具有比前代更为复杂的内涵，并由此从侧面表现出明代文学理论与文学批评的新特征。对于明代题跋文的研究是明代文学思想与明代文体学研究的一个重要交叉领域。有鉴于此，从文体学角度入手讨论题跋文在明代的发展及对宋代题跋文的承拓，结合明代散文总集选本及明代作家的具体创作来探求明代题跋文体观念，是研究题跋文体在明代发

---

① 党圣元：《论选本的文体批评功能》，《甘肃社会科学》2019 年第 3 期。

展状况的有效方式。

一　研究思路

首先是对本书的研究对象——"题跋"的文体边界的说明。本书关注的题跋，主要指散文领域的题跋文，即在"无韵之笔"的文体范畴内的题跋散文。韵文类作品则不包括在内，比如题画诗。该种界定方式并非对题跋文体外延施以突兀且盲目地切割，而是基于以下几点文体学依据。一是从创作的角度讲，自北宋欧阳修《杂题跋》一卷始，题跋文体才拥有明确的定名方式。而《杂题跋》所收录的二十七篇题跋，皆为无韵之文，更无诗作。二是从文体批评的角度来看，历代文体学家在选录、辨析题跋时，大多是在无韵之文的范畴内进行的。如《宋文鉴》《元文类》《文章辨体》《文体明辨》《文章辨体汇选》《明文在》等总集，其所标目并选录的"题跋"体作品亦均属无韵之文。而历代有关题跋的文体讨论，也基本都集中于散文范围内。比如明代徐师曾在《文体明辨序说》中，将题跋与题辞并举而展开辨析。①又如清人吴曾祺于《涵芬楼文谈》中论及"序跋"类文体，实际上也是在散文领域探讨题跋的文体形态。基于以上两方面的文献梳理及综合把握，本书未将题画诗等纳入研究范围。

其次是本书的研究思路。谈及"文体"概念，首先需要对其内涵与外延进行辨析。褚斌杰在《中国古代文体概

---

① （明）徐师曾著，罗根泽校点：《文体明辨序说》（与吴讷《文章辨体序说》合刊），人民文学出版社 1998 年版，第 137 页。

论》中谈及"文体"概念时有这样的表述:"文体,指文学体裁、体制或样式。文学是社会现实生活的反映,是表达作者思想感情的语言艺术。作者在从事创作时,为达到既定的效用,必然采取与之相适应的语言形式和篇幅、组织结构等,这样,就使文学产生了不同的类别,也就是各具特征的文学体裁。"① 可以看出,"文体"在这里偏指文学体裁,其实也就是常说的文类观念。这主要强调的是文学的外在形貌。即讨论一种文体,首先要明确其外在样式。但在中国古代文学的传统中,文体还包含有体貌的内涵,因为文章的外在表现与作者内心的情感、思想密切相关;文章的体貌取决于作者的才性、气质与学问。对此,刘勰在《文心雕龙·体性》篇中谈道:"夫情动而言形,理发而文见,盖沿隐以至显,因内而符外者也。然才有庸俊,气有刚柔,学有浅深,习有雅郑,并情性所铄,陶染所凝,是以笔区云谲,文苑波诡者矣。故辞理庸俊,莫能翻其才;风趣刚柔,宁或改其气;事义浅深,未闻乖其学;体式雅郑,鲜有反其习;各师成心,其异如面。"② 也就是说,作家个人风格直接关乎其文章"体式"。由上述分析可以看出,"文体"概念的外延应包含体裁(体制)、体貌等方面的内容。体裁偏重于区分文体的外在容貌,体貌偏重于区分由文体透射出的作家性情、风格。除此之外,郭英德在《中国古代文体形态学论略》一文中将文体结构细分为"体

---

① 褚斌杰:《中国古代文体概论》,北京大学出版社 1990 年版,"绪论"第 1 页。
② (南朝梁)刘勰著,范文澜注:《文心雕龙注》,人民文学出版社 1958 年版,第505 页。

制""语体""体式""体性"四个层次，进一步强调了
"语体"即文体的语言系统的重要性。① 童庆炳在《文体与
文体的创造》中将文体的相关范畴概括为"体裁""语体"
"风格"，旨在强调"文本的话语秩序""规范"和"特
征"。② 由此可见，"文体"概念的外延还应包含语言系统、
风格类型及话语系统的内容。这样一来，谈及"文体"概
念不仅需要分析文章内部的结构、语体风格，还要明晰外
部与之相关的历史渊源乃至文化环境；不仅需要品评作家
的个体风格、才性，更要归纳整个文类的美学风格。而对
于题跋文体的研究，本书主要从体制、体式、体貌这三个
方面来讨论其文体的内部结构特征，同时兼顾与之相关的
外部文化需求。这也是韦勒克所谓的文学的内部研究与文
学的外部研究相结合的方法。③

　　选本研究是文学理论、文学思想研究的重要途径之一。
因而本书采取选本统计对比与作家个案研究相结合、文体
学阐释与文学批评相结合的研究方法，来讨论分析明代题
跋类文体的特点和明代题跋文体观念。一方面，选本的具
体选辑状况能够有效地反映出选家的择取依据，及其在特
定时期、社会环境下所形成的文学观念。另一方面，选本
中的序、跋、论、评等往往能够更为深入地表现选家的审
美趣味、文学思想。选本的形成是文学接受的产物，而接
受的过程亦是文学经典、文学观念的形成过程。一部选本

---

　　① 郭英德：《中国古代文体形态学论略》，《求索》2001 年第 5 期。
　　② 童庆炳：《文体与文体的创造》，云南人民出版社 1994 年版，第 10—39 页。
　　③ ［美］勒内·韦勒克、奥斯汀·沃伦：《文学理论》，刘象愚等译，江苏教育出版
社 2005 年版。

内部的选与评可以相互补充，从而构建出更为完整的选家的文学观念。不同选本的选评会存在差异或相通之处，而这些同与异又能够反映出思想观念的因承与流变。选本又可分为历时选本与断代选本。将历时选本与断代选本相对比，有助于深入探讨某种文体在某一特定时期的具体发展状况。本书立足于明初至明清易代之际的题跋总集选本来探析有明一代的题跋文体观念。通过对选本中的选评状况、对入选题跋的文本细读，来进一步探析宋人题跋与明人题跋之间的绍继关系。而明代选家对众多宋人题跋、明人题跋的取舍褒贬，既反映出题跋文体的迁转流变状况，又反映出有明近三百年间文学观念的具体变革。

综上所述，对明代题跋文体的观念研究就包括四个层面：一是对持不同文体观念的明代题跋作家作品的个案研究；二是对持不同文体观念的明代选家的总集选本研究；三是在对明代题跋总集进行历时性梳理的基础上，对题跋文体源流、正变的文体学研究；四是由题跋创作的个性发挥而展开的对题跋作家、选家不同文道观念及相关社会历史背景的研究，进而深入讨论明代文体学的辨体观念与明代文学思想间的实际关联。

本书力求有所推进之处有四。一是在研究视角方面，本书从选本研究的角度展开系统的探讨，将文学批评史与文学史的梳理相结合来关注文体观念，并将文体观念与文学思想研究相对照，以求获得新的学术结论。二是在使用的文献材料方面，上文已经提及，明人编选的总集选本数量多、规模大，但大多数选本至今未得到充分整理和研究。

笔者所寓目的二百余种明人总集，大多数为《四库全书》存目、未收或禁毁书籍。这些未经整理的选本，其中又不乏无目录索引者，因此前人对之关注较少。故而梳理、呈现明人选题跋总集的整体面貌，也是本书的重要实践意义之一。另外，《全明文》的编录工作迄今为止仍未完成，目前编选、出版的《全明文》数量极少。有关明代散文的文学史梳理工作仍亟待完善。三是在结论方面，本书通过对明代题跋文体观念内涵的探讨，力求还原明代文坛的真实状况与文学思潮发展演变的复杂过程，尤其是对于明代复古与性灵这两大文学思潮之间的复杂关联提供一种较新的诠释视角。四是在学术方法方面，本书希冀以明代题跋文体观念研究，来对现代学术史上的散文研究方法进行反思，以期调整传统的研究模式。

二 主要内容

本书内容分为上、下两编。上编为明代题跋文批评与文体观念的细致呈现，共包含两章内容。第一章为明人选题跋总集概貌及文体观念研究。此章分编选时间、编选体例、选本类型三个方面，对选录题跋文的明人总集进行了梳理及分类介绍。经过系统考察可知，明人选题跋总集的编选时间分布并不均衡，万历至崇祯时期是总集编纂密集出现的时段。明代总集对题跋文体的辨析卓有成就，表现在编选体例可分为以入选作家标目、以类别标目、以文体标目、以体类或作家文类混合标目这四大类，且将题跋作为独立文体来编次的现象非常突出。与前代文章总集相比，明人的题跋文体观念既显成熟又较完备，体现出了选文分类的敏感程度及自觉的文体学思想特征。此外，明人选题跋总集的编选类型及覆盖范围亦较为宽泛。其中包括以辨析文体为目的、以宣扬文学思想为目的、以辑录文献为目的三个类型的总集选本。而诸种通代与断代总集所辑录的唐、宋、元、明时期的题跋文，比较全面地反映出历代题跋文创作的发展脉络。

第二章为明代题跋文批评及其文体界定研究。此章从明人选题跋总集与题跋文体分类、苏黄题跋的小品属性与明人的题跋文体观念两方面进行讨论。第一节通过对晚明时期三部不同类型选本的统计分析，将明人题跋的文体形态大体分为四类。第一类以载录、考订等为基本用途，属于围绕载体创作的说明文。第二类以对载体进行评论为重心，属于围绕载体而创作的议论文。第三类以表达作者主体的思想观念、说理表意为核心，兼带对载体的说明、议论，属于主观性很强的议论文。第四类则以作者主体情性的自我抒发为核心，属于抒情类散文。第二节主要围绕苏轼、黄庭坚题跋文的美学风格、文体形态及明代文人对宋人题跋的选评这几方面论述，力求客观还原明人对于前代题跋文的认知与承拓。

下编为明代题跋文创作与文体观念的多元表达，共包含三章内容。第一章主要讨论明初时期的题跋文体观念，选取宋濂的题跋文创作为研究对象。宋濂的题跋文具有多样的功能和鲜明的特征，其题跋文体观念也具有丰富的内涵与巨大的包容性。他不仅延续了元末文人题跋简劲畅达的特征，还倡导了补史之阙与表彰忠孝的文体功能，并在台阁题跋中表现出颂圣与教化的时代特征，同时他也发挥了题跋文抒情达意的私人化创作倾向。就题跋文体而言，宋濂的作品典实与宏丽兼顾，简劲与详明并存，具备多元、包容的特点。

第二章主要讨论明代中期的题跋文体观念，选取王世贞、徐渭的题跋文创作为研究对象。此二者的出身及经历、文学观念及审美旨趣都存在很大差异，但他们都在题跋文创作中找到了发挥才情、阐发见解的领域。这再次显示了题跋文体的重要特征，即是其开放性与包容性。作为复古派领袖的王世贞，对于文体规范与传统格调尤为讲究，却在题跋创作中挥洒自如、毫无拘束；落魄文人徐渭，更是在题跋文体中找到了表达自我才情、展现自我情趣、抒发自我愤懑、倡导自我见解的有效途径。因此，题跋文体研究有助于考察其文学观念之间存在的交叉与融通，从而揭示当时文坛的真实状况与文学思想的复杂内涵，并发掘二者诸多的内在关联。

第三章主要讨论晚明时期的题跋文体观念，选取袁宏道的题跋文创作为研究对象。公安派作家的思想是相当复杂的，而后人往往抓住其激进狂放的一面加以放大，从而极易得出相对简单化的学术结论。袁宏道在其题跋文创作中，坚持了见解独特而行文流畅的个性特征；遵守题跋体制与写法，又兼有创造新变，从而成为明代题跋文体演变、发展的重要节点。袁宏道题跋创作的小品化特征则是对于明代中期以来以徐渭为代表的小品传统的继承，同时也是自我人生情趣和审美趣味表达的必然显现。而谈论人生哲理、体现禅味机锋的题跋文，能够将说禅、说理的内容也纳入其中，并显示出简劲、精炼的体制特点，这更是其超越苏轼题跋创作之处。

文后附录部分为"明人选题跋总集知见录"。即根据笔者所经眼的明人选题跋总集所作的提要，包括题跋文总集选本的名称、卷数，选家及相关生平概述，题跋文选辑情况、版本介绍等内容。

| 上　编 |

明代题跋文批评与文体观念的具体呈现

第一章 明人选题跋总集概貌 及文体观念

在中国传统文体学理论的发展过程中，魏晋六朝及明朝是文体意识颇为活跃、文体学著述颇为丰硕的历史时期。该种繁盛态势尤其反映在总集的编制活动中。《隋书·经籍志》论及总集时曰："总集者，以建安之后，辞赋转繁，众家之集，日以滋广，晋代挚虞，苦览者之劳倦，于是采摘孔翠，芟剪繁芜，自诗赋下，各为条贯，合而编之，谓为《流别》。"① 由此可知，挚虞编纂《文章流别集》乃因"辞赋转繁"、文体类型的发展逐渐趋向细密所致，故其"芟剪繁芜""各为条贯，合而编之"，即以编选总集的方式精简、梳理出文体的源流脉络，以便读者之观览。魏晋六朝时期此种总集编纂的辨体分类意识，在明代文体学家笔下亦可寻到踪迹。明人徐师曾在《文体明辨序说》中谈道，"盖自秦汉而下，文愈盛；文愈盛，故类愈增；类愈增，故体愈众；体愈众，故辨当愈严：此吴公辨体所为作也"；并诠释了"尊体"的必要性："夫文章之有体裁，犹宫室之有制度，器皿之有法

---

① （唐）魏征、令狐德棻：《隋书》，中华书局1973年版，第4册，第1089页。

式也。为堂必敞，为室必奥，为台必四方而高，为楼必狭而修曲，为笪必圜，为筐必方，为簠必外方而内圜，为簋必外圜而内方，夫固各有当也。"① 此种辨体分类的意识在明代几乎成为贯穿王朝始终的主流观念。作家在创作实践中往往有意识追求文类之全，并以此衡量其成就之大小，像高启之于诗，宋濂之于文，以及王世贞之于诗文，均以求全作为其创作理想。在明人的别集编纂中，自正德尤其是嘉靖以后，大都以文体作为分卷的依据，并以其眼中文体价值的高低作为排序先后的标准。在总集编纂中，此种意识当然更为强烈而明晰。编选者往往根据自身的立场、眼光及标准进行归类及选文，有时还会附加一定的评点文字，由此显示出复杂的文体观念。其中明人总集在文章辨体方面尤其用力，它秉承前人明确的文体区判意识，洞鉴诸种文体的源流变迁，在文章辨体方面总结出丰富的经验并提出深刻的见解。题跋作为文章类别之一种，尽管不同于其他应用文体起源早而载荷重，却也是内涵深广又颇受文人喜爱之文体，因而明人在编纂总集的辨体分类中对其也倾注了大量的心力。那么，欲还原明人的题跋文体观念，自然离不开对明人选题跋总集的关注。

第一节　明人选题跋总集的编选时间分布

明代无论是诗歌创作还是散文创作领域，都经历了几番正本清源的追寻和洗礼。不同时期、不同流派，其复古抑或

---

① （明）徐师曾著，罗根泽校点：《文体明辨序说》（与吴讷《文章辨体序说》合刊），人民文学出版社 1998 年版，第 78、77 页。

反复古理论的具体指向皆有差异。但这一系列模拟与创新的尝试过程，绘制出的不仅是明代文学史的创作图景，更是明人之于各种传统文体"通"与"变"的差异视野。这如同接受美学家姚斯所提出的观点："文学的历史性并不在于一种事后建立的'文学事实'的编组，而在于读者对文学作品的先在经验。"① 明代文人在诸体类文学领域的积极尝试，源自对不同文学体裁的细致辨别，即所谓的"先在经验"。而编选诗文总集，是表达文体类型的历史性理解的重要方式。就本书的研究对象题跋文体而言，发掘明人总集编选题跋文的具体状况，是理解明人题跋文体观念颇为有效的研究途径。

与宋、元两代相比较，有明一代涌现出大量的总集选本。就笔者所寓目的明代散文总集及诗文合集，便有二百余部之多。在这些总集中，有五十余种辑录题跋文（选本提要参见"附录"，包含明末清初跨朝文人编选的总集）。其中可以大致推知编选年代的有四十余种。为更加清晰地展示这些总集的编选时间，具体分布情况参见表 1.1。

表 1.1　明人选题跋总集编选时间一览

序号	总集名称	辑选者	编选时间
1	《文章类选》	朱橚	洪武三十一年（1398）
2	《新安文粹》	金德玹、苏大	天顺二年（1458）
3	《文章辨体》	吴讷	天顺八年（1464）
4	《中州名贤文表》	刘昌	成化七年（1471）
5	《文翰类选大成》	李伯屿、冯厚	成化八年（1472）

---

① ［德］H. R. 姚斯、［美］R. C. 霍拉勃：《接受美学与接受理论》，周宁、金元浦译，辽宁人民出版社 1987 年版，第 26 页。

序号	总集名称	辑选者	编选时间
6	《明文衡》①	程敏政	弘治间（1488—1505）
7	《新安文献志》②	程敏政	弘治间（1488—1505）
8	《金华文统》	赵鹤	正德六年（1511）
9	《金华正学编》	赵鹤、张朝瑞	正德六年（1511）
10	《六艺流别》③	黄佐	嘉靖十年（1531）
11	《全蜀艺文志》	周复俊	嘉靖二十一年（1542）
12	《荆溪外纪》	沈敕	嘉靖二十四年（1545）
13	《文编》	唐顺之	嘉靖三十五年（1556）
14	《文章指南》	归有光	嘉靖四十四年（1565）
15	《皇明文范》	张时彻	隆庆三年（1569）
16	《文体明辨》	徐师曾	万历元年（1573）
17	《三台文献录》	李时渐	万历五年（1577）
18	《唐宋八大家文钞》	茅坤	万历七年（1579）
19	《清源文献》	何炯	万历二十五年（1597）
20	《今文选》	孙矿	万历三十年（1602）
21	《续今文选》	孙矿	万历三十一年（1603）
22	《文坛列俎》	汪延讷	万历三十三年（1605）
23	《南齐文纪》④	梅鼎祚	万历三十八年（1610）
24	《梁文纪》	梅鼎祚	万历三十八年（1610）
25	《陈文纪》	梅鼎祚	万历三十八年（1610）
26	《释文纪》	梅鼎祚	万历三十八年（1610）
27	《海虞文苑》	张应遴	万历三十八年（1610）
28	《删补古今文致》	刘士鏻、王宇	万历四十年（1612）
29	《古文奇赏》	陈仁锡	万历四十六年（1618）
30	《续古文奇赏》	陈仁锡	天启元年（1621）
31	《明文奇赏》	陈仁锡	天启三年（1623）
32	《三续古文奇赏》	陈仁锡	天启四年（1624）
33	《四续古文奇赏》	陈仁锡	天启五年（1625）
34	《媚幽阁文娱初集》	郑元勋	崇祯三年（1630）

序号	总集名称	辑选者	编选时间
35	《皇明文征》	何乔远	崇祯四年（1631）
36	《皇明十六名家小品》	陆云龙、丁允和等	崇祯六年（1633）
37	《明文霱》	刘士鏻	崇祯七年（1634）
38	《里先忠三先生文选》	胡接辉	崇祯十年（1637）
39	《同时尚论录》	蔡士顺	崇祯十年（1637）
40	《皇明经世文编》	陈子龙等	崇祯十一年（1638）
41	《媚幽阁文娱二集》	郑元勋	崇祯十二年（1639）
42	《古今小品》	陈天定	崇祯十六年（1643）
43	《宋文归》	钟惺	崇祯间（1628—1644）
44	《文章辨体汇选》⑤	贺复征	明末清初
45	《明文案》	黄宗羲	康熙十四年（1675）
46	《明文海》	黄宗羲	康熙二十八年（1689）
47	《明文授读》	黄宗羲	康熙三十八年（1699）

注：①据刘彭冰《程敏政年谱》考，"敏政任太常寺卿期间，曾为己所编选《明文衡》撰序"，"明弘治七年甲寅八月十四日，升太常寺卿"。由此判断，该集编成时间当为弘治年间。详见刘彭冰《程敏政年谱》，硕士学位论文，安徽大学，2003年，第71页。

②据刘彭冰《程敏政年谱》考，弘治八年（1495）"子程坝行冠礼，汪承之自新安来京为贺，并言及刊刻《新安文献志》诸事"。由此判断，该集编选时间应当不晚于弘治八年。详见刘彭冰《程敏政年谱》，硕士学位论文，安徽大学，2003年，第74页。

③吴承学言此集编成于嘉靖十年（1531），刻成于嘉靖四十一年（1562）。详见吴承学《明代文章总集与文体学——以〈文章辨体〉等三部总集为中心》，《文学遗产》2008年第6期。

④据徐朔方《梅鼎祚年谱》考，《历代文纪》应完成于万历三十八年（1610），故判断《南齐文纪》《梁文纪》《陈文纪》《释文纪》应皆编于是年。详见徐朔方《晚明曲家年谱》，浙江古籍出版社1993年版，第188页。

⑤据吴承学考，虽然按照《四库全书》的编排次序来看，此集编纂时间为明代后期，但就该书收录文章的内容判断，最终编定时间应晚于顺治四年（1647）。而此集的入选作家和编纂思想，皆偏重于明代文坛，故判断编选时间为明末清初。详见吴承学、何诗海《贺复征与〈文章辨体汇选〉》，《学术研究》2005年第5期。

根据表1.1中明人选题跋总集的编选时间的梳理，可以归纳出明代诸时段题跋总集选本的数量和规模。为便于直观地表述具体情况，明人选题跋总集的各朝数量分布可参见表1.2。

表1.2　明人选题跋总集各朝数量分布

时期	洪武	天顺	成化	弘治	正德	嘉靖	隆庆	万历	天启	崇祯
数量	1	2	3	1	2	5	1	14	4	10

由以上的数据统计可知，明人选题跋总集在洪武至正德这一百五十余年，就选本数量来讲并不算突出；嘉靖年间，选录题跋的总集数量出现了第一个峰值；万历至崇祯时期，明人选题跋总集数量则非常密集，是明代题跋总集选本时间分布的繁荣阶段。巧合的是，这个历史时段亦为明代万历以来小品文蓬勃发展的时段。而略作勾稽便可发现，万历至崇祯时期选录题跋的总集选本，包含有相当数量的小品文选本。如刘士鏻等《删补古今文致》、陆云龙等《皇明十六名家小品》、郑元勋《媚幽阁文娱初集》及《媚幽阁文娱二集》等。可见明人选题跋总集编选时间分布的不平衡特征，与明代中期以降散文创作成就的领域转换及文学思想的变迁都不无关联。实质上，明代的题跋文创作在元明之际是一个较为活跃的时期，而进入永乐之后则明显趋于沉寂。至正德、嘉靖后又进入繁荣期。而总集中题跋文章的收录既是对作品的归类及标举，更是对活跃又略显驳杂状态的题跋创作予以规范。文坛的实际情况往往如此，创作实践大多以满足思想表达与情感抒发为目的，常会突破文体的规范或格套，进而生发出一些拓展及创新；

而批评领域则常会根据理论的要求对创作实践进行反思与规范，并在新的文学现实面前作出选择，或批评某种越界，或承认某种新变，从而使文坛走向相对的稳定与有序。

第二节　明人选题跋总集的编选体例

关于题跋文体产生的源头问题目前学界尚存有争论，或认为其肇始于六朝时期书画作品的末尾署名，或将其追溯至先秦诸子散文之创作。但"题跋"的文体定名则可以追溯至宋代。这主要基于两种文献的支撑。一是北宋欧阳修所著《杂题跋》一卷，收录题跋文二十七篇并首次以"题跋"定名。① 二是宋代文章总集《宋文鉴》，其中录有两卷题跋文并以"题跋"来标目、分类。② 可见，将题跋作为独立文体来称引、编选，应以宋人总集为嚆矢。而明人总集也由此生发出对题跋文体形态的多样认知，并在宋人的基础上后出转精，焕发出极大的光彩。

一　编选体例的多样性

明人选题跋总集选本在编选体例上可大体分为四类：以入选作家标目、以类别标目、以文体标目、以体类或作家文类混合标目。

其一，以入选作家为序进行编排的明人题跋总集共有

① 参见（宋）欧阳修著，洪本健校笺《欧阳修诗文集校笺》，上海古籍出版社 2009 年版，下册，第 1905 页。
② 参见（宋）吕祖谦编《宋文鉴》，《景印文渊阁四库全书》，台湾商务印书馆 1986 年版，第 1350、1351 册。

十一种：《八代文钞》《南齐文纪》《梁文纪》《陈文纪》《释文纪》《皇明经世文编》《金华正学编》《金华文统》《宋文归》《文字会宝》《诸儒文要》。《八代文钞》编录先秦至明代名家诗文，入选作家起于屈原而至明代钟惺。《南齐文纪》《梁文纪》《陈文纪》《释文纪》乃梅鼎祚所辑《历代文纪》之系列选本，分不同历史时期、文人类型辑录诸家之文。《皇明经世文编》选辑有明一代诸家经世之文。《金华正学编》选录宋吕祖谦、何基、王柏，元金履祥、许谦，明章懋六家之文。赵鹤于《金华正学编》外，又补录金华耆旧之文而辑成《金华文统》。《宋文归》乃托名钟惺所辑的《历代文归》之一，分列宋代一百三十一家文人之散文作品。①《文字会宝》罗列历代名家诗文。《诸儒文要》分别选录宋代周敦颐、程颢、程颐、张载、朱熹、陆九渊、张栻、杨简，明代陈献章、王守仁等十家散文，可知该选本所辑入的文人皆为理学、心学名家。经过统计分析，这一方面体现出明人选题跋总集在选辑对象方面的丰富性，另一方面也反映出明代题跋文作家群体不可小觑的覆盖规模。

其二，以入选作品的类别为序进行选辑的明人题跋总集有三种：《六艺流别》《文坛列俎》与《文章指南》。《六艺流别》从"文本于经"的观念出发，将选文分系于"诗""书""礼""乐""易""春秋"之一，六艺之下又各分不同流别。《四库全书总目》评曰："是书大旨以六艺

---

① 郑艳玲认为，《历代文归》乃托名之作。选本虽题名钟惺，正文中亦有题名钟惺的相关文字内容，但皆非钟惺所为。详见郑艳玲《钟惺评点研究》，博士学位论文，复旦大学，2005 年，第 104 页。

之源皆出于经，因采摭汉、魏以下诗文，悉以六经统之。凡诗之流五，其别二十有一；书之流八，其别四十有九；礼之流二，其别十有六；乐之流二，其别十有二；易之流十二，而无所谓别。分类编叙，去取甚严。"① "春秋"艺下列有"叙事"之流。"叙事"之流又分为诸体，其中"题辞"一体选入题跋文。《文坛列俎》选录周至明代诗文，分为经翼、治资、鉴林、史摘、清尚、掇藻、博趣、别教、赋则、诗概等十类。其中"鉴林"类选有题跋文。《文章指南》分六十六则选录《左传》以下至明代散文一百一十八篇。是集于"文短气长则第四十四"中，辑录王安石《读孟尝君传》一篇，并评曰："文章简短难得气长，惟王半山《读孟尝君传》、韩退之《送董邵南序》内有许多转折，读之不觉，气长真妙手也。"② 由此可以看出，以类为序的明人选题跋总集，涵盖了文体源流、行文内容、文法要求三个方面的文体辨析观念。这亦体现出明代选家对题跋文体所尝试的不同角度的深入思考。

其三，以入选作品的文体为序进行选辑的明人题跋总集有二十三种。这些总集中，有十八种选本将"题跋"作为独立文体来标目与选辑，是颇为值得关注的领域。其具体分布为：《古今小品》《海虞文苑》《皇明文范》《续今文选》《荆溪外纪》《媚幽阁文娱二集》《明文衡》《明文霱》《清源文献》《三台文献录》《删补古今文致》《蜀藻幽胜

---

① （清）永瑢等：《四库全书总目》卷一九二，中华书局 1965 年版，第 1746 页。
② （明）归有光编：《文章指南》，《四库全书存目丛书》，齐鲁书社 1997 年版，第 315 册，第 747 页。

录》《宋文钞》《文翰类选大成》《文章辨体》《文章类选》
《新安文粹》《新安文献志》等。其中三种选本将题跋归入
"序"体，即《媚幽阁文娱初集》《明文案》和《文编》；
其余两种选本分别将题跋选入"碑""传"两体，即《全
蜀艺文志》与《同时尚论录》。除此之外，尚有四种选本列
出"杂著"或"杂文"体，并将题跋选文归入其中，分别
为《古今小品》《媚幽阁文娱初集》《三台文献录》与《新
安文献志》。此类总集最能反映明人对于题跋文体的不同思
考，其中蕴含着丰富的文体观念。以上诸选本中题跋文的
文体划分情况，详见表1.3。

表1.3　以文体类别标目的明人选题跋总集一览

序号	总集名称	题跋文归属文体
1	《古今小品》	题跋、杂著
2	《海虞文苑》	跋
3	《皇明文范》	题跋
4	《续今文选》	题跋
5	《荆溪外纪》	题跋
6	《媚幽阁文娱初集》	序、杂文
7	《媚幽阁文娱二集》	题跋
8	《明文案》	序
9	《明文衡》	题跋
10	《明文霱》	题跋
11	《清源文献》	题、跋
12	《全蜀艺文志》	碑跋
13	《三台文献录》	题跋、杂著
14	《删补古今文致》	书后、题、跋
15	《蜀藻幽胜录》	跋

序号	总集名称	题跋文归属文体
16	《宋文钞》	题跋
17	《同时尚论录》	传
18	《文编》	序
19	《文翰类选大成》	题跋
20	《文章辨体》	题跋
21	《文章类选》	题跋
22	《新安文粹》	跋
23	《新安文献志》	题跋、杂著

其四，对入选题跋以二级分类的方式进行列目、选辑的明人题跋总集共有十五种，它们大体上可以被分为两种类型。第一种类型是先以入选作家为序，各家文内再区分不同的文体形态，以显示入选作品的文体分布状况。此种类型的选本有《皇明十六名家小品》《里先忠三先生文选》《明文奇赏》《唐宋八大家文钞》《三异人文集》《中州名贤文表》。第二种类型是先区分不同文体以列目，文体内部如有差异之处则再细作分类。此种类型的选本有《三续古文奇赏》《四续古文奇赏》《皇明文征》《明文授读》《明文海》《文体明辨》《文章辨体汇选》。以上两类选本中题跋文的文体归属情况详见表 1.4。①

---

① 其中《三续古文奇赏》"杂著"之"经绪类""史绪类"，《四续古文奇赏》"序"之"书后"类、"杂著"之"艺绪"类，《皇明文征》"读"之"子史""文集"类、"题"之"纪载""书画""宫室"类、"跋"之"颂圣""纪载""行谊""墨迹""图书""告身""杂跋""考古""诗卷"类，《明文授读》"序"之"题跋"类，《明文海》"序"之"著述""文集""诗集""杂序""序事""时文""图画""技术""方外"类，《文体明辨》"题跋"之"题""跋""书""读"类，《文章辨体汇选》"题跋"之"题""跋""书""读"类，这些选本的文体二级分类中收录了题跋文作品。

表 1.4 以体类或作家文类混合标目的明人选题跋总集一览

序号	总集名称	题跋文归属文体	文体的二级分类
1	《皇明十六名家小品》	题跋、跋、书跋、论	无
2	《里先忠三先生文选》	跋、题跋	无
3	《明文奇赏》	题、跋、杂著、题跋	无
4	《唐宋八大家文钞》	杂著	无
5	《三异人文集》	杂著、题跋、文集	无
6	《中州名贤文表》	杂著、题跋	无
7	《三续古文奇赏》	杂著	经绪类、史绪类、学绪类、政绪类、物绪类、自论类、杂文类、杂篇类
8	《四续古文奇赏》	序	书序、书后
		杂著	艺绪、物绪、设论
9	《皇明文征》	读	子史、文集
		题	纪载、书画、宫室
		跋	颂圣、纪载、行谊、墨迹、图书、告身、杂跋、考古、诗卷
10	《明文授读》	序	著述类、文集、诗集、时文、赠、送别、杂类、题跋、寿挽、方外
11	《明文海》	序	著述、文集、诗集、赠序、送序、杂序、序事、时文、图画、技术、寿序、哀挽、方外、列女
12	《文体明辨》	题跋	题、跋、书、读
13	《文章辨体汇选》	题跋	题、跋、书、读

　　另有两种总集分类不同于以上两种类型，情况更为复杂。比如《古文奇赏》《续古文奇赏》，其选文列目方式前

后并不一致。对此《四库全书总目》有具体描述，如称《古文奇赏》"有一代大作手，有一代持世之文，有一代荣世之文。其目录内即以此三者或标注人名之下，或标注篇题之旁。而于汉文中又各分类标题。或以人为类，则分天子、侯王、郡守相、皇太子、藩国、将帅、边塞、学者；或以事为类，则分应制、荐举、弹驳、乞休、理财、议礼、灾异、筹边、议律、颂冤、治河、策士、奏记；其最异者，又别立一代超绝学者，一代超绝才子之目。自汉以后，又改此例，仍以时代为序"，并评价其"体例殊为庞杂"；《续古文奇赏》则被称为"议论纰漏，编次亦甚不伦①"。可见从文体分类的角度着眼，此二集的参考价值不大。而《三续古文奇赏》及《明文奇赏》的选辑旨归又颇为细碎，四库馆臣对此多有微词，如评《三续古文奇赏》曰："分类尤为琐碎"，评《明文奇赏》曰："自宋濂、杨维桢以至陈勋、王衡，凡一百八十余人，去取亦多未审，盖务博而不精，好分流品而无绪，悉不免冗杂之失。"②"琐碎"与"冗杂"之语带有清代文人的贬斥之意，但选文博洽、体分流品，恰恰是明代辨体批评溯源探流的历史功绩，更为后人对题跋文体的振叶寻根提供了重要依据。

二　明代题跋文体观念的集大成特色

通览收录题跋文的明代总集，详加寻绎便可发现，明

---

① （清）永瑢等：《四库全书总目》卷一九三，中华书局1965年版，第1762页。
② （清）永瑢等：《四库全书总目》卷一九三，中华书局1965年版，第1762—1763页。

代总集在辨体方面有格外细密的表现，对题跋文体也有精彩而全面的审鉴。对明人选题跋总集之四类编选体例的梳理，大体勾勒出了明人对题跋文体辨析与认识的整体状况。除第一类以人为序的总集外，其余选录题跋文的总集均从不同角度或层次对该文体展开了各自的区判。

其一，就文体体制划分情况来讲，以体、类为序的明代总集，绝大部分都将题跋作为独立文体而编次。其中有部分总集将一些类型的题跋文归入"杂著"或"杂文"体，仅有少部分总集将题跋归并于"序"体之中。对于题跋文体内部的细微差别，明代选家也有较为深入的把握。由此可见，明人已经充分注意到题跋有别于序的独立的文体特征及其价值。而《同时尚论录》《全蜀艺文志》均注意到题跋与传、碑文等文体之间所体现的互渗现象。其二，黄佐《六艺流别》将题跋的源头追溯至先秦六艺，以此探研文体之本源。该选本的立目方式不仅反映出明人正本清源的文体认知观念，也从创作原理的角度提供了颇有价值的理论指向。徐师曾《文体明辨》、贺复征《文章辨体汇选》对题跋文体流变作了题、跋、书、读四类划分，还原出历代题跋文体形态的发展过程，最能体现明人的辨体功夫与明晰的题跋文体观念。选本的列目方式集中反映了选家的题跋文体观念，而其选篇设置也描绘出题跋创作的历史线索及明人的题跋史观。其三，归有光《文章指南》从文法角度论及题跋简劲的文体风格特色，尽管吴讷《文章辨体》也曾论及题跋文的简劲体貌要求，但归有光作为明代中期颇具影响力的古文大家，其文体观念对于当时文坛的影响应当是巨大而深远的。这种审美鉴赏的视角虽是源自唐宋派自身的构成形态，却也能够显露出题跋文创作的实绩。傅刚在《〈昭明文选〉研究》一书中曾将文体辨析的基本内容概括为三个方面，即"辨文体的类别""辨文体的风格""辨文体的源流"。① 就题跋文体而论，明代总集在文体类别、文体风格与文体源流三个维度都可见其细致的区判与辨析。因而明代选家之于题跋文体的自觉认知亦不可等闲视之。

经由以上对明人选题跋总集的编录状况分析，我们可以窥见明人成熟而完备的题跋文体观念。而通过与宋、元及清人总集选录题跋文的历史表现相比较，明人的题跋文体观念也能显示出足够的敏感及自觉。回溯明以前选录题跋的总集选本（宋、元两代），对题跋文体的分类认识尚未能如此细腻。比如姚铉编《唐文粹》② 虽辑录题跋选文，但并未明确标列题跋文体。该选本在"古文"类中收录韩愈、皮日休、来鹄、孙樵的题跋文共五篇；在"序"类、"传录记事"类共收录司空图、皮日休、柳宗元题跋文五篇。尽管《唐文粹》对题跋文的选辑已注意到"读某某""题某某后"这两大类题跋文在文体形态上存有差异，但就选本的编录分类方式来看，还并未出现明确的题跋文体观念。而宋代孔延之所编《会稽掇英总集》③、刘涣等所撰《三刘

---

① 傅刚：《〈昭明文选〉研究》，中国社会科学出版社 2000 年版，第 53 页。
② （宋）姚铉编：《唐文粹》，《景印文渊阁四库全书》，台湾商务印书馆 1986 年版，第 1343、1344 册。
③ （宋）孔延之编：《会稽掇英总集》，《景印文渊阁四库全书》，台湾商务印书馆 1986 年版，第 1345 册。

家集》①，以及《宋文选》②、汤汉编《妙绝古今》③、桑世昌所编《回文类聚》④、楼昉所编《崇古文诀》⑤、真德秀所编《文章正宗》⑥、谢枋得所编《文章轨范》⑦ 等宋代总集选本，虽都收录篇数不多的题跋文章，但均未将题跋作为独立文体加以标目并选辑。当然，一些宋代选家在总集的类目设置上已显露出对于题跋文体的理论性把握。如宋魏齐贤、叶棻所编《五百家播芳大全文粹》⑧，卷一一〇列有"题跋"文体，收录宋代题跋文三十六篇。又如昌祖谦编选的《宋文鉴》，选本中单独标有"题跋"文体，并于卷一三〇、卷一三一两卷收录宋人题跋文。元代总集亦注意到题跋文体的独立价值，周南瑞所编《天下同文集》⑨、苏天爵所编《元文类》⑩ 均列有题跋文体并依体选文。但元人编选

---

① （宋）刘涣等撰，刘元高编：《三刘家集》，《景印文渊阁四库全书》，台湾商务印书馆 1986 年版，第 1345 册。

② 《宋文选》，《景印文渊阁四库全书》，台湾商务印书馆 1986 年版，第 1346 册。

③ （宋）汤汉编：《妙绝古今》，《景印文渊阁四库全书》，台湾商务印书馆 1986 年版，第 1356 册。

④ （宋）桑世昌编，朱存孝辑补：《回文类聚》，《景印文渊阁四库全书》，台湾商务印书馆 1986 年版，第 1351 册。

⑤ （宋）楼昉编：《崇古文诀》，《景印文渊阁四库全书》，台湾商务印书馆 1986 年版，第 1354 册。

⑥ （宋）真德秀编：《文章正宗》，《景印文渊阁四库全书》，台湾商务印书馆 1986 年版，第 1355 册。

⑦ （宋）谢枋得编：《文章轨范》，《景印文渊阁四库全书》，台湾商务印书馆 1986 年版，第 1359 册。

⑧ （宋）魏齐贤、叶棻编：《五百家播芳大全文粹》，《景印文渊阁四库全书》，台湾商务印书馆 1986 年版，第 1352 册。

⑨ （元）周南瑞：《天下同文集》，《景印文渊阁四库全书》，台湾商务印书馆 1986 年版，第 1366 册。《天下同文集》卷三三列出"题跋"体，收录文章二篇，即徐琰《跋宋徽宗书》及姚燧《跋张梦卿所藏紫阳杨先生墨迹》。

⑩ （元）苏天爵编：《元文类》，《景印文渊阁四库全书》，台湾商务印书馆 1986 年版，第 1367 册。《元文类》卷三九列出"题跋"体，辑录吴澄、元明善、袁衮、袁桷、虞集、宋本、柳贯共七家十四篇文章。

的文章总集相对来说数量依然较少，还未对题跋文体形态
进行深入剖析，故其对题跋文体之认知尚处于朦胧浅表之
状态。

继明而起的清代，伴随着宗经的实学思想以及考据之
学的崛起，清代学者开始批判明人束书不观、游谈无根的
空疏学风。在此种时代主流观念的左右下，清代文体学家
的文体分类思想也整体呈现出归繁为简的态势。具体至题
跋文体而言，总集在类目设置中多将题跋文与序体文合为
一体，逐渐淡化了对题跋文体多重功用的理解。作为明清
易代之际的代表性文人黄宗羲，他所编选的几部重要文章
总集选本在题跋的辑录上便已表现出化繁为简的特征。如
《明文案》①、《明文海》②均将题跋与题辞、引、后序一同
合并于序体来进行标目与选文。而姚鼐的《古文辞类纂》③
则更进一步，在其辑录序跋类文体时，便不再对题跋文体
进行单独分类。当然亦有例外，如清末薛熙编的《明文
在》④虽单列出题跋文体，但仅选辑明代题跋十八篇。所选
篇目也多强调题跋文体的知识内涵，而忽视了该文体抒情、
议论的多重功能。清人总集所反映出的题跋文体观念在清
代一些诗文评著作中也可得到印证。如吴曾祺在《文体刍

---

① （清）黄宗羲辑：《明文案》，《四库禁毁书丛刊补编》，北京出版社 2005 年版，
第 44、45、46、47 册。

② （清）黄宗羲编：《明文海》，《景印文渊阁四库全书》，台湾商务印书馆 1986 年
版，第 1456、1457、1458 册。

③ （清）姚鼐纂集，胡士明、李祚唐标校：《古文辞类纂》，上海古籍出版社 1998
年版。

④ （清）薛熙编：《明文在》，《四库全书存目丛书》，齐鲁书社 1997 年版，第
408 册。

言》中同样将序与题跋合并为"序跋类"来展开文体评介："至史家之体，序文实繁，跋亦序类也，其出比序为后，其作法亦稍近。惟序有前序后序，跋则施之卷末而已，故取足后之义为名。而金石一家，传此者甚伙，有汇成一书者，盖考证之学，于此体为宜。"① 吴曾祺的话自然不能算错，他在此所说的"盖考证之学，于此体为宜"，乃指题跋的说明性功能，为取其补充、引申之作用。但是，无论是宋人苏轼的说诗论艺，还是元明之际宋濂的说理教化，乃至王世贞的评书论画、徐渭的抒情泄愤、袁宏道的叙写情趣，都曾经在题跋文体创作中大显身手，并留下了大量的脍炙人口的佳作。而吴曾祺却略过如此丰富的文学史事实，仅仅将题跋文体功能收归到说明范围，这既体现出清代题跋文体观念的明显改变，也反映出明、清两代文人因社会文化氛围的变化而导致的个性及思想活力的差异与变迁。明、清两代题跋文体观念的差异源于二者文体分类思想的不同原则。而这些原则又必然以文坛的创作实践为经验基础，并受时代思想潮流的深刻影响。我们或许无法轻易就其优劣而妄下结论，或判断应奉何种文体观念为圭臬。但可以肯定的是，具备集大成特色的明代题跋文体观念，细致而全面地呈现出了题跋的历史发展脉络及其文体内部的形态特征，并从一个侧面展示了明代文学思想多元而活跃的历史特征。这对于题跋文体研究乃至明代文学思潮研究来讲，都具有不可小觑的学术价值。

---

① （清）吴曾祺：《涵芬楼文谈》，金城出版社 2011 年版，第 99 页。

第三节　明人选题跋总集的选本类型

对于题跋文体观念史的梳理，有助于拉近题跋文体形态诠释与具体历史语境之间的距离，从而增强文体解释的有效性。当代法国学者保罗·利科认为："任何解释都企图克服存在于文本所属的过去文化时代与解释者本身之间的疏远和间距。通过克服这个距离，使自己与文本同时代，解经者才能够占有意义。"① 因此，对明人选题跋文总集所反映出的文体观念的归纳和理解，显然是克服解释距离的有效方式。而不同类型的总集选本，对文体类型的关注程度亦不相同。选择何种类型的总集作为关注重心，就需要进一步细致讨论。② 选辑方法在上一节中已有具体论述，因而对于明代题跋文总集选本来讲，其类型划分还有两个重要的思考维度。一是选本的编选目的，即选录题跋文总集的选家们分别持有何种文学观念。二是选本的编选范围，即这些总集选本对历代题跋文作品的历史观照范围。

---

① ［法］保罗·利科：《解释的冲突——解释学文集》，莫伟民译，商务印书馆 2008 年版，第 18 页。

② 关于选本的类型划分依据问题，邹云湖在《中国选本批评》一书中从"'选'的目的（为什么选）""'选'的标准（选什么）""'选'的方法（怎么选）"这三个范畴出发，对中国古典文学选本的分类提供了一种参照依据。参见邹云湖《中国选本批评》，上海三联书店 2002 年版，第 283 页。党圣元在《论选本的文体批评功能》一文中提出，"选本、总集等从总体上来说，并非仅仅是集文，更重要的是要按照一定的体例对文章进行'类聚区分'，所以选本、总集编选体例的安排，于此多见选编家眼光和他们对文类、文体形态的认识。就中国历代选本的选编而言，以文体体式、类别进行选文或选诗，然后进行分类编排而成书，构成了古代选本批评的主要特色"。参见党圣元《论选本的文体批评功能》，《甘肃社会科学》2019 年第 3 期。这些观点可作为下文论述的参考。

一　编选目的

明人总集的编选目的，与明代题跋文体观念的研究意义直接相关。选录题跋文的五十余部明人总集，其编选目的大体上可以分为三类，即以辨析文体为目的、以宣扬文学思想为目的与以辑录文献为目的。当然，实际情况有时又并非绝对的泾渭分明，而是多存在交叉、互融的现象。但就其主要倾向而言，又可作如是分类。

以辨析文体为目的而编选的总集选本，是研究明人题跋文体观念的重要参考对象。从明初洪武年间至明末清初时期，为辨别文章体类而编纂的总集选本层出迭见。成书于天顺年间的《文章辨体》，其"凡例"便明确指出"文辞以体制为先"①。而在卷首的《诸儒总论作文法》中，吴讷又融会前代诸家文人论作文之语，并多次触及文体对文章创作的重要性。比如该篇章引述《金石例》论作文之观点，即"学力既到，体制亦不可不知，如记、赞、铭、颂、序、跋，各有其体。不知其体，则喻人无容仪，虽有实行，识者几人哉"；以及倪正父所言："文章以体制为先，精工次之。失其体制，虽浮声切响，抽黄对白，极其精工，不可谓之文矣。"② 由此可见，明代前期选录题跋的文章总集已显露出对文章体制的尊奉意识。而后于嘉靖年间成书的《六艺流别》、万历元年（1573）结集的《文体明辨》，以

---

① （明）吴讷著，于北山校点：《文章辨体序说》（与徐师曾《文体明辨序说》合刊），人民文学出版社1998年版，第9页。
② （明）吴讷著，于北山校点：《文章辨体序说》（与徐师曾《文体明辨序说》合刊），人民文学出版社1998年版，第14页。

及明末清初时期编成的《文章辨体汇选》，其辑选者均持有辨清文体源流的编选初衷。因而以此类总集为对象来探讨明人对题跋文体形态的认知，是还原明代题跋文体观念的必经途径。

以宣扬文学思想为目的而辑录的总集选本，是研究题跋文学史观的有效参照。这类总集选本以程敏政《明文衡》、唐顺之《文编》、茅坤《唐宋八大家文钞》、陈子龙等《皇明经世文编》为代表。编定于弘治年间的《明文衡》，其序言曰："文之来尚矣，而后世词华之习蠹之。故近有为道学之谈者曰：'必去，而文然后可以入道。'夫文，载道之器也。惟作者有精粗，故论道有纯驳。使于其精纯者取之，粗驳者去之，则文固不害于道矣。而必以焚楮绝笔为道，岂非恶稗而并剪其禾，恶莠而并揠其苗者哉?"① 可见该选本虽然未完全否定"文"的地位，但仍持以"文以载道"的文学观念，是对明代前期台阁体文学观念的沿袭以及受理学观念影响的产物。而此种观念反映在题跋文选辑上，也表现得较为保守。比如集内辑录台阁文人杨士奇题跋共五篇，作品数量在入选诸家中居于前列，但这并不能说明杨士奇题跋文章的水平，仅仅显示了作者对于台阁文章尊道重理的偏爱。另外，茅坤所著《唐宋八大家文钞》亦强调文道合一的文章观念，但其序言却说："孔子之系《易》，曰：'其旨远，其辞文。'斯固所以教天下后世为文者之至也。"② "孔子之

---

① （明）程敏政：《明文衡序》，《四部丛刊初编》，上海书店 1989 年版，第 332 册，第 1 页。

② （明）茅坤著，张大芝、张梦新校点：《茅坤集》，浙江古籍出版社 1993 年版，第 489 页。

所谓'其旨远'，即不诡于道也；'其辞文'，即道之灿然，若象纬者之曲而布也。"① 尽管没有否认道的优先地位，但毕竟为文留下了存在的空间。唐顺之则在《文编序》中着重突出了文章法式的地位："然则不能无文，而文不能无法"，"所谓法者，神明之变化也。《易》曰：'刚柔交错，天文也。文明以止，人文也。'学者观之，可以知所谓法矣。"② 尽管《唐宋八大家文钞》与《文编》均未将"题跋"单独区分并标目选辑，看似未以文体辨析为归旨，但其选篇处理的方式却透露出唐宋派文人对于前代题跋文创作的抉择与偏好。这两部选本选录的唐、宋题跋文仅有"读某某"及"书某某后"两类，可见题跋文体内部的不同类别，有可能承担着不同的文体功能。就唐宋派而论，他们自然偏爱那些论学谈道的题跋文章，则偏重于议论的"读某某"类题跋的入选也就理所当然。从对题跋文体功能的拓展而言，他们也应是做出了自己的贡献的。而《皇明经世文编》则是针对晚明时期"俗儒是古而非今，文士撷华而舍实"③ 的历史状况，以补救晚明文坛流弊为目的、以经世致用为标准来选辑题跋文，从中既可以看出明清之际实学思潮的影响，也可显示出经世致用文学观念在当时的流行。

---

① （明）茅坤著，张大芝、张梦新校点：《茅坤集》，浙江古籍出版社 1993 年版，第 490 页。

② （明）唐顺之编：《文编》，《景印文渊阁四库全书》，台湾商务印书馆 1986 年版，第 1377 册，第 103 页。

③ （明）陈子龙著，王英志辑校：《陈子龙全集》，人民文学出版社 2011 年版，中册，第 812 页。

在明人选题跋总集中，以辑录文献为目的而编纂的总集选本主要可以分为三类。一是以去粗取精、树立典范为宗旨的选本，以明初时期朱樗所辑《文章类选》为代表。对此《文章类选序》有所提及："自秦汉魏晋唐宋以来，诸儒纷出，著书立言，体制不一，浩浩穰穰，汗牛充栋。人之精神有限，焉能遍观而历览之哉？岂若于其文之精粹者，每体择取数篇、类而集之以为法程，以便观览之为愈也。"① 二是以完整呈现明代文章创作状况为归旨的选本，以黄宗羲《明文案》《明文海》为代表。黄宗羲统观明代散文作品，提出"有明文章正宗，盖未尝一日而亡也""唐、宋之文，自晦而明；明代之文，自明而晦"② 等观点。这种对明代散文创作发展脉络的整体性把握，为易代之际的题跋文体观念研究提供了历史参照。三是万历后期开始出现的小品文选本，以《古今文致》《皇明十六名家小品》《古今小品》为代表。该类选本虽以辑录小品散文为目的，却也可从侧面反映晚明选家对题跋文的态度。明代藏书家毛晋在《跋容斋题跋》中谈及小品与题跋的关系："题跋似属小品，非具翻海才、射雕手，莫敢道只字。"③ 这说明了一些题跋文与明代小品文有着明显的交叉、重叠之处，从而成为小品文类的重要组成部分。其实，无论是以树立典范

---

① （明）朱樗：《文章类选序》，《四库全书存目丛书》，齐鲁书社1997年版，第290册，第159页。

② （清）黄宗羲辑：《明文案序》，《四库禁毁书丛刊补编》，北京出版社2005年版，第44册，第458—459页。

③ （明）毛晋撰，潘景郑校订：《汲古阁书跋》，上海古籍出版社2005年版，第36页。

为宗旨，还是以汇集一代文献为目的，乃至专收小品以选文归类，其中都还承担着辑录文献以存人的传世目的。因而此类总集选本亦是研究明代选家题跋文体观念的重要关注对象。

二　编选范围

在中国古代文体发展史上，由于题跋作为独立文体形成的时间较晚，明代总集对题跋的关注主要集中于唐、宋、元、明这四个历史时期的作品，这使得选家们的关注范围大多集中于近古时期。除此之外，题跋文体较少承担像碑传铭状那样明确的实用功能，也使得总集选家能够较为灵活地处理题跋文体的分类问题。因此，与明代散文流派及散文创作和理论领域的"宗秦汉"还是"宗唐宋"的激烈论争相比，明代散文批评家对题跋文体的典范确立过程就表现得比较清晰和顺畅。通过对明人选题跋总集选本的阅读和梳理，可以得出如下结论，即明代选家对宋人题跋文格外关注及推崇，且这种现象从明初洪武年间一直持续至明末清初，始终未有大的改变。这既说明了题跋文体的巨大包容性特征与开放性的发展态势，也显示出明代文学思潮历史状况的复杂内涵。

在笔者经眼的明人编选的题跋文总集中，有27种通代总集，24种断代总集。数据统计是展现总集选本选辑对象的较为客观且明了的方式，故将明人选题跋总集的编选历史范围以列表方式呈现。具体内容参见表1.5。

表 1.5　明人选题跋总集选辑范围一览

	通代选本	数量	断代选本	数量	总计
唐	《文章类选》《文章辨体》《文翰类选大成》《荆溪外纪》《文编》《文章指南》《文体明辨》《删补古今文致》《古文奇赏》《续古文奇赏》《文章辨体汇选》《八代文钞》	12	无	0	12
宋	《文章类选》《新安文粹》《文章辨体》《文翰类选大成》《新安文献志》《金华正学编》《全蜀艺文志》《荆溪外纪》《文编》《文章指南》《文体明辨》《三台文献录》《唐宋八大家文钞》《清源文献》《文坛列俎》《删补古今文致》《古文奇赏》《三续古文奇赏》《四续古文奇赏》《古今小品》《文章辨体汇选》《蜀藻幽胜录》《诸儒文要》《八代文钞》	24	《宋文钞》《里先忠三先生文选》《宋文归》	3	27
元	《新安文粹》《文章辨体》《文翰类选大成》《新安文献志》《金华文统》《金华正学编》《全蜀艺文志》《荆溪外纪》《三台文献录》《清源文献》《四续古文奇赏》《文章辨体汇选》《蜀藻幽胜录》《八代文钞》	14	《中州名贤文表》	1	15

	通代选本	数量	断代选本	数量	总计
明	《文章辨体》《文翰类选大成》《新安文献志》《金华文统》《金华正学编》《荆溪外纪》《三台文献录》《清源文献》《删补古今文致》《古今小品》《文章辨体汇选》《全蜀艺文志》《诸儒文要》《八代文钞》	14	《三异人文集》《明文衡》《皇明文范》《今文选》《续今文选》《海虞文苑》《明文奇赏》《媚幽阁文娱初集》《媚幽阁文娱二集》《皇明文征》《皇明十六名家小品》《明文霱》《同时尚论录》《皇明经世文编》《明文案》《明文海》《明文授读》	17	31

明代总集选本集中辑录唐、宋、元及本朝时期的题跋文章,这种选录现象与题跋文的创作发展脉络也大致相符。但就具体数据的统计情况来看,有两种现象值得关注。一是明人编选的通代总集,绝大多数以宋人题跋文为主要的关注对象,且辑录的题跋文数量居多。宋代本就是题跋文创作成就最为丰硕的历史时段,无论是欧阳修《集古录跋尾》这类以"考古证今,释疑订谬"为用途的题跋文,还是苏轼、黄庭坚所创作的大量以表现作者性情、观念为归旨的题跋文,都在创作数量与文体形态的定型方面展示出较高的水平与巨大的贡献。这也启迪了后世之明代题跋文性灵式的书写模式。可以说,明人总集对题跋文的辑录,是宋代题跋经典化过程中的重要历史环节。在明代选家的推动下,宋人题跋文在创作领域已凸显为一种标榜与典范。二是明人编选的通代总集对唐人题跋亦给予了足够的重视。

从数量上看，唐代并非题跋文创作的高峰时期。比如韩愈散文作品中，可算作题跋文的不过五篇；① 柳宗元的题跋文也仅能见到《读韩愈所著毛颖传后题》一篇。② 又如《文章辨体汇选》，收录历代题跋选文凡二百五十一篇。其中所收录的唐代题跋文仅为三篇。尽管唐人题跋文在历代题跋文作品中所占的比重非常微小，但仍有近半的总集选本将其辑录入册。此种现象的特殊性还可从与元、明两代的题跋文选辑状况的对比中寻见踪影。明人题跋文作品数量相当庞大，比如现存的宋濂题跋文共二百七十五篇；王世贞《弇州四部稿》共存题跋文四百五十八篇，《弇州山人续稿》共存题跋文五百九十篇，另外还有《读书后》保存的题跋文一百五十篇。而在明人选题跋的通代总集中，其关注度与唐代题跋文相差无几。元代题跋文的创作规模同样不可小觑，《全元文》中仅"跋"类作品就收录近四百篇。③ 但在选本批评中，其所反映出的关注程度与唐人题跋文亦难分伯仲。由此可见，唐代题跋文在明代总集批评实践之中存有显豁的地位。其中原因可能较为复杂，就目前所能推测的，可能与总集选家的正本清源观念以及韩愈、柳宗元在散文创作中所取得的巨大成就有密切关联。

　　明人选题跋的断代总集中有十七种为明代文章选本，占据了断代总集的绝大部分。这些断代选本在编选范围上囊括了地方性总集、全国性总集、小品文总集等诸种类型，

---

① 马通伯校注：《韩昌黎文集校注》，古典文学出版社 1957 年版。

② （唐）柳宗元：《柳宗元集》，中华书局 1979 年版。

③ 李修生主编：《全元文》，凤凰出版社 2005 年版。

在时间跨度上涵盖了明朝弘治年间至清初时期这百余年的历史时段。可以说，明代批评家对本朝的题跋文作品自有完整而系统的把握。其余的断代总集则很难从其数量上判断出明代选家的关注重心所在。单以断代选本判断明人选辑前代题跋文的规模和偏好，存在不周全之处。因大约从中晚明时期始，文坛开始出现大量的苏轼散文选本。据统计，从明代成化年间至明代末期编选的苏轼散文选本即有近百种。① 因此明人所辑录的断代选本中，有相当一部分是关注宋人题跋文作品的。但为了更加客观地呈现明代选家对历代题跋文创作的宏观性把握，本书将研究重心置于明人总集及其反映出的题跋文体观念，故有关明代苏文选本的选评状况不再作细致分析。

余　论

本章分编选时间、编选体例、选本类选这三个方面，对选录题跋文的明人总集进行了分类介绍。首先，经过上述系列考察，可以发现明人选题跋文总集的编选时间分布并不平衡。万历至崇祯时期，明人选题跋总集数量则非常

---

① 《苏文选本在明清时期的刊刻和流行——兼评明代苏轼研究"中熄"说》一文统计，知见苏文选本 119 种。作者从《中国古籍善本书目》《苏轼著作版本论丛》等辑出 79 种苏文选本；编录的《明清所刊苏文选本知见录》中，明代苏文选本有 98 种。参见付琼《苏文选本在明清时期的刊刻和流行——兼评明代苏轼研究"中熄"说》，《兰州学刊》2009 年第 7 期。《明代苏文研究史》一书论及明代苏文研究的分期，认为前期最长，大致从明初至正德年间，中期从正德至万历前期，晚期从万历中期至明朝灭亡。晚期时段时间虽最短，但却是明代苏文接受史上最繁荣的时期。参见江枰《明代苏文研究史》，江西人民出版社 2010 年版，"绪论"第 6 页。

密集，此时是明代题跋文总集选本时间分布的密集阶段。其次，明代总集在辨体方面有格外细密的表现。表现在编选体例方面分为以入选作家标目、以类别标目、以文体标目、以体类或作家文类混合标目这四大类，且将题跋作为独立文体而编次的现象非常突出。与宋、元及清人总集选录题跋文的历史表现相比较，明人的题跋文体观念成熟而且完备，显示出了足够的分类敏感性及自觉的文体学思想特征。这对题跋文体研究来讲具有不可小觑的历史地位。最后，明人选题跋总集的编选类型亦较为多元。其中包括以辨析文体为目的、以宣扬文学思想为目的、以辑录文献为目的这三种类型的总集选本。而诸种通代与断代总集所辑录的唐、宋、元、明朝时期的题跋文，比较全面地反映出历代题跋文创作的发展脉络。

明代选家对诸类文体的细腻考察多为清代学者所诟病，尤以四库馆臣为甚。其虽少有褒扬之语，如《四库全书总目》评《六艺流别》曰："分类编叙，去取甚严"①；评《文章辨体汇选》"其别类分门，搜罗广博，殆积毕生心力，钞撮而成，故坠典秘文，亦往往有出人耳目之外者"②，但整体来看仍是批驳之语更多，如评《南齐文纪》曰"而体例尤为丛脞"，"徒以一代之文，兼收全备而存之耳"③，评《释文纪》曰"一概收之，亦嫌泛滥，皆不免于小疵"④，评《古文奇赏》《明文奇赏》曰"去取亦多未审。

---

① （清）永瑢等：《四库全书总目》卷一九二，中华书局 1965 年版，第 1746 页。
② （清）永瑢等：《四库全书总目》卷一八九，中华书局 1965 年版，第 1723 页。
③ （清）永瑢等：《四库全书总目》卷一八九，中华书局 1965 年版，第 1721 页。
④ （清）永瑢等：《四库全书总目》卷一八九，中华书局 1965 年版，第 1722 页。

盖务博而不精，好分流品而无绪，悉不免冗杂之失云"①，评《明文海》曰"分类殊为繁碎，又颇错互不伦……编次糅杂，颇为后人所讥"②。而对于明人一些以辨体为宗旨的总集选本，清人也多有责备，如评《文体明辨》曰："或标类于题前，或标类于题下，千条万绪，无复体例可求。所谓治丝而棼者欤"③；评《文章辨体》曰："文体亦未能甚辨……其余去取，亦漫无别裁，不过取盈卷帙耳，不足尚也"④；评《文章类选》曰："然标目冗碎、义例舛陋，不可枚举"⑤。

清人的批驳大抵出于两种因素，一是出于对明代文体学家繁复细致的文体分类思想的排斥；二是对明代散文创作实绩的不满。比如《四库全书总目》评价《明文衡》时夸赞其"所录皆洪武以后，成化以前之文。在北地、信阳之前，文格未变，无七子末流，摹拟诘屈之伪体。稽明初之文者，固当以是编为正轨矣"⑥；而评《皇明十六名家小品》时便讽其所收录作品"大抵轻佻狷薄，不出当时之习"⑦。这些批评对明代散文的创作成就及其总集选本的辨体成就而言显然都是有失公允的。身处不同历史时期、持有不同文学观念的作家与选家，其文体观念及审美思想或有差异。但明代总集选家们的选辑宗旨，及其对某一历史

---

① （清）永瑢等：《四库全书总目》卷一九三，中华书局 1965 年版，第 1762 页。
② （清）永瑢等：《四库全书总目》卷一九〇，中华书局 1965 年版，第 1729 页。
③ （清）永瑢等：《四库全书总目》卷一九二，中华书局 1965 年版，第 1750 页。
④ （清）永瑢等：《四库全书总目》卷一九一，中华书局 1965 年版，第 1740 页。
⑤ （清）永瑢等：《四库全书总目》卷一九一，中华书局 1965 年版，第 1739 页。
⑥ （清）永瑢等：《四库全书总目》卷一八九，中华书局 1965 年版，第 1715 页。
⑦ （清）永瑢等：《四库全书总目》卷一九三，中华书局 1965 年版，第 1765 页。

阶段题跋文作品的抉择判断，却描绘出明人深入而细致的题跋文体观念。这无论是对于还原题跋文体客观、真实的历史样貌，还是对于今人研究明代散文诸文体的切入方式，在一定程度上都提供了学术方法的支撑。

第二章 明代题跋文批评及其文体界定

关于题跋文体的界定，目前学界有两个关注点。一是题跋文体的分类，当代学者多将题跋分为文学类及学术类两大类型。二是题跋文与小品文的关系，将以苏轼为代表的宋代题跋作家及明代性灵作家的题跋作品称为小品文，这也是今人多有陈述的学术观点。因此，结合明代题跋文体批评的实际状况来对这两个问题进行深入探研，是还原题跋文体形态及明人题跋文体观念的重要视域。晚明时期的总集选本在研究样本上则具有独到的优势。其一是与明代前、中期的总集选本相比，晚明时期的选本所辑录的题跋作品范围更广、覆盖面更全。其二是晚明时期是小品文创作及批评的高峰时期。这在上一章中已有论述，即万历至崇祯时期明人选题跋总集数量非常密集，是明代选录题跋文的总集选本时间分布中的繁荣阶段，而这些总集中又不乏小品文选本。基于以上原因，本章内容选择以万历时期至明末清初时期的总集为对象，来探讨题跋文体分类及题跋的小品属性问题。

第一节　明人选题跋总集与明代题跋文体分类

前文已有所涉及，选本研究是文学理论与文学思想研究的重要途径。选本的形成与文学接受、文学经典化、文学观念的生成紧密相关。处于同一段历史时期的不同选本及选评，其异同间的比照可从多角度还原出特定历史背景下不同选家的思想观念。晚明时期出现了大量的总集选本，同时伴随着对个性张扬的追求，此时以"小品"命名或为主题而结撰、辑录的别集与总集亦有不少。① 有鉴于此，下文选取晚明时期有代表性的小品文选本《明人小品十六家》《古今文致》与文章总集《文章辨体汇选》进行对比分析，力图较为客观地总结出以性灵为尚的小品文选家与以辨体为初衷的晚明总集选家各自的题跋文体观念，从而深入认识题跋的文体形态特征。

一　题跋文入选状况考察

《明人小品十六家》② 为明末陆云龙等人选评，共选明代十六家小品文三十二卷。作为一部断代小品文选本，其是由明人选评的颇具代表性的小品文总集。所选作品上自嘉靖后期，下逮崇祯前期。其中包括明代十二家共四十九

---

① 吴承学分析晚明大多数文人及读者对小品的热爱，认为"这种热，除了艺术上的原因之外，也有经济上的原因——它们是畅销书。这种畅销正说明晚明人对于小品的热烈欢迎。"参见吴承学《晚明小品研究》，江苏古籍出版社 1999 年版，第 440 页。

② （明）陆云龙等选评：《明人小品十六家》，浙江古籍出版社 1996 年版。

篇题跋作品。《古今文致》①为晚明文人刘士鏻选辑，共十卷。选本辑录汉魏六朝至明代散文名作共八十二篇，其中涵盖了骚、记、书、铭、赞、序、碑、辨、传、题跋等多种文体。蔡镇楚认为"《文致》是一部难得的历代散文小品选集"，具有颇高的文献价值、批评价值、审美价值。②《古今文致》共辑录明代题跋三篇：李梦阳《题史痴江山图后》、陈继儒《书姚平仲小传后》、李贽《书司马相如传后》。该选本的优点是没有明显的流派倾向，其中既选有性灵作家李贽，又选有复古作家李梦阳，可以说该选本所代表的是晚明较为流行的小品文类观与题跋文体观。

《文章辨体汇选》共选入三十九位明代文人的题跋作品。王世贞的题跋入选数量最多，为十六篇；其次是宋濂，共入选十四篇；董其昌位列第三，共入选十二篇；徐渭位列第四，共入选十篇；方孝孺位列第五，共入选九篇；唐顺之、钟惺并列第六位，均入选六篇；李流芳位列第八位，共入选五篇；刘基、谭元春并列第九位，均入选四篇。其余作家的入选数量均为四篇以下。从作品数量的对比中可以发现：一是元明之际的文人题跋很受重视，如明初文臣宋濂的入选作品数量不容小觑。二是无论是主张复古的文人还是倡导性灵的文人，在题跋文创作方面都有所建树。前者如李梦阳、王世贞、唐顺之、归有光；后者如徐渭、钟惺、谭元春、袁宏道。尤其是复古派文人王世贞，乃《文章辨体汇选》中入选题跋文数量最多的作家。

---

① （明）刘士鏻编：《古今文致》，江苏广陵古籍刻印社1991年版。
② （明）刘士鏻选编，蔡镇楚校点：《文致》，岳麓书社1998年版，第13页。

　　明人总集与晚明小品文选集在编选目的上有很大不同：明人总集以辨体为目标，旨在厘清不同文体的体制特征、源流正变；晚明小品文选集则主要以晚明流行的文体风格为依据，旨在选辑重主体情趣、表达率性的散文篇章。入选小品文选集的篇章在体制方面短小、灵活的共同特点，也只是针对"小品"文类而言，对所涵盖的诸文体的具体形态区分并无大用。尽管几位晚明选家的选辑宗旨存在差异，但就选辑状况而言，三部选本间仍然存在相合之处。

　　首先，《文章辨体汇选》与《明人小品十六家》对于崇尚性灵的文人题跋态度相似，都注意到了题跋文体抒发性情的文学性特征。《明人小品十六家》共选入十二位文人的题跋作品。而有十位作家同时被两部选本所共同选录，他们分别为：徐渭（十篇）、黄汝亨（七篇）、袁宏道（五篇）、张鼐（四篇）、钟惺（四篇）、虞淳熙（三篇）、袁中道（三篇）、陈仁锡（三篇）、陈继儒（二篇）、曹学佺（一篇）。这十位作家入选的题跋文篇目在两部选本中的重合率也很高。《文章辨体汇选》共选入这十位作家的题跋文三十五篇，其中二十二篇为《明人小品十六家》所共选。徐渭、袁宏道等倡导性灵的文人，他们的题跋文大多得到了明代断代选本的一致认可，而这说明侧重抒写性灵的题跋文不仅符合晚明小品选家的审美追求，也符合晚明总集选家对题跋文体"体要"的规定。其次，《文章辨体汇选》与《古今文致》都选辑了复古派文人、性灵派文人的题跋文，都在不同程度上还原出明代题跋文创作多元共存的历史状况。李梦阳、陈继儒为两部选本共同选入的作家；《题史痴江山图后》^① 为共同选辑的作品。尽管《古今文致》所选取的题跋作家里，中晚明时期推举性灵的文人有陈继儒、李贽，明前期主张复古的文人仅有李梦阳。但这说明同为小品文选集，《古今文致》并未如《明人小品十六家》一般忽略复古派的题跋文创作。在晚明诸多选本中，明人题跋文均能得到各选家不同程度的认可，可见该新兴文体具有宽松的施展空间。

与此同时，三部选本对题跋文选辑的差异性亦值得关注。两部晚明小品文选本均未选辑宋濂、刘基、方孝孺等开国文人的题跋文。晚明小品讲求自由挥洒、轻松自得，所以小品选家易将"载道"类的短小篇章排除在外。而《文章辨体汇选》则对明人题跋文进行了全面把握，将持不同文道观念的文人题跋综合梳理，展示出题跋作为"小文章"的广泛功用。题跋是宋代以来方才兴盛的文体，因此其体制更为灵活，持不同文道观念的文人在题跋文创作过程中往往能够任性发挥，持不同散文观念的文人多能够通过题跋文的创作来议论或抒情。尽管这些文人在诗文的拟古、崇古方面存有抵牾，但在题跋文的创作上均得到了晚明选家的推崇，这实在是一个值得深思的问题。

二 总集选本的题跋文体观念及其分类

晚明时期不同类型的散文选本对明人题跋文有不同向度的把握与肯定，这恰好体现出明代题跋文体功能的包容

---

① 《文章辨体汇选》中此篇名为"题史痴江山雪图"，文中最后一字为"雪"。《古今文致》中该篇名为"题史痴江山图后"，最后一字为"云"。

性。通过上文的统计分析，可知明初时期的文人题跋、主张复古的文人题跋与倡导性灵的文人题跋是晚明三位选家的关注所在。从晚明选家的思考向度出发，对三部选本中的这几类题跋进行细读，可将其文体形态大体分为四类。第一类以载录、考订等为基本用途，与载体联系非常紧密，属于围绕载体创作的说明文。第二类以对载体进行评论为重心，与载体的联系也很紧密，属于围绕载体创作的议论文。第三类以表达作者主体的思想观念、说理表意为核心，兼带对载体的说明、议论，与载体的联系较为疏松，属于主观性很强的议论文。第四类则以作者主体情性的自我抒发为核心，与载体的联系更为疏松，属于抒情类散文。前两类题跋文实质上属于评点之作，凸显了题跋的实用性功能；后两类题跋文则偏属于文学创作，主体性和文学性都很突出，显示出题跋的文学性色彩。当然这只是大致的分类，有些题跋作品兼属其中两类，主体表达与客体观照各有比重。

题跋是文人根据不同载体也就是对象物而展开的叙事、说明或议论。在此方面，它与序体文有类似之处。如《文体明辨序说》论及序体所言："其为体有二：一曰议论，二曰叙事。"[①] 题跋与序都是针对言说对象而撰写的文章。在中国古代散文中，有一类文体是依附对象物而存在的，比如题跋、记、序（赠序除外）等。它们必须顾及载体或对象物的形态特征。这类文体的创作实际上是作者主体与客

---

① （明）徐师曾著，罗根泽校点：《文体明辨序说》（与吴讷《文章辨体序说》合刊），人民文学出版社 1998 年版，第 135 页。

体的互动、交流行为。因此在写作时既不能忽视施于对象物的客观把握，也要注重作者的主观认知。但题跋与记、序的不同之处在于，记、序的对象物相对单一；而题跋的对象物则更加丰富，书画、金石碑帖、诗文作品、个人著述等均可成为其说明、议论的客体。按照今人的散文理论，围绕载体进行叙事、说明的一类属于说明文，根据载体进行议论、生发的一类属于议论文。可以说作者主体性的发挥程度是划分题跋种类的重要依据。

在《文章辨体汇选》中，明初时期的题跋文作品主要集中于前三类，以两朝文人宋濂为例。其中属于第一类的题跋文如《匡庐结社图跋》，既有对载体的说明："右《匡庐十八贤图》一卷，上有博古堂印识，不知何人所作。描法学马和之人物，布置则仿佛东林石刻，而韵度过焉"；也有对载体的描摹："其二人相向立，一人戴黄冠，手持衣袂，而扬眉欲吐言者，道士陆修静也。一人敛容而听之者，法师慧远也。其一人冠漉酒巾，披羊裘，枣杖徐行，而萧散之气犹可掬者，陶元亮也。其一人蹑屩枢衣，笑指元亮者，毕颖之也。其一人执羽扇宴坐芭蕉林下者，慧远之弟慧持也。其一人与持对坐，合爪竖二指者，僧跋陀也。其一人俯仰其手，操麈尾拂坐陀下者，宗少文也。其一人居持右，抵肩作礼而为貌甚恭者，僧昙顺也。其三人皆披甲，一人持铁如意，一人展卷读，一人美髯而反顾者，则刘程之、雷仲伦、周道祖也"。[①] 元人多将莲社故事写入诗文作

---

① （明）贺复征编：《文章辨体汇选》卷三七〇，《景印文渊阁四库全书》，台湾商务印书馆 1986 年版，第 1406 册，第 486 页。

品，其中"十八贤"故事更是多被称誉。①处于元明易代之际的宋濂，此处对"十八贤"僧俗人物之衣着、动作、神态逐一加以刻画，如"扬眉欲吐言"的陆修静、"敛容而听"的慧远、"萧散之气犹可掬"的陶渊明、"操麈尾拂坐陀下"的宗炳等。其摹写可谓惟妙惟肖、栩栩如生。

属于第二类的如《题文履善手帖后》。全篇笔墨多用于针对载体而展开的叙述："右少保文信公手帖，知赣州日六月所发。公自为贾师宪所忌，咸淳壬午，即援钱若水例，上休致之请。明年癸酉，绍陵特起公提点河南刑狱。又明年甲戌，改知赣州，公年始三十有九尔。守赣仅逾年，当德祐乙亥之秋，即帅勤王之师来赴临安。所谓'六月'，正甲戌之六月也。后一年丙子，宋亡。又二年戊寅，公在朝，为王惟义所执。又四年壬午，公以忠死于燕。"文章对文天祥援引北宋钱若水的例子致仕、为元军千户王惟义所获等重要的历史节点略作概述。虽缓缓道来，但句末一"忠"字则点明叙写之立场。这在篇末又有明确阐扬，既表达对文天祥誓死忠宋的褒奖，也透露出作者的敬畏之意："善恶之在人心，其不可磨灭者如此，虽千万世不易也。深

---

① 如元初方回作有《题庐山白莲社十八贤图》诗："六老臞儒十二僧，柴桑醉士肯为朋。葫芦自与葫芦缠，更要闲人缠葛藤。"诗前附序曰："李伯时画六士二僧，共十八贤。外有篮舆自随者陶渊明，道冠者陆修静。一人下马致敬向陶语，其江州刺史，将命之人乎？渊明实未尝入社。"由此也可对比于《匡庐结社图跋》一文，可知题跋文章在描摹书画方面明显比题诗更具施展空间，在说明载体性质及特征方面则比序文更显出凝练之优长。参见（元）方回《桐江续集》卷二四，《景印文渊阁四库全书》，台湾商务印书馆1986年版，第1193册，第525页。曾授业于宋濂的元代文人黄溍，即作有《跋白莲社图》以辨析"十八贤"："世所称十八贤，自十二僧之外，刘、雷、周、宗、二张六人而已。史传及他书所载可考。史传及他书所载可考也。诸公跋语，因此卷并画靖节、康乐、修静，而误以为二十一人耳。"参见（元）黄溍著，王颋点校《黄溍集》，浙江古籍出版社2013年版，第2册，第333页。

可畏哉!"①

属于第三类的题跋文如《跋乐贞妇传后》：

> 乐贞妇陈氏，早丧夫而养姑终身，抚二子至于成
> 立。予揆陈氏之意，则曰是妇道当然尔。何有他觊哉？
> 使陈氏所见如此毫发有未尽，瓦镫败帷之苦，未必能
> 甘也。议者不察，以不得旌表门闾为陈氏恨。旌表，
> 朝廷事也。于陈氏何与焉。②

宋濂在这篇题跋文中仅对陈氏生平进行了简要的介绍，重心则放在了表达其主体的思想观念上。他认为陈氏对妇道的忠守源于其内心真诚的意愿，并非为"旌表门闾"之类的嘉赏。受理学思想的影响，在宋濂看来，妇道是人伦之"天则"，是朱子理学之"天理"的体现。而对"天理"的恪守，应出于自觉和真诚。至于"旌表"之属，乃"朝廷之事"。朝廷应教化百姓自然、真诚地遵守儒家的原则。唯有自觉地遵守儒家的原则，如陈氏不为旌表而守妇道，朝廷的教化才具有实效性。这实质上是宋濂借《乐贞妇传》来表达个人对朱子理学的理解。

主张复古的明人题跋文也基本上集中于前三类，但其第二、第三类题跋文的数量与明初文人的作品相比明显增多。其中有围绕载体进行说明的这类题跋，如《文章辨体

---

① （明）贺复征编：《文章辨体汇选》卷三六七，《景印文渊阁四库全书》，台湾商务印书馆1986年版，第1406册，第468页。

② （明）贺复征编：《文章辨体汇选》卷三七〇，《景印文渊阁四库全书》，台湾商务印书馆1986年版，第1406册，第486页。

汇选》中王世贞的《题宋人杂花鸟册》，以及《文章辨体汇选》与《古今文致》共同选辑的李梦阳《题史痴江山雪图》。王世贞《题宋人杂花鸟册》曰："右宋人杂花鸟一册，凡二十八帧。为竹鹤一，为松鹿一，为梅月双雉一，为桃花游蜂一，为梅竹幽鸟三，为梅竹双鸟一，为双榴幽鸟一，为白头冬青一，为梅花小鸟一，为杏花白练一，为碧桃瓦雀一，为枇杷青鸟一，为翠禽香柑一，为白榴小鸟一，为鹡鸰之在雪树者一，枯柳者一，雪滩者一，为芦渚九鹭者一……"① 李梦阳《题史痴江山雪图》云："雪之天黯霮，凡云色异，独雪同……雪之山，巅不骨，溪壑浅，蹊径迷，雪甚则樵不入。雪之水，云同天一，有舟蓬白而人蓑笠之，则水见矣。雪屋檐直，或明其窗柱，然不见茅与瓦。雪之驴，下视凌竞，若临窟蹈穴。雪之人，目旷而神敛，眩眩然光夺之也。雪之木，枯则白，其上皮花叶雪则皜其心。"② 此类题跋文笔墨多集中于对载体的逐一介绍及说明。除此之外，则更多的是围绕载体进行评论、表达主体思想的两类题跋文。这两类题跋文又并非泾渭分明，有时会存在交叠现象，比如王世贞的《书伍子胥传后》。在此篇题跋文中，王世贞对伍子胥背楚而奉吴的历史典故作出了评论：

> 伍子胥，勇烈徇志丈夫也。谓之尽孔子之道则不
> 可，谓之悖孔子之道亦不可。孔子之事鲁也，几微不

---

① （明）贺复征编：《文章辨体汇选》卷三六五，《景印文渊阁四库全书》，台湾商务印书馆 1986 年版，第 1406 册，第 453 页。

② （明）贺复征编：《文章辨体汇选》卷三六五，《景印文渊阁四库全书》，台湾商务印书馆 1986 年版，第 1406 册，第 452 页。

合辄去之。又曰父母之仇，不共戴天。不合而去，有新君在矣。不以事新君为二心也。孟子之言君之视臣如草芥，则臣视君如寇仇，孟子过矣。草芥其亲，寇仇之可也；草芥其身，寇仇之不可也。①

这种看似紧紧围绕载体而创作的议论文，却又带有作者主体思想的渗透。王世贞认为，从"尽孔子之道"的角度讲，伍子胥勇烈复楚之举有违儒家的中庸之道及圣者的处世原则。但从"悖孔子之道"的角度讲，伍子胥因与君王不合而去，尚在情理之中。何况伍子胥以"不共戴天"之仇伐楚，亦合于情理。于是王世贞在篇末给予了伍子胥充分的肯定："子胥者，不悖孔子之道者也。"而王世贞在题跋文中展开的论析，目的并不仅仅在于评判伍子胥的功过，或还与其父王忬于嘉靖三十八年（1559）因战事失利而惨遭大难有直接关联。据《明史·王世贞传》记载："父忬以滦河失事，嵩构之，论死系狱。世贞解官奔赴，与弟世懋日蒲伏嵩门，涕泣求贷。"② 王忬于次年被斩。这对王世贞造成了巨大的打击。③ 他认为伍子胥为父兄报仇之举合情合理，或与之相关。而伍子胥之抱恨离世、冤屈至死，与其

---

① （明）贺复征编：《文章辨体汇选》卷三七六，《景印文渊阁四库全书》，台湾商务印书馆 1986 年版，第 1406 册，第 535 页。

② （清）张廷玉等：《明史》卷二八七，中华书局 1974 年版，第 24 册，第 7380 页。

③ 据郑利华《王世贞年谱》考，嘉靖三十九年（1560），"夏，吴国伦在京待调，间造访元美兄弟。先是，闻吴氏至，元美作诗遗之。寻吴补归德司理，复作诗相赠，言及父难，心绪忧愤"。"十月朔，杀父忬于市，后李攀龙、戚继光、王材、方弘静为作挽诗。""与弟扶父丧归，悲怆欲绝。"参见郑利华《王世贞年谱》，复旦大学出版社 1993 年版，第 134、137 页。

父王忬的经历颇为相似。由此可见王世贞在此篇题跋文中寄寓的悲愤情思与深刻用意。另见李攀龙一首《挽王中丞》："司马台前列柏高，风云犹自夹旌旄。镯镂不是君王赐，莫作胥江万里涛。"① 由此可以看出李攀龙对王世贞的劝慰。而同样提及伍子胥，李攀龙之"镯镂不是君王赐，莫作胥江万里涛"的委婉表达，与王世贞对伍子胥"不悖孔子之道"的高度肯定形成了对照。因此，通过为史传作跋的方式，作家的主体性情能够得到更为彻底的表达。王世贞入选的题跋作品，囊括了画跋、诗文跋、碑刻跋以及史传跋等。这种选辑方式既表现了文人的文艺修养，又展示了文人的才气见识，更透露出文人的主体性情。正是由于题跋文体具有广泛的包容性，晚明选本中才会出现大量复古派作家的题跋作品。而凸显题跋文体的包容性亦是选家对复古派文人王世贞进行多面还原的目的所在。更重要的是，王世贞是后七子的重要代表人物，他后期的文学观念出现了调和的倾向，具体来讲也即是格调与才情的融通与协调。从贺复征对其题跋文的选择情况看，所谓多面的还原，正是体现了此种调和的倾向。

在《文章辨体汇选》与《古今文致》两部选本中，我们很难找到上述作家有第四类题跋的创作。而这类以作者主体情性的自我抒发为核心的题跋文，却能在三部选本所辑录的倡导性灵的文人那里寻见踪迹。比如《明人小品十六家》中黄汝亨的《书印空上人卷》、袁中道的《书青莲庵

---

① （清）钱谦益撰集，许逸民、林淑敏点校：《列朝诗集》，中华书局2007年版，第4412页。

册》、钟惺的《自题诗后》等（《书印空上人卷》《自题诗后》同为《文章辨体汇选》选入的篇章）。《书青莲庵册》曰："嗟乎！予又何忍见此册也，追思飘杓之语，予每言及吾兄，未尝不粲然一笑，而今已矣。柳浪湖中六载匡床，东南西北，形影相逐，皆如梦中事矣，予又何忍见此册也！册中所言，叮咛若此，而显公犹有飘然远去之意。夫显公果有飘然远去之意，是以逝者待逝者也，不可也。即显公留矣，止于碧酗，而不以遗命所捐之地置一精蓝，是亦以逝者待逝者也，不可也。即显公置精蓝矣，而吾辈不为作缘，不为护持，是亦以逝者待逝者也，不可也。"①《书印空上人卷》云："子瞻治郡时，每言遇缁门人宜爱护之加于齐民。近世戒僧少，而生产肥身家之僧多。官府亦遂从而赋役之。使子瞻之言不验，玄风堕矣。余尝言高僧难作，贫僧易作，而近世能贫者亦不易。过吴兴，乃见其人曰印空者，其人通明，事熏修，远近文雅有道韵之士喜与之游，而贫甚。士大夫贤者如沈中丞观颐、朱侍御君采辈，相与捐资买曹氏数亩。以馔粥之，仅可送日而止。乃知缁门有人，不患世无子瞻也。"②《自题诗后》曰："夫以两人书淫诗癖，而能叹赏不读书、不作诗文之语，则彼能为不读书、不作诗文语者，决不以读书、作诗文为非也。……余辈今日不作诗文，有何生趣？然而余虽善长叔言而不能用，长叔决不以我为非。正使以我为非，余且听之矣。"③ 这些作

---

① （明）陆云龙等选评：《明人小品十六家》，浙江古籍出版社 1996 年版，第 265 页。
② （明）陆云龙等选评：《明人小品十六家》，浙江古籍出版社 1996 年版，第 426 页。
③ （明）陆云龙等选评：《明人小品十六家》，浙江古籍出版社 1996 年版，第 323 页。

品或是通过作者对亲友的追思，或是通过与友人的往来与
交流以抒发作者的个体性情，已经成为以自我表达为中心
的抒情散文。

即便是对载体进行评论、表意说理的题跋文，也能体
现出强烈的文学性色彩。例如《明人小品十六家》中徐渭
的《书草玄堂稿后》，以女子初嫁时的矜持和数十年后近妪
姥时的放任，来比喻作诗从拘泥于格套到不拘格套、率性
而为的追求。"盖回视向之所谓态者，真赧然以为妆缀取
怜，矫真饰伪之物，而娣姒者犹望其宛宛婴婴也，不亦可
叹也哉？渭之学为诗也，矜于昔而颓且放于今也，颇有类
于是，其以娣姒哂也多矣。"① 该题跋文的书写重心已不再
是落在对题写对象的评点及申述之上，而应属于借机发挥
的个性化文学创作。文中的叙事、议论不仅为说理，更为
抒发主体的"真心"与"真性情"。这与宋濂、王世贞表达
主体思想的题跋文不同，其"文以载道"的成分明显减少。

与之相类似的还有《古今文致》所选入的李贽《书司
马相如传后》：

　　论者以相如词赋为千古之绝，若非遭逢汉武，亦
　　且徒然。故曰：谁为为之，孰令听之。听者希，则为
　　者虽工，而其志不乐，况有天子知而好之。此相如之
　　遭，所以为大奇也。……不有卓氏，谁能听之？然则
　　相如，卓氏之梁鸿也。使当其时，卓氏如孟光，必请

---

① （明）陆云龙等选评：《明人小品十六家》，浙江古籍出版社 1996 年版，第 48 页。

于王孙。吾知王孙必不听也。嗟夫，斗筲小人，何足计事？徒失佳偶，空负良缘，不如早自决择，忍小耻而就大计，易不云乎？同声相应，同气相求，同明相照，同类相招。云从龙，风从虎，归凤求凤，安可诬也？是又一奇也。悲夫，古今村士，数奇寡谐，奈之何？彼相如者，独抱二奇以游于世，予以是感慨，而私论之，未敢以语人也。①

李贽对司马相如的评论非常大胆，着重强调其"二奇"。他认为司马相如与卓文君是两情相悦，乃"同声相应，同气相求，同明相照，同类相招"。因而评王孙为"斗筲小人""空负良缘"，夸赞司马相如"忍小耻而就大计"。晚明是文人主张个性突出的时期，文人对自我价值的彰显在此时表现得格外突出。个性的内涵实质是作家对独特见识的大胆表现。因此，即便是围绕载体进行议论的题跋文，也往往伴随着作家对个人高超见解的展示。

对明代题跋文的四种分类阅读，既能从不同角度反映出明代题跋文创作的真实情况，更有助于还原晚明选家对于题跋文体的认知程度。从明代中后期开始，伴随着王阳明"心学"的发展和影响，散文中主体"性情"的表达越来越浓厚。这不仅包含主体之"情"的宣扬，也与对"本心"的指向相关。在此背景下，明代中后期题跋作品中的私人化发挥更加大胆。同时，受此影响，晚明小品文选本

---

① （明）刘士鏻编：《古今文致》，江苏广陵古籍刻印社 1991 年版，第 755—757 页。

《明人小品十六家》《古今文致》对这类表达个体性情的题跋文十分偏爱，因此两部选本均将宋濂等文人说理、载道的题跋文排除在外。晚明总集选家贺复征以辨清体要为宗旨，较为全面地呈现出明人题跋文抒性情、表义理的主体施展空间，也客观反映出明代题跋文对实用性的延续及对文学性的开拓。而晚明三部不同类型的散文选本对题跋文体的共同关注及选辑差异，则透露出晚明文坛多元共存的思想观念格局。

三　晚明题跋文体观念的开放性及其价值

晚明文人对于题跋文体的认知呈现出一种开放性的趋势。其中既有在总体上进行分类把握的贺复征，也有突出抒情达意功能的陆云龙，以及兼容复古、性灵两派的刘士鳞。从辨体的角度看，明人之于文体正变的确取得了突出的成就。比如从选本的辑录范围中可知，贺复征已明确区分出题跋文体的不同体貌特征，与宋人选本相比较，其辨体意识更为具体且细致，而非笼统地将个体性情、文学性强的题跋文作品与小品文画上等号。而在晚明小品文选家那里，其则看重的是题跋文抒情达意的功能，从而将部分题跋作品划归于小品创作。正是文坛存在此种开放性的趋势，使得题跋文的创作在明代得以继续繁荣发展，演变为能够融合复古派文人与性灵派文人、融合尊体思想与破体思想、融合文学性与实用性的灵活性极强的新兴文体。

同时应看到，尽管贺复征秉持着晚明时期崇尚个性的文化观念，但他在明代题跋作品的选辑中所表现出的文体观念却并不过激。比如对于晚明性灵派作家袁宏道、袁中道、钟惺、谭元春等人的题跋文，其选本未有大量的辑录；而一些带有晚明强烈反叛意识的题跋文，他亦未挑选入册，如李贽的《题孔子像于芝佛院》①。这固然与贺复征较为中允的选家态度有直接关联，同时也是他准确概括题跋文体丰富内涵的具体表现。实质上，尽管明代中后期存在复古与性灵相互对立的两种文学思潮，但却并非事事处处皆采取对立的态度。比如秉持两类不同文学观念的文人在面对题跋文体的时候，都认可其共同特征，都在创作上显示了不俗的成就。这说明当他们身处于共同的时代境遇中，难免会存有一些共同的认知或感受需要传达，于是也就在题跋文创作上求得了某种一致性。贺复征也许在主观上并没有认识到这一点，但他通过对题跋文的选编，在客观上显露出了该种文坛现象。例如复古派作家王世贞与反复古作家徐渭在题跋文体的应用中都有不凡的表现，亦均为晚明选家贺复征所推崇。这为后续的研究提供了深入思考的向度，即在关注明代文学思想时，我们除了比较不同流派之间的差异性，或许也可探讨其共通性的一面，从而使文体观念研究在明代文坛的多重面相更具真实性与立体感。

---

① 李贽于湖北麻城芝佛院著书讲学，在佛堂之上挂孔子画像，万历十六年（1588）作该文以抨击传统礼教。其中"儒先亿度而言之，父师沿袭而诵之，小子朦聋而听之。万口一词，不可破也；千年一律，不自知也"等论述，颇具反叛意识，多为后人阐扬。该篇题跋文虽以孔子像为中心，但绝大部分篇幅都在论说观点。开篇即直接切入主题而展开论述："人皆以孔子为大圣，吾亦以为大圣；皆以老、佛为异端，吾亦以为异端。"直至文末，才简短地交代了写作的缘由："既从众而圣之，亦从众而事之，是故吾从众事孔子于芝佛之院。"由此可看出，此文几乎无说明之语，实难归入明代文体学家眼中的题跋"正体"。参见张建业、张岚注《续焚书注》卷四，载张建业主编《李贽全集注》，社会科学文献出版社 2010 年版，第 3 册，第 309 页。

第二节　苏轼、黄庭坚题跋文的小品属性
与明人的题跋文体观念

在中国历史上，文学及其观念的发展常常与哲学、政治等领域的发展存在不平衡的现象。比如从明代中期开始，阳明心学的崛起是从对程朱理学的纠弊与超越开始的，但是在文学批评与文学创作领域，却是从承接宋人传统开始的。尤其是关于题跋文体的创作与认识，均受到宋代文学的影响。于是，在学界首先是唐宋派倡导学习唐宋八大家的古文，遂有茅坤《唐宋八大家文钞》的问世与流行。至万历时期，小品文大为流行，苏轼、黄庭坚便成为文人关注的对象。而题跋文由于其自由灵活的文体特征，逐渐成为明代文人青睐的对象，也就成为各种选本争选的文体。目前将宋人题跋文的创作实践与明人编选的理性认知相结合来研究题跋文体观念的方式还比较少见。因此，考察宋代题跋文在明人选本中的具体状况，既有助于深入发掘宋代题跋的艺术价值，对于明代题跋文体观念的认知亦提供了新的视角。本节接续上文，主要参考在明代后期颇为流行的《文章辨体汇选》《古今文致》《八代文钞》等选本的辑录情况，以期探求明人关于宋代题跋文的认识与论断。

一　晚明散文选本中宋代题跋文的选评状况

从《文章正宗》《宋文选》《文章轨范》《古文关键》《宋文鉴》等宋代文章总集的选辑数量中可以看出，宋代选

家对题跋文体还未充分关注。且宋代总集中仅有为数不多的选本将题跋单列为一体，其他总集或未选题跋或将其归入序体进行选辑。从成书于宋孝宗淳熙六年（1179）的总集《宋文鉴》开始，题跋这一文体才明确被选家单独列为一类收入集中。在《宋文鉴》中，黄庭坚题跋文的入选数量最多，共计九篇；苏轼的题跋文入选五篇，仅居入选诸家的第四位。而现存黄庭坚题跋文共六百余篇，苏轼题跋文共七百余篇。从创作数量上来看，黄庭坚、苏轼本是题跋文大家，但在当时其题跋作品还并未得到选家的足够重视。

明代文章总集则体现出明确的题跋文体区分观念。《文章辨体》《文体明辨》《明文霱》《文章辨体汇选》《明文衡》等重要选本，均将题跋文单独分列一体予以选辑。宋人题跋文在明代散文选本中的选评情况，则存在阶段性的差异。不同时期、不同流派的选家，由于文学观念的差异，其眼光与标准便会有所出入，则其所选作家与篇目也就多有不同。大体来看，洪武至嘉靖年间的散文总集及诗文合集中，宋代各家题跋文的入选数量比较分散。多部选本之中尚未出现选辑数量突出的个案重叠现象。比如，编选于洪武年间朱橚的《文章类选》，选辑欧阳修、苏轼、王安石、黄庭坚、辛弃疾等诸家题跋均不过一两篇。天顺年间吴讷的《文章辨体》，其中所选欧阳修、苏轼、王安石、黄庭坚等人的题跋文均为十篇以内，亦无明显的数量差异。嘉靖年间唐顺之所编《文编》对于宋人题跋文仅选辑欧阳修一篇，归有光所编《文章指南》则仅选取王安石一篇题跋文。

万历年间至明末清初时期，苏轼、黄庭坚的题跋文开始为不同类型的选本所重点关注。一类是晚明时期较为流行的小品文选本。如万历年间刘士鏻等所编的《古今文致》，辑录汉至明人所著散文共八十余篇，其中宋人题跋只选入苏轼、黄庭坚、陆游的作品各一篇，即苏轼《书东皋子传后》、黄庭坚《题燕郭尚父图》、陆游《跋陈伯正所藏山谷帖》。又如崇祯年间陈天定所辑《古今小品》，选录的题跋文包含苏轼的十二篇及黄庭坚的二篇。在入选的宋人题跋文中，此二家作品数量居前列。另一类是晚明时期颇具代表性的诗文或散文总集。如成书于天启年间或稍晚的李宾所编《八代文钞》，编录先秦至明代共九十二位名家诗文。就历代题跋文的选辑来说，此集共选唐至明三十七家一百八十六篇题跋文。其中宋人题跋文百余篇，苏轼、黄庭坚题跋文入选共约六十篇，远远超过其他宋人题跋文入选的数量。又如贺复征编选的晚明时期重要的散文选本《文章辨体汇选》中，明以前（晋、唐、宋、元）题跋共计八卷一百二十三篇。其中宋人题跋文共九十七篇。而在选入的宋人题跋文中，苏轼、黄庭坚题跋文作品的数量分别为二十七篇、二十五篇，已占宋人题跋文作品总数的多半。① 从数量上可以判断，选本内明代以前的题跋文作品中，宋人题跋文占有很大的比重，由此也可以看出晚明选家贺复征对于苏轼、黄庭坚二家的关注。

---

① 《文章辨体汇选》选辑宋人题跋文情况如下：苏轼（二十七篇）、黄庭坚（二十五篇）、欧阳修（七篇）、张耒（四篇）、王安石（三篇）、晁补之（三篇）、曾巩（二篇）、唐庚（一篇）、刘恕（一篇）、李格非（一篇）、蔡襄（一篇）、秦观（一篇）、刘敞（一篇）、陆游（九篇）、陈亮（三篇）、叶适（二篇）、朱熹（二篇）、文天祥（二篇）、辛弃疾（一篇）、真德秀（一篇）。

经由以上分析可知，晚明选本多重视宋人题跋文，其在作品数量上可与明人题跋文相比肩，而苏轼、黄庭坚二家的作品更是此时期多部选本的重点关注对象。

苏轼、黄庭坚在宋代尽管有很高的文学成就，有足够的文坛声望，但若从题跋文体规范来看，其不少作品都不能算是"正宗"之作。然而到了晚明时期，他们二位的名气却越来越大，俨然成为宋代题跋文的代表人物。尤其是苏轼，几乎成为晚明文人的最高崇拜对象。这种情况的出现当然与明人自身的文化需求密切相关。如晚明著名藏书家毛晋亦颇为推重苏轼、黄庭坚二家题跋文，他在为《东坡题跋》所作的题跋文中有专论苏、黄二家之语：

> 元祐大家，世称苏、黄二老。二老亦互相推重。鲁直云："东坡文字言语，历劫赞扬，有不能尽。"东坡云："读鲁直诗，如见鲁仲连，李太白不敢复论鄙事。"略不启争名见妒之端，令人有不逮古人之慨。但同时品题，尤推东坡。如韩子苍云："东坡作文，如天花变现。初无根叶，不可揣测。"洪觉范云："东坡盖五祖戒禅师后身。其文俱从般若部中来。自孟轲、左丘明、太史公后，一人而已。"凡人物书画，一经二老题跋，非雷非霆，而千载震惊，似乎莫可伯仲。吾朝王弇州先生又云："黄豫章逊隽。"此亦射较一镞，奕角一著，持论得毋太苛耶？①

---

① （明）毛晋撰，潘景郑校订：《汲古阁书跋》，上海古籍出版社 2005 年版，第 25 页。

毛晋对于苏轼、黄庭坚题跋的推崇极具代表性。因为作为藏书家的毛晋，不仅具有广博的阅读经验，而且拥有丰富的文类知识，更兼有广泛的文人交游，所以他的看法无疑具有较为普遍的代表性。毛晋对二人作品的重视，尤其体现在以题跋文为代表的"小文章"上。毛晋虽不赞同王世贞对黄庭坚较为苛刻的评述，即"黄豫章逊隽"，但亦明确表现出对东坡散文的偏爱，即"同时品题，尤推东坡"。这在其《苏子瞻外纪》的题跋中也有描述："唐宋名集之最著者，无如八大家。八大家之尤著者，无如苏长公。"① 苏轼的题跋文创作在体制、体式方面显现出宋代题跋文体的成熟，这尤其表现于载体的多样化。如其题跋载体为书法制作的，如苏轼《跋草书后》《书唐氏六家书后》；题跋载体为画作的，如其《跋李伯时卜居图》《书李伯时山庄图后》；题跋载体为单篇诗文的，如《书柳子厚牛赋后》《书东皋子传后》等；题跋载体为诗文集的，如《书黄子思诗集后》。

　　毛晋在为《东坡题跋》所作的题跋文中，引韩驹、慧洪之语来阐述东坡题跋的特征："如韩子苍云：'东坡作文，如天花变现。初无根叶，不可揣测。'洪觉范云：'东坡盖五祖戒禅师后身。其文俱从般若部中来。自孟轲、左丘明、太史公后，一人而已。'"且不论毛晋对东坡题跋的极度推崇是否有溢美之嫌，就其评述而言，他的确点明了苏轼散文的几个特征。第一，苏轼散文自然天成，不可捉摸，即"东坡作文，如天花变现。初无根叶，不可揣测"。这种自

---

① （明）毛晋撰，潘景郑校订：《汲古阁书跋》，上海古籍出版社2005年版，第10页。

然天成、不可捉摸既是苏轼题跋文"达辞"① 的具体表现，又是通过"达辞"而形成的美学风格。第二，佛家思想对苏轼有深刻影响，即"东坡盖五祖戒禅师后身。其文俱从般若部中来"。因而其题跋文强调主体的灵悟，多表现出随缘自适的心境。这既是文意的组成部分，又是表达过程中渗入作家主体的创作理念。第三，苏轼散文长于议论、叙事，即"自孟轲、左丘明、太史公后，一人而已"。主体之"意"需要通过议论来进行表达。因此，苏轼题跋文中的议论是其"达辞"的具体方法。而王世贞在《书三苏文后》②中也对苏轼散文有所评述："子瞻殊爽朗，其论策沾溉后人甚多。记叙之类，顺流而易，竟不若欧阳之舒婉；然中多警儁语。骚赋非古，而超然玄著，所以收名甚易。"尽管王世贞在这里是就苏轼的诸种文体而进行讨论的，但他的这段话也从侧面反映出了苏轼题跋文所具备的特色。

由此可见，尽管苏轼、黄庭坚在散文创作领域具备颇高的文学成就与价值，但苏、黄题跋并称的经典化建构过程，却是在晚明的文学选辑及评述中逐渐形成的。同为文章总集，《宋文鉴》与《文章辨体汇选》所反映出的对二人

---

① 党圣元《苏轼的文章理论体系及美学特质》一文，对苏轼的文章创作理论系统有深入的分析。他将之归纳为"立意""辞达""自然"三个方面。"意"包含了主体的文化修养、思想境界、深沉感受，是由现实感发得来。立"意"之后如何达"意"就与"辞达"密切相关。如何"达辞"涉及主体的思维机制、表现原则。它既源于主体之"意"，又在表现过程中创建出独特的美学风格，即"自然"。该文将彼此关联的三个方面的理论问题进行了有机融合及论述，对苏轼文章的美学特质有着较为深刻的见解。具体至苏轼、黄庭坚题跋文的创作体系和美学风格，也可参照这三个方面来进行讨论。参见党圣元《返本与开新：中国传统文论的当代阐释》，河南大学出版社 2011 年版。

② （明）王世贞：《读书后》卷四，《宋元明清书目题跋丛刊》，中华书局 2006 年版，第 6 册，第 344 页。

题跋的不同重视程度，也说明了晚明选家与藏书家对于二人题跋有着同样的偏好。晚明宋人题跋文的选评状况反映出苏轼、黄庭坚二家题跋并举的经典化形态。

二　晚明选本中苏轼、黄庭坚题跋的文章观念与体貌特征

宋代散文不乏佳作，题跋文创作于此时更是大放异彩。欧阳修、黄庭坚、苏轼、陆游等都是宋代题跋文大家。现存欧阳修题跋文共四百余篇，黄庭坚题跋文共六百余篇，苏轼题跋文共七百余篇，陆游题跋文共二百余篇。欧阳修散文体现出的"六一风神"，开拓了散文在"明道"功用之外的、对于作家主体性情的表达方式。裴度在《寄李翱书》中论及"风神"曰："故文人之异，在气格之高下，思致之浅深，不在其碟裂章句，瞟废声韵也。人之异，在风神之清浊，心志之通塞；不在于倒置眉目，反易冠带也。"[1]"风神"这一文学观念，其文学价值的对象物是文人的主体人格、才思和情志。后来，苏轼、黄庭坚等元祐大家对此均有继承和发展。虽然苏、黄二家才性有所区别，但在对于主体情性的抒发方面有共同之处。陆游的散文创作，扩大了抒情、议论的范围，融入了更多感念时事的内容。在数量众多的宋人题跋文中，苏轼、黄庭坚题跋文能脱颖而出并被晚明选家所关注，一方面取决于两位作家在宋代散文发展过程中的标志性意义，另一方面则源于其作品的体貌

---

① （清）董诰等编：《全唐文》卷五三八，上海古籍出版社1990年版，第2419页。

特征及美学风格与晚明时期文学思想的高度契合。而就晚明选家多有关注的苏、黄题跋文来讲，二者的思想境界、美学风格具备一致性，但苏轼在题跋创作中又独具只眼。下文以晚明重要选本《八代文钞》及《文章辨体汇选》所选辑二家题跋文为考察对象进行分析。①

　　首先是苏轼、黄庭坚题跋文的思想境界、美学风格具备内在一致性。毛晋认为"凡人物书画，一经二老题跋，非雷非霆，而千载震惊，似乎莫可伯仲"，强调了他对苏、黄二家题跋文的尊崇。苏、黄并举的现象说明，其题跋文创作与晚明文人标举的文章观念具有内在的一致性。而通过细读文本可以发现，其核心在于苏轼、黄庭坚题跋文对于作家个体意识的强调。个体意识的突出表现为苏、黄二家常通过题跋文来达己之意。入选的苏、黄二家题跋文创作强调"意在笔先"，在表达主体的文化修养、思想境界上具备相通之处。黄庭坚在《题七才子画》中谈道："眉山老书生作此《七才子入关图》，作人物，亦各有意态。予以为赵子云之苗裔，摹写物像渐密，而放浪闲远则不逮也。或谓七人者皆诗人，此笔乃少丘壑耶？山谷曰：一丘一壑，自须其人胸次有之，但笔间那可得。"② 又如其《跋与张载熙书卷尾》曰："古人学书，不尽临摹。张古人书于壁间，观之入神，则下笔时随人意。学字既成，且养于心中，无

---

　　① 下文所引用的题跋文，为《八代文钞》及《文章辨体汇选》所共同选录的有：《题七才子画》《跋与张载熙书卷尾》《题摹燕郭尚父图》《书缯卷后》《题固陵寺壁》《书若逵所书经后》《题万松岭惠明院壁》《书李伯时山庄图后》。
　　② （明）贺复征编：《文章辨体汇选》卷三六四，《景印文渊阁四库全书》，台湾商务印书馆1986年版，第1406册，第446页。

俗气，然后可作以示人为楷式。凡作字，须熟观魏晋人书，会之于心，自得古人笔法也。"① 苏轼在题跋文中也强调"意在笔先"，比如《跋赵云子画》云："赵云子画笔略到而意已具，工者不能。"② 作画乃至作文，讲求"意在笔先"都与道、释之"悟"相关。通过以上列举的有关"意在笔先"的例证，我们可以看出苏轼、黄庭坚题跋文创作在擅长表达主体之"意"方面有着共通之处。

作家个体所具备的独特的思想境界、文化修养会创建出独特的美学风格。具体来说，苏轼、黄庭坚被辑入选本的题跋文，突出表现了平淡而富有韵味的美学风格。黄庭坚在《题摹燕郭尚父图》中说："凡书画，当观韵。"③ 苏轼在《书黄子思诗集后》中谈道：

> 予尝论书，以谓钟、王之迹，萧散简远，妙在笔画之外。至唐颜、柳，始集古今笔法而尽发之，极书之变，天下翕然以为宗师，而钟、王之法益微。至于诗亦然。……李、杜之后，诗人继作，虽间有远韵，而才不逮意，独韦应物、柳宗元发纤秾于简古，寄至味于淡泊，非余子所及也。唐末司空图崎岖乱兵之间，而诗文高雅，犹有承平之遗风。其论诗曰：梅止于酸，

---

① （明）贺复征编：《文章辨体汇选》卷三六八，《景印文渊阁四库全书》，台湾商务印书馆 1986 年版，第 1406 册，第 476 页。

② （明）贺复征编：《文章辨体汇选》卷三六八，《景印文渊阁四库全书》，台湾商务印书馆 1986 年版，第 1406 册，第 476 页。

③ （明）贺复征编：《文章辨体汇选》卷三六四，《景印文渊阁四库全书》，台湾商务印书馆 1986 年版，第 1406 册，第 447 页。

盐止于咸。饮食不可无盐梅，而其美常在咸酸之外。盖自列其诗之有得于文字之表者二十四韵，恨当时不识其妙。①

伴随平淡有韵味的美学风格的，是苏、黄二家题跋文创作对"俗"的规避及对"雅"的追求。苏轼在《书黄子思诗集后》评司空图"诗文高雅，犹有承平之遗风"。黄庭坚在《书缯卷后》谈及："余尝为少年言士大夫处世可以百为，唯不可俗，俗便不可医也。或问不俗之状，老夫曰：难言也。视其平居，无以异于俗人。临大节而不夺，此不俗人也。平居终日如含瓦石，临事一筹不画，此俗人也。"② 又在《题固陵寺壁》中云："天水张茂先世家南昌，黄某鲁直、弟叔向嗣直，建中靖国三年丁卯同来。时左绵道人思顺开法席于此山，道俗归心，荆棘草莱，化为金碧。时新雨晚晴，同登钟阁，观白盐之崇崛，想少陵之风流，叹大雅之不作，徘徊久之。"③

其次是苏轼题跋文又具有独特的体貌特征。尽管苏轼与黄庭坚被辑入晚明总集的题跋文反映出了近似的美学追求，但二者达于这种美学追求的方式却不尽相同。苏轼多将主体"道化自然"的"意"通过"自然之法"进行表

---

① （明）贺复征编：《文章辨体汇选》卷三七三，《景印文渊阁四库全书》，台湾商务印书馆1986年版，第1406册，第509—510页。
② （明）贺复征编：《文章辨体汇选》卷三七四，《景印文渊阁四库全书》，台湾商务印书馆1986年版，第1406册，第516页。
③ （明）贺复征编：《文章辨体汇选》卷三六四，《景印文渊阁四库全书》，台湾商务印书馆1986年版，第1406册，第447页。

达，从而构成自然平淡的美学意境。这种"自然之法"，如《书若逵所书经后》中所言："如海上沙，是谁磋磨，自然匀平，无有粗细？如空中雨，是谁挥洒，自然萧散，无有疏密？"①"自然匀平"的"海上沙"，以及"自然萧散"的"空中雨"，皆是自然造化。唯有将个人与自然化为一体，才能达于自然平淡的美学意境。而黄庭坚则更偏重"师古"。比如在《跋与张载熙书卷尾》中，他认为学书、学用笔应注重"古人笔法"、重临摹，继而"会之于心"。这也是黄庭坚"夺胎换骨""点铁成金"的创作方法的具体表现。毛晋引黄庭坚《书家弟幼安作草后》之语来评价山谷题跋："尝见山谷云：'家弟幼安，求草法于老夫。老夫之书，本无法也，但观世间万缘，如蚁蚋聚散，未尝一事横于胸中，故不择笔墨，遇纸则书，纸尽则已。亦不计工拙与人之品藻讥弹，譬如木人，舞中节拍，人叹其工。舞罢则又萧然矣。'余恍然曰：'此数语即可以跋山谷题跋矣。'"②毛晋的跋语说明了黄庭坚与苏轼在达于"无法"的自然境界方面实质上是殊途同归的。物化于自然、师法于前人只是辞达的不同原则和途径。最终的美学理想都是达于平淡、自然的无法境界。

但也应看到，尽管入选的苏轼及黄庭坚题跋文具备殊途同归的美学追求，"殊途"却透射出苏、黄二家主体之意的差异。苏轼的才性与修养较黄庭坚更合于天机、不可捉摸，

---

①　（明）贺复征编：《文章辨体汇选》卷三七三，《景印文渊阁四库全书》，台湾商务印书馆 1986 年版，第 1406 册，第 508 页。

②　（明）毛晋撰，潘景郑校订：《汲古阁书跋》，上海古籍出版社 2005 年版，第 25 页。

如他在《自评文》中的评价："吾文如万斛泉源，不择地皆可出……常行于所当行，常止于不可不止。"① 王世贞认为"黄豫章逊隽"。隽，《说文解字》训曰："肥肉也。从弓，所以射隹。"② 隽的本义应为（鸟肉）肥美。《汉书·礼乐志》有"至武帝即位，进用英隽，议立明堂，制礼服，以兴太平"③ 句，故隽又可通"俊"，指才智出众。用"隽"来评价及比较苏轼与黄庭坚，是从个体才性及其形成的美学意蕴两个方面对其散文的差异特征作出了概括。也就是说，晚明文人眼中的苏轼题跋文表现出了才性的突出和文章"外枯而中膏""似淡而实美"的美学特征。而在这些方面，黄庭坚"逊"于苏轼。

其一，苏轼题跋文所体现出的自然天成、不可捉摸的美学风格与其个体的人文素养和精神世界相关。而个体的人文素养、精神世界需要才、识来支撑。作家主体之"意"通过妙趣横生又短小精悍的题跋文而充分展现出来，是东坡题跋的过人之处。比如《题万松岭惠明院壁》一文谈及品茶：

> 余去此十七年，复与彭城张圣途、丹阳陈辅之同来。院僧梵英，葺治堂宇，比旧加严洁。茗饮芳烈，问此新茶耶？英曰："茶性新旧交，则香味复。"余尝见知琴者，言琴不百年，则桐之生意不尽，缓急清浊，

① （宋）苏轼著，孔凡礼点校：《苏轼文集》，中华书局1986年版，第2069页。
② （汉）许慎撰，（宋）徐铉校定：《说文解字》，中华书局2007年版，第77页。
③ 王先谦：《汉书补注》，中华书局1983年版，第476页。

常与雨旸寒暑相应。此理与茶相近，故并记之。①

苏轼通过论琴声与气候季节的关系，来说明茶之香贵在"复"的道理。又如《书醉翁操后》一文谈及琴、泉、诗："二水同器，有不相入。二琴同手，有不相应。今沈君信手弹琴，而与泉合。居士纵笔作诗，而与琴会。此必有真同者矣。"② 再如《书砚》："砚之发墨者必费笔，不费笔则退墨，二德难兼，非独砚也。大字难结密，小字常局促，真书患不放，草书苦无法；茶苦患不美，酒苦患不辣。万事无不然，可一大笑也。"③ 无论是弹琴还是作诗，尽管都是文人多所拥有的才能修养，要将这些表述清晰又绝非易事。但苏轼才大趣高，能信手拈来、随意挥洒，在不经意间便将自己的文理雅趣和盘托出。

其二，此种自然天成不可捉摸的美学风格与道、释思想相关。这是苏轼题跋文"意"的重要构成部分。它也是苏轼题跋文"达意"的表述方式。在《书若逵所书经后》中，其通过论字来表现对自然之道的理解：

> 怀楚比丘，示我若逵所书二经。……而此字画，平等若一，无有高下。轻重大小，云何能一，以忘我

---

① （明）贺复征编：《文章辨体汇选》卷三六四，《景印文渊阁四库全书》，台湾商务印书馆 1986 年版，第 1406 册，第 446 页。

② （明）贺复征编：《文章辨体汇选》卷三七三，《景印文渊阁四库全书》，台湾商务印书馆 1986 年版，第 1406 册，第 509 页。

③ （明）贺复征编：《文章辨体汇选》卷三七三，《景印文渊阁四库全书》，台湾商务印书馆 1986 年版，第 1406 册，第 510 页。

故。若不忘我，一画之中，已现二相，而况多画。如
海上沙，是谁磋磨，自然匀平，无有粗细？如空中雨，
是谁挥洒，自然萧散，无有疏密？咨尔楚、逮，若能
一念，了是法门，于刹那顷，转八十藏，无有忘失，
一句一偈。东坡居士，说是法已，复还其经。[①]

每一笔字画的平等均匀，每一次用笔的轻重适度都须"忘
我"方能实现。庄子在《大宗师》中谈道："仲尼蹴然曰：
'何谓坐忘？'颜回曰：'堕肢体，黜聪明，离形去知，同于
大通，此谓坐忘。'仲尼曰：'同则无好也，化则无常也。
而果其贤乎！丘也请从而后也。'"[②]个体必须忘却外在的存
在，忘却自我的存在，剥离知识、意念，达于"坐忘"境
界，才能与道合一，也就是上文中"海上沙""空中雨"所
体现的自然之道。自然之道是苏轼题跋文中多表现出的
"意"的思想皈依。用自然之物所体现出的"自然萧散"来
比喻字画之理，是苏轼题跋文创作的自然之法。自然之立
意、自然之表达进而构成自然无法的美学境界。

作家个体通过"坐忘"达到"虚静"的状态，从而成
就"心与物化"。这在《书李伯时山庄图后》也有所体现：

或曰：龙眠居士作《山庄图》，使后来入山者信足
而行，自得道路，如见所梦，如悟前世；见山中泉石

---

① （明）贺复征编：《文章辨体汇选》卷三七三，《景印文渊阁四库全书》，台湾商
务印书馆 1986 年版，第 1406 册，第 508 页。
② （清）郭庆藩撰，王孝鱼点校：《庄子集释》，中华书局 1961 年版，上册，第
284—285 页。

草木，不问而知其名，遇山中渔樵隐逸，不名而识其
人。此岂强记不忘者乎？曰：非也。画日者常疑饼，
非忘日也。醉中不以鼻饮，梦中不以趾捉，天机之所
合，不强而自记也。居士之在山也，不留于一物，故
其神与万物交，其智与百工通。虽然，有道有艺。有
道而不艺，则物虽形于心，不形于手。①

"神与万物交"是"心与物化"的具体表现。当个体达到
"物化"的境界，即可"不强而自记"、合于天机。但合于
天机只是将自然之"道""形于心"，仍属于"有道而不
艺"的阶段。如同敏泽在谈论"道"与"艺"的关系时
说："'道'与'艺'名为二，在真正自由的美的创造中又
必然浑然一体：身与物化，并精通表现的技巧。这就是他
所说的'神与万物交，其智与百工通'。"②综上所述，苏轼
独特的才性、气质、学问构建出其题跋文独特的体貌。这
些入选的题跋文中，主体之"意"一方面构成了"达"意
的具体形式，另一方面也形成了独特的美学风格。

三　晚明选本中苏轼、黄庭坚题跋文的表现方式

题跋文体在宋代的定型、成熟主要表现在三个方面。
从体制方面来看，题跋文产生之初所依附载体的范围在逐
渐扩大。题跋文的载体可以是书画、金石碑帖，如欧阳修

---

① （明）贺复征编：《文章辨体汇选》卷三七三，《景印文渊阁四库全书》，台湾商
务印书馆 1986 年版，第 1406 册，第 508 页。
② 敏泽：《中国美学思想史》，湖南教育出版社 2004 年版，下卷，第 133 页。

《集古录跋尾》、董逌《广川书跋》、苏轼《书蒲永升画后》；也可以是单篇诗文或诗文集，如苏轼的《书六一居士传后》《书黄子思诗集后》。从体式方面来看，宋代的题跋文创作逐渐从"就载体而论载体"的创作方式扩展至"就载体而言己论"的创作方式。也就是说，题跋文中的作家主体性情的发挥开始逐渐突出。当然这二者常常交织在一起，多数情况下只是二者的偏重程度有所不同。从体性、体貌的方面来看，作家的才性、胆略、见识往往成为题跋文创作风貌的核心组成部分，也是决定题跋文体式变化的内在动因。一方面，题跋文的载体范围的扩大，本身即反映了宋代题跋文作家越来越丰富的主体精神世界。苏轼、黄庭坚等题跋文作家，不仅在散文创作方面有出色的表现，在书法、绘画等相关艺术领域也有很高的造诣。他们的才学、见识往往能够通过这些多样化的载体而进行抒发。另一方面，因其"才""识"不凡，他们更容易借助诗、文、书、画等载体来阐发感想、议论抒情。由于题跋文体制的限定，作者的议论需要依附于对象载体。这样一来，主体在题跋文的写作过程中总要或多或少地对其载体进行评述。从晚明文人所选辑的宋代题跋文作品来看，他们显然认识到了上述属性，并在表现内容与表现方式等方面放大了这些属性。概括来讲，这些题跋文的表现方式可从以下三个角度进行观照。

一是与诗歌创作中"以物起兴"方式类似的表达方式。从体制方面来讲，题跋文最为突出的特征是它从文体产生之初就依附于具体的载体。从"考古证今，释疑订谬"到议论抒情，无不依附于载体。题跋文的创作，总要因载体而展开。至宋代苏、黄题跋，对于载体的议论愈发丰富，作者主体的身份愈发彰显。从文学表现方法来看，此时的题跋文创作与诗歌创作中"以物起兴"的方式类似。诗歌中的"以物起兴"，是作家主体与客观景物的主、客交融，作家主体的情兴来源于客观对象物。如刘勰在《文心雕龙·物色》篇所言："情往似赠，兴来如答。"① 作为主体的创作冲动的"兴"，是主体以情观照景物后，又由景物回赠而来的。而题跋文的创作与此类似，也是主体对于特定客观载体的具体观照，不论诗、文、书、画、金石、碑帖。题跋文体的成熟过程，实质是主体所起之"兴"的成熟过程。因此，宋代题跋尤其是苏、黄题跋文，尽管其中充斥着议论、才学、理趣，却不乏"兴象玲珑"及意境突出的色彩。如黄庭坚《书赠俞清老》曰："今蹙眉终日者，正为百草忧春雨耳。青山白云，江湖之水湛然，可复有不足之叹耶？"② 青山白云、澄澈湖水犹如释然之心境。又如《题陈自然画》云："水意欲远。凫鸭闲暇，芦苇风霜，中犹有能自持者。予观李营丘六轴骤雨图，偶得此意。"③ 画境、诗境跃然纸上；动静相宜、意境翛然。再如苏轼《题凤翔东院右丞画壁》之"嘉祐癸卯上元夜，

---

① （南朝梁）刘勰著，范文澜注：《文心雕龙注》，人民文学出版社 1958 年版，第695 页。

② （明）贺复征编：《文章辨体汇选》卷三七四，《景印文渊阁四库全书》，台湾商务印书馆 1986 年版，第 1406 册，第 515 页。

③ （明）贺复征编：《文章辨体汇选》卷三六四，《景印文渊阁四库全书》，台湾商务印书馆 1986 年版，第 1406 册，第 447 页。

来观王维摩诘笔。时夜已阑，残灯耿然，画僧踽踽欲动，恍然久之"①。光、影生动，画上僧栩栩如生。可以看出，根据不同的载体，作家所阐发的情感、行文中的意境也不尽相同。而画跋、书跋更容易激发主体的情性，其题跋文也更易表现出情物交融、意境突出的艺术特色。当然，这与书、画类作品本身所蕴含的艺术特性密切相关。

二是晚明文人选辑的这些题跋文中的"以物起兴"，与宋代理学中的"格物致知"亦有相通之处。朱熹认为"格物，是物物上穷其至理；致知，是吾心无所不知"②。而"理"是普遍存在的，即"上而无极、太极，下而至于一草、一木、一昆虫之微，亦各有理"③。因此，"格物"的对象也是多样的。"格物致知"本是就儒家道德范畴来讲的，后至宋代逐渐被扩展至文学创作的认知领域。题跋文所依附的具体载体也应属于"格物"的对象。从形式上看，格物穷理的方式与题跋文创作时依载体而论的方式有着内在一致性。题跋文的创作首先需要就载体而"格物""穷理"。而所谓"上而无极、太极，下而至于一草、一木、一昆虫之微"的"天人合一"的"理"，是宋代不少题跋文作家主体的思想内容的核心，苏轼即是颇为典型的例子。苏轼的题跋文尤其擅长针对题跋载体而"格物穷理"，彰显"理趣"。如

---

① （明）贺复征编：《文章辨体汇选》卷三六四，《景印文渊阁四库全书》，台湾商务印书馆 1986 年版，第 1406 册，第 446 页。

② （宋）黎靖德编，王星贤点校：《朱子语类》，中华书局 1994 年版，第 1 册，第 291 页。

③ （宋）黎靖德编，王星贤点校：《朱子语类》，中华书局 1994 年版，第 1 册，第 295 页。

《书若逵所书经后》之"经为几品，品为几偈，偈为几句，句为几字，字为几画，其数无量。而此字画，平等若一，无有高下"，经、品、偈、句、字、画，层层推究，以穷其理，进而推致自然之萧散。又如《书黄鲁直李氏传后》："无所厌离，何从出世？无所欣慕，何从入道？欣慕之至，亡子见父。厌离之极，燖鸡出汤。不极不至，心地不净。如饭中沙，与饭皆熟。若不含糊，与饭俱咽。即须吐出，与沙俱弃。善哉佛子，作清净饭。淘米去沙，终不能尽。不如即用，本所自种。元无沙米，此米无沙，亦不受沙。非不受也，无受处故。"① 经过广泛的"格物"，以求得"心"的"无所不知"。而所穷之"理"，即自然之理。因此，苏轼题跋文常能在随事观理的过程中求得趣味。

三是入选的苏、黄题跋文擅长通过议论来呈现情感。与唐文相比，宋文更长于议论，更求流畅自然，这在宋代题跋文作品中也可得到验证。严羽在《沧浪诗话》中说"诗者，吟咏情性也"②，反对宋诗中的"理路""言筌"，反对以文字、才学、议论为诗。而在题跋文领域，"议论""才学"与"吟咏情性"并不矛盾。尤其是苏轼、黄庭坚，其就载体而议论、抒情的题跋文不胜枚举，往往能够在"简劲"之语中流畅自然地展示一己之情怀。如著名的《书黄子思诗集后》，几乎通篇为议论之言，用层层议论表达其"发纤秾于简古，寄至味于澹泊"的审美追求。又如《跋李

---

① （明）贺复征编：《文章辨体汇选》卷三七三，《景印文渊阁四库全书》，台湾商务印书馆 1986 年版，第 1406 册，第 508 页。

② （宋）严羽著，郭绍虞校释：《沧浪诗话校释》，人民文学出版社 1961 年版，第 26 页。

伯时卜居图》："定国求余为写杜子美《寄赞上人》诗，且令李伯时图其事，盖有归田意也。余本田家，少有志丘壑，虽为缙绅，奉养犹农夫。然欲归者盖十年，勤请不已，仅乃得郡。士大夫逢时遇合，至卿相如反掌，惟归田古今难事也。定国识之。吾若归田，不乱鸟兽，当如陶渊明。定国若归，豪气不除，当如谢灵运也。"① 这本是一篇画跋。除第一句对题跋载体进行了简要介绍外，其余文字全部都为议论之辞。苏轼在此篇题跋文中透露出了"归田意"，并论及"归田"乃"古今难事"，并进一步阐明了"归田"愿望的实质——"不乱鸟兽"。这种人与自然的融合状态也就是"万物并育而不相害，道并行而不相悖，小德川流，大德敦化"② 的状态。由此可见，作者往往能够由载体进而生发出观点、情思。这也就将"议论""才学"与"吟咏情性"有机结合在一起，形成独特的文体风貌。

上述表现方式反映出晚明选家的兴趣所在，即他们偏爱那些说理透彻、充满机趣，并饱含诗意的题跋作品，也就是与晚明小品文体貌相近的题跋文。由此我们也可推知晚明选家对苏、黄题跋情有独钟的原因。在晚明心学流行的时代，为文重情趣是性灵派最为重要的倾向，而在写法上又倡导自由挥洒、不拘格套。那么，充满情趣、自由畅达的苏、黄题跋就颇为合乎他们的旨趣，所以也就自然会进入晚明文人的视野。当然，这并不意味着完全不顾及题

---

① （明）贺复征编：《文章辨体汇选》卷三六八，《景印文渊阁四库全书》，台湾商务印书馆1986年版，第1406册，第475页。

② （清）阮元校刻：《十三经注疏》，中华书局1980年版，下册，第1634页。

跋的基本文体特征。但凡题跋文，一般都需要概括所题载体的主旨内容，并对其略作评价。比如苏轼的《书黄子思诗集后》一文，集中体现了苏轼的诗学主张，并展示了其挥洒自如的艺术才能，这些当然都是晚明人所赞赏的。然而作者之所以由书法之见解推至对司空图诗歌创作的评价，其实都是为了最后推出对黄子思诗作特点的说明以及对其诗歌成就的评论。作者看似漫不经心的自由挥洒里，其实包含了精心的构思与行文的技巧。这就是苏轼大巧若拙的过人才气的体现，在行云流水般的自我展现中，又严守着题跋最为基本的功能。晚明选家将这样的题跋文选择出来推荐给读者，除了体现其文学兴趣外，同时也说明他们的确眼光独到。

四　"明人选宋文"与明代题跋文体观念

前文已述及，严羽对宋人"以文字为诗""以才学为诗""以议论为诗"的诗学理念提出质疑，认为"诗有别材，非关书也；诗有别趣，非关理也。然非多读书，多穷理，则不能极其至。所谓不涉理路不落言筌者，上也。诗者，吟咏情性也，盛唐诸人，惟在兴趣；羚羊挂角，无迹可求。故其妙处，透彻玲珑，不可凑泊，如空中之音，相中之色，水中之月，镜中之象，言有尽而意无穷"①。严羽反对哲理化、散文化的宋诗，反对苏、黄将议论、才学、理趣带入诗歌创作的方式。他着重强调诗歌应回归到"吟

---

① （宋）严羽著，郭绍虞校释：《沧浪诗话校释》，人民文学出版社 1961 年版，第 26 页。

咏情性"的道路上来，强调诗歌创作中"兴趣"的重要性。而"以文字为诗""以才学为诗""以议论为诗"是宋诗区别于唐诗最为明显的特色，也是宋诗在致力于生新的过程中最有力的方式。如果说哲理化、散文化的倾向在诗歌创作领域妨碍了诗歌"吟咏情性"的功用，那么它们在题跋文创作领域则强化了主体情性的抒发。题跋文创作成为宋人抒发主体性情、表现理趣的新途径。这是由题跋本身独特的体制所决定的，即题跋文的写作大多需要依附具体的载体。而针对诗文、书画、金石碑帖寻求素材、议论抒情、阐发义理，就成为宋人施展才学、吟咏情性的理想方式。这或许也是题跋文体虽然在形式上萌芽于晋、唐时期，但至宋、元、明时方才发展壮观、渐趋成熟的重要原因。

而晚明宋人题跋文的选辑则体现出晚明文人对才智、见识的推崇。《汲古阁书跋》中毛晋为《东坡题跋》所作题跋曰："凡人物书画，一经二老题跋，非雷非霆，而千载震惊，似乎莫可伯仲。"毛晋此言不仅突出了苏、黄二家在题跋创作上的卓越成就，更表达出其个人对题跋文体的理解。其一是宋代题跋载体的扩充和丰富。书、画、诗、文、人物传记，都已被纳入文人作跋的范围内。其二是宋代题跋文体强烈的表现力。"非雷非霆，而千载震惊"不仅是对苏、黄题跋的赞誉，更是对宋代题跋感染力的肯定。这说明毛晋对题跋文体特征的理解与徐师曾、吴讷相近，即着意于"简劲"与"峭拔"。而晚明文人对题跋文体特征的共同认知实质上也是对文人才智、见识的共同推崇。王世贞认为黄庭坚"逊隽"；毛晋认为苏、黄两家题跋文不分伯仲；《八代文钞》《文章辨体汇选》《古今文致》《古今小品》等选本在辑录作品的数量上肯定了苏、黄题跋文的突出成就。实际上这些多是围绕宋代题跋文所表现出的文人的才智、见识而进行的评判。

此外，晚明文人对苏、黄题跋文的偏重也映现出其对"小文章"的关注，而这又与晚明小品的流行密切相关。明人徐师曾认为题跋文"专以简劲为主"①。"简"说明题跋文一般篇幅短小，属于"小文章"一类。题跋文的创作大多受限于载体的具体形式而短小精悍。"劲"说明题跋文往往能够表达出作家深刻的见解、浓厚的情感以及恣肆的才性。题跋虽是"小文章"，但这种文体却更适合文人用以抒发个体的性灵。李贽在《又与从吾》中论及此问题曰："兄于大文章殊佳，如碑记等作绝可。苏长公片言只字与金玉同声，虽千古未见其比，则以其胸中绝无俗气，下笔不作寻常语，不步人脚故耳。如大文章终未免有依仿在。"② 李贽在文中委婉地向焦弘表达出自己对"大文章"的不满。他认为"大文章"不如"片言只字"的"小文章"，因为"片言只字"更能抒发文人胸中的真性情。文人唯有将个体独特的见识、才性表达出来，才能写出不同寻常的作品。因此，他特别推重苏轼的"小文章"，赞其"与金玉同声，虽千古未见其比"。此处所言"小文章"尽管不是特指题跋作品而是更接近于小品的意义，但无疑是包括题跋文在

---

① （明）徐师曾著，罗根泽校点：《文体明辨序说》（与吴讷《文章辨体序说》合刊），人民文学出版社 1998 年版，第 137 页。

② 张建业、张岱注：《焚书注》卷二，载张建业主编《李贽全集注》，社会科学文献出版社 2010 年版，第 1 册，第 206 页。

内的。

　　题跋文与"大文章"不同，更适合用以抒发主体情性、展示个人修养。事实上宋代有不少持不同文章观的文人能够在题跋创作中有所施展。比如《文章辨体汇选》除辑录大量的苏、黄题跋外，还选辑了王安石、朱熹的题跋文。苏轼在《答张文潜县丞书》中说道："王氏欲以其学同天下！地之美者，同于生物，不同于所生。惟荒瘠斥卤之地，弥望皆黄茅白苇，此则王氏之同也。"①苏轼反对王安石排斥异己的文学观念，但强调散文政治功用的王安石在题跋文创作上却别具一格，如选本中《读孟尝君传》之类的题跋作品。除此之外，理学家朱熹亦有二篇题跋入选。

　　晚明论家李贽推举苏轼的"小文章"，晚明选家贺复征亦然。晚明选本对这些宋人题跋的辑录，说明属于"小文章"的题跋能够广泛地表现出宋人的才智、见识、性情、修养。但是对于晚明小品文的兴盛与流行，苏轼、黄庭坚确实起到了更为显著的启示作用。尤其是苏轼的题跋文创作，更是被晚明人奉为楷模与典范。当然，苏轼等宋人的题跋所发挥的典范作用并不仅仅限于小品一途。由于苏、黄均精通书法绘画，故其书画题跋也见解精到，说理透彻，对于元、明二代的书画类题跋也有深刻而广泛的影响力。又因为苏轼乃大才，题跋文创作涉及领域广泛，艺术风格多样，故而具备了巨大的开放性与包容性。可以说苏轼对明人的影响是多方面的。除了李贽、公安三袁受其影响极

---

　　① （宋）苏轼著，孔凡礼点校：《苏轼文集》，中华书局1986年版，第1427页。

深外，复古派作家王世贞也多受沾溉。而在这些影响中，苏轼的题跋文无疑发挥了比较明显的作用。宋诗曾被复古派作家所深诟，苏轼之作当然也不能例外；李贽曾对苏轼的"大文章"颇含微词，也并非对其全表赞同。但是明人对苏轼的题跋文却众口一词地均表赞许，这或许与题跋文能够满足不同派别文人之创作需求的文体特征有关。下编将就此展开更为系统的探讨。

余　论

上编梳理了明人选题跋总集的概貌，从编选时间、编选体例、编选目的、编选范围等角度来呈现明人所辑录的总集选本对题跋文体的重视程度。此外，万历时期至明末清初时期，选辑题跋文的总集选本规模庞大、类型丰富，且此时期选本所辑录的题跋作品范围更广、覆盖面更全。本编选取具有代表性的小品文选本《明人小品十六家》《古今文致》与文章总集《文章辨体汇选》进行对比分析，试图探析以性灵为尚的小品文选家，与以辨体为初衷的晚明总集选家各自的题跋文体观念，从而深入认识题跋的文体形态特征。明代中后期题跋作品中私人化发挥的内容更多，此种倾向同样反映在文学批评实践中。晚明小品文选本《明人小品十六家》《古今文致》对表达个体性情的题跋文颇为偏爱。晚明选本对宋人题跋的辑录，既说明属于"小文章"的题跋能够广泛地表现出宋人的才智与见识、性情及修养，同时又反映出选辑本身即是宋代题跋经典化过程中的重要历史环节。在明代选家的推动下，宋人题跋文在创作领域已凸显为一种标榜与典范。

李贽推举苏轼的"小文章"，晚明选家贺复征也有类似表现。《文章辨体汇选》对明人题跋文进行了全面把握，将持不同文道观念的文人题跋综合梳理，展示出题跋作为"小文章"的广泛功用。虽然晚明小品文选本多将宋濂等文人说理、载道的题跋文排除在外，但晚明总集选家贺复征以辨清体要为宗旨，呈现出了明人题跋文抒性情、表义理的施展空间。而晚明三部不同类型的散文选本对题跋文体的共同关注及选辑差异，透露出的是晚明文坛多元共存的思想观念格局。比如《明人小品十六家》选录十二位文人的题跋作品，徐渭、袁宏道皆居前列。又如《文章辨体汇选》辑选明代文人的题跋文，选王世贞十六篇，入选数量最多；选宋濂十四篇，位列第二；选徐渭十篇，位列第四。可见元明之际的文人题跋如明初文臣宋濂之题跋文很受重视，且无论是主张复古还是倡导性灵，文人在题跋文创作上都有所建树。王世贞、徐渭、袁宏道的题跋文大多得到了明人纂辑选本的认可。

这些明代文人在诗文的拟古与崇古方面虽未臻于一致，但其题跋文创作却均在晚明选家处倍获青眼。此种现象值得继续深入思考，也为开启下编的讨论提供了依据。作为晚出的文体类型，题跋体制较为灵活。从明人选本的辑录情况看，持不同文道观念的文人在题跋文创作过程中均可任性发挥，持不同散文观念的文人也可通过题跋文创作来议论或抒情。他们的题跋文章作何形态，是否遵照了明代文体学家所宗尚的体制规范；其对于题跋文体有无明确的理论表达，理论认知与实际创作之间有无落差，如是种种都尚待剖论。本编于体大繁杂的明人总集中寻索，力图抽选其精要，解析其脉络，择其荦荦大端，又不失委曲小变，以求得探研明代题跋文创作与文体观念表达的着笔路径。

| 下　编 |

明代题跋文创作与文体观念的多元表达

第一章　明初时期题跋文体观念
——宋濂的题跋创作与文体观念

由上编的讨论可知，关于明代题跋文体观念的研究，其实可以包括两个层面。一是理论批评的研究，大致有序跋中的理论表述，总集的分类与编选，以及各总集与选本中的评语及批语等。二是题跋文创作中所体现的题跋文体观念，其内涵包括了不同时期、不同流派及不同作家的载体选择、创作目的、组织表达、文章体貌及手法行文等。总集的编选与分类，体现的是编选者对于题跋的认识，这种认识当然会受到创作实践的成就与特点的影响，但却往往有差异或区别。题跋文作家往往会有自己对于题跋文体的认识与理论，但在创作实践中又常突破自己的理论认识而表现出更为复杂的文体特征与观念内涵。因此，较为全面且系统地考察明代的题跋文体观念，也就理应将理论批评与创作实践结合起来进行研究，庶几能够接近其真实面貌。

黄宗羲在《明文案序》中说："有明之文莫盛于国初，再盛于嘉靖，三盛于崇祯。国初之盛，当大乱之后，士皆无意于功名，埋身读书，而光芒卒不可掩；嘉靖之盛，二三君子振起于时风众势之中，而巨子哓哓之口舌，适足以为其华阴之赤土；崇祯之盛，珠盘已坠，邾、莒不朝……士之通经学古者耳目无所幛蔽，反得以理既往之绪言：此三盛之由也。"① 从黄宗羲的立场上看，他说明代文章创作分为国初、嘉靖和崇祯是有其理由的，但却未必完全合乎史实。明初与嘉靖时期为明代文学之繁盛期，这一点应该说在学界是有共识的。但黄宗羲跳过明代文坛最为热闹的万历时期而归结于崇祯，笔者以为原因或出于两点。一是他本人处于此一时期，当然有所侧重。二是对于万历时期重要文学流派公安派看法的偏差，使其难以认同该时期的小品文创作。但如果从题跋文体的创作实绩来看，将其定位为国初、嘉靖与万历三个历史阶段可能更符合史实。

正是基于这种历史段落划分，本编论述明代题跋文的创作状况与文体观念，选择了宋濂、徐渭、王世贞和袁宏道作为考察的对象。明代诗文作家多不胜数，全部纳入研究视野显然是不可能的。采取以点带面的做法，有助于论题有效地延伸，故以上编中明人选本的辑录状况为参考，对重点作家的题跋文创作进行较为集中的考察。之所以选择这四位作家，其入选标准有两个：一是他们的题跋文创作在各历史时段具有较高的成就和鲜明的特色；二是他们的题跋文章常常为明人总集所选辑。这既是历史认识的需要，也是本文的研究特点使然。宋濂作为元明之际的作家，

---

① （清）黄宗羲辑：《明文案序》，《四库禁毁书丛刊补编》，北京出版社2005年版，第44册，第458页。

不仅创作了大量的题跋文章，而且具有当时官方作家与民间文人的综合身份，能够集中代表此时的题跋文体观念。徐渭与王世贞不仅是嘉靖时期不同文学派别的作家（王世贞为后七子复古派领袖，而徐渭则是受唐宋派影响较大的性灵派早期作家），而且其文人身份一为在朝官员，一为在野文人。他们二人在嘉靖文坛应当具备足够的代表性。至于袁宏道，则是万历时期小品文最为重要的代表人物。研究他的题跋创作，对于认识该时期的文体观念与文体特征，作用是毋庸置疑的。

第一节　重教化而讲实用：宋濂的题跋功能观与作品类型

宋濂（1310—1381），字景濂，号潜溪，别号龙门子等；其先为浙江金华潜溪人，至宋濂始迁蒲江（今属浙江）；元末从学于吴莱、柳贯、黄溍，荐授翰林编修，以亲老辞不行，避入龙门山著书；明初授江南儒学提举，寻改起居注，侍朱元璋左右；主修《元史》，官至翰林学士承旨、知制诰；后因长孙宋慎受胡惟庸案牵连，举家谪茂州（今属四川），次年于途中遇疾卒；《明史》有传。就目前搜集宋濂作品最全的新编《宋濂全集》中的具体统计状况来看，现存的宋濂题跋共二百七十四篇，而一向被元明作家所重视的序文却只有二百六十七篇。① 同为浙东文人与朝廷

---

① （明）宋濂著，黄灵庚编辑校点：《宋濂全集》，人民文学出版社 2014 年版。

官员的刘基，其序文现存四十七篇，而题跋文则仅有九篇。《文章辨体汇选》共选入三十九位明代文人的题跋作品。王世贞的题跋入选数量最多，为十六篇；其次便是宋濂，入选十四篇。从这两组数据对比中可知，宋濂是元明之际作家中撰写题跋数量众多，且对于此种文体有所偏爱的作家，同时其题跋亦受到明代选家的推举及重视。因此，他足以作为此时期题跋文作家的代表性人物。从他的全部题跋作品来看，宋濂题跋文创作具有多样的功能和鲜明的特征，其题跋观念也具有丰富的内涵与巨大的包容性。他不仅延续了元末文人题跋简劲畅达的特征，还倡导了补史之阙与表彰忠孝的文体功能，并在台阁题跋中表现出颂圣与教化的时代特征，同时他也发挥了题跋文抒情达意的私人化创作倾向。

宋濂对于题跋文体的产生、功能与写法具有明确的认识。这在《题周母李氏墓铭后》中有集中体现。这篇题跋被收入作者的《銮坡前集》中，显然是进入朱元璋政权之后的作品，因而也可视为代表了宋濂入明之后的题跋观念，即重教化而讲实用的题跋功能观。其文如下：

> 梁太常卿任昉著《文章缘起》一卷，凡八十有五题，未尝有所谓题识者。题识之法，盖始见于唐而极盛于宋，前人旧迹或暗而弗彰，必假能言之士历道其故而申之，有如笺经家之疏云耳，非专事于虚辞也。昧者弗之察，往往建立轩名斋号，大书于首简，辄促人跋其后，露才之士复鼓噪而扶摇之。呜呼，何其俗

尚之不美也！临川周友以危太史所撰母夫人墓文见示，
请予申言之，予则以谓必如是而后无愧于题识耳。夫
发扬其亲之德，孝子事也，何厌乎言之详？使人人皆
如友，风俗其有不还淳者乎？故为记其卷末而归之，
知言之士必有取焉。①

　　该文追溯了题识的产生，认为是"始见于唐而极盛于宋"，
这与多数文人的看法是一致的。如明人吴讷认为："汉晋诸
集，题跋不载。至唐韩、柳始有读某书及读某文题其后之
名。迨宋欧、曾而后，始有跋语。"徐师曾也谈道："题、读
始于唐；跋、书起于宋。"对于题跋的写法，该文认为是
"前人旧迹或暗而弗彰，必假能言之士历道其故而申之，有
如笺经家之疏"，也就是说，对于那些模糊不清楚的事迹需
要说明引申，就像注释经书一样，详加说明而使之易懂。此
外，并非所有的题目内容可列于题跋之中，必须像周友那样，
将记述自己母亲的墓文请人予以题识，达到"发扬其亲之
德"的目的，才算是有价值的。而那些建立轩名、斋号请人
题识者，则属于"俗尚之不美"的无聊之举。

　　宋濂的这种题跋观念衍生出两类题跋作品。第一类是
宣扬忠孝节义的。如《题冰壶子传后》《题顾拙轩告命后》
《题赵博士训子帖后》《题李节妇传后》《题甘节卷后》等，
均是此类题跋。比如在《题冰壶子传后》的结尾作者说：
"世英之贤行甚多，今姑举一二，余则可以例知也。士大夫

---

　　①　（明）宋濂著，黄灵庚编辑校点：《宋濂全集》，人民文学出版社 2014 年版，第
798 页。

以世英洁清，号曰‘冰壶’传之，歌咏之，且成卷轴矣。类多绮绣其辞以为工，而无关其实行。予不敢效尤，特书此于卷末，使周氏子若孙藏之。时出而观之，不有蹶然而兴起者，吾未之信也。"① 也就是说，题跋尽管有补人物传记事迹之不足的作用，但并非所有事都可以补入其中，而必须是有关于教化的善言善行才是有书写价值的。同时，撰写此类题跋，也不能仅仅重视文辞的华美漂亮而为浮词虚文。因此，宋濂在其《跋包孝肃公诰词后》的结尾强调说："惟公居家孝友，立朝刚正，清风峻节，百世师法，有不待区区末学之所褒赞，姑以旧闻疏之如右。文直质而无润饰，庶使世之读者咸悉其意焉。"② 为了求得广为人知的叙述效果，所以必须言语直白，不加润饰，以免喧宾夺主。这不仅是叙事效果的需要，也不单单是语言风格的讲究，最重要的是还构成了此类题跋文简劲的文体特征。试看其《题朝夕箴后》：

> 右《朝夕箴》，一名《夙兴夜寐箴》，凡二百八字，南塘先生陈公之所撰也。先生讳柏，字茂卿，台之仙居人。与同邑谦斋吴梅卿清之、直轩吴谅直翁父子游，而深于道德性命之学。盖自谦斋从考亭门人传其遗绪，而微辞奥旨，先生得之为多。当时有恬堂、郑雄飞、景温，辈行虽稍后，而事先生为甚谨，人以其学行之

---

① （明）宋濂著，黄灵庚编辑校点：《宋濂全集》，人民文学出版社 2014 年版，第837 页。

② （明）宋濂著，黄灵庚编辑校点：《宋濂全集》，人民文学出版社 2014 年版，第964 页。

同，通以四君子称之。今观先生之著此箴，本末明备，
体用兼该，非真切用功者当不能为是言。乡先正鲁斋
王柏会之读而善焉，以教上蔡书院诸生，使人录一本，
置于坐右，则其所以尊尚者为何如哉？呜呼！前修日
远，后生小子不知正学之趋，唯文辞是攻，是溺志，
亦陋矣。濂故表而出之，并系先生师友之盛于其后，
以励同志者云。①

为了突出《朝夕箴》"本末明备，体用兼该"的价值，先言
其得到朱子"微辞奥旨"之传授而"而深于道德性命之
学"，随后又强调大儒王柏使上蔡书院诸生"人录一本，置
于坐右"，从而凸显了《朝夕箴》的理学教化作用，目的便
是获取"以励同志"的感发效果。宋濂的此类题跋文，言
简而旨明，篇短而精练，充分体现了作者的创作意图，也
合乎题跋的文体特征。

　　第二类是注重实用功能者。宋濂循此观念而作的题跋
文，一部分具有补史作用。重视题跋的教化功能体现了宋
濂浙东文人的儒者身份，而强调补史作用则是其学者身份
与史学修养的直接反映。比如其《题天台三节妇传后》说：
"余修《元史》时，天台以三节妇之状来上，命他史官具
稿，亲加删定，入类《列女传》中，奉诏刻梓行世。先是，
会稽杨廉夫为之作传，其事颇多于史官。盖国史当略，私
传宜详，其法则然也。近与台士游，尝询之，则廉夫所载

---

　　① （明）宋濂著，黄灵庚编辑校点：《宋濂全集》，人民文学出版社 2014 年版，第
804 页。

犹有阙遗者，因摭其言补之。"① 由此可知，正史鉴于体例的限制，人物传记必须简洁、凝练。而私人所撰人物传记则可以细致、具体一些，以弥补正史的遗漏。而宋濂后来通过询问当地士人，又发现了杨廉夫所撰私人传记犹有阙遗者，故而又撰写此题跋以补之。这符合宋濂所言"前人旧迹或暗而弗彰，必假能言之士历道其故而申之，有如笺经家之疏"的题跋功用观，因而此类题跋文在其创作中具备一定的数量。如在《题郝伯常帛书后》中，宋濂说自己修《元史》时录入了元朝使臣郝伯常出使南宋被扣留后，写给元朝廷的大雁传诗，进而讲述了作此题记的目的："昔苏武使匈奴，匈奴诡称武死。汉昭帝使使者谕云：'天子射上林得雁，足有帛书，言武牧羝泽中。'武因获还。此特出一时假托之辞，非有事实也。当今一介行使不通之际，雁乃能远离矰缴，而将公书至汴，其殆天欲显公之忠节邪？会公已北归，故获者不以闻，不然，则是书之所系，岂细故也哉？或谓世祖见书，有四十骑留江南，曾无一人如雁之叹，遂兴师伐宋。皆好事者傅会之谈，而不知有信史者也。濂修《元史》，既录诗入公传，今复书岁月先后于卷末，以见雁诚能传书云。"②《跋俞先辈所述富春子事实后》则曰："今去孙君未百余年，故老凋落殆尽，人罕有知其事者，伏观俞先生用中所述，犹可见前辈闻见闳肆，有非安于寡陋者所可企及。如濂不敏，于先生无能为役，今因孙君六世孙朝可

① （明）宋濂著，黄灵庚编辑校点：《宋濂全集》，人民文学出版社 2014 年版，第 803 页。

② （明）宋濂著，黄灵庚编辑校点：《宋濂全集》，人民文学出版社 2014 年版，第 802 页。

求题，遂以旧闻附于先生论著之后，以补其所未足焉。"①
这些题跋都是补充人物轶事的，大致属于史学范畴。

　　而宋濂循此观念所作的另一部分题跋，其所补内容已
超出史学范畴，而进入了知识考证的层面。如《跋东坡所
书眉子石砚歌后》一文，其内容是考证该卷东坡书卷的收
藏者"开府密国公"和卷后的跋文作者"樗轩"以及中间
所引述人物"漳水野翁"的身份和生平。"此歌之作，龙溪
钱氏谓在元祐初年，其必有所考矣。'密国公'者，金之宗
室，名璹字子瑜，兴陵之孙，越王之长子。所谓'樗轩'，
即其号也。能诗文，家藏法书名画几与中秘等。赵侍读、
杨礼部、雷御史诸公皆推重之。漳水野翁者，武宁军节度
使郦琼之子，名权，字元舆，安阳人，故以漳水自称。亦
能诗文，以门资叙宦，不达。朝廷高其材，明昌初以著作
郎召之。"作者通过认真辨析，考证出这两位都是酷爱苏轼
文章、字画的金国官员，因而最后发感叹说："是两人者，
皆尊尚苏学士，故宝爱其书为尤至，观其所鉴赏之言，盖
可见矣。然自海内分裂，洛学在南，川学在北。金之慕苏，
亦犹宋之宗程，又不止宝爱其书而已。呜呼！士异习，则
国异俗，后之论者，犹可即是而考其所尚之正偏，毋徒置
品评于字画工拙之间也。"② 这种题跋文解决的不仅是书卷
的收藏、品评者的身份生平等知识性的疑难问题，而且由
此引起了宋、金之间的文化及士风差异的讨论，从而超越

---

　　① （明）宋濂著，黄灵庚编辑校点：《宋濂全集》，人民文学出版社 2014 年版，第
934 页。

　　② （明）宋濂著，黄灵庚编辑校点：《宋濂全集》，人民文学出版社 2014 年版，第
926 页。

了字画品鉴的层面。应该说，宋濂此类讲求实用功能的题跋，将文艺品评、史学意识、文物考证及议论说理融为一体，体现了深厚的造诣。

第二节　官方立场与个体表达：宋濂台阁体题跋的价值

在宋濂的明初题跋创作中，还有一类属于台阁文体的作品值得关注。这是因为在后来的明人总集编选中，此类题跋文常常被选家所关注。比如陈子龙的《皇明经世文编》选录宋濂题跋文四篇，其中就选有其《恭题御赐书后》《恭题御制方竹记后》《恭跋御制诗后》三篇。同时，这类题跋创作体现了宋濂明初的文章观念，具有鲜明的时代特征。除了上文提及的三篇外，宋濂的此类题跋作品尚有《恭题御笔后》《恭题赐和托钵歌后》《恭题御和诗后》《恭题御赐文集后》《恭题御书赐蕲春侯卷后》《恭题豳风图后》《恭题御制命桂彦良职王傅敕文后》《恭题御训谈士奇命名字义后》《恭题御制赐给事中林廷纲等敕符后》《恭题赐和文学傅藻纪行诗后》《恭题御制论语解二章后》《御赐资治通鉴后题》《恭跋御制敕文下方》《恭跋御赐诗后》等。

这些题跋作品就其主旨来看，可用感恩、颂圣与教化三个方面概括之；就其写法来看，可用叙述事件缘由、抒发自我感受与推阐圣恩大义三个层面囊括之。作为文章大家的宋濂，当然不会篇篇都采用同一种结构模式，其中次序时常有变化，但基本要素大致不出以上范围。如《恭题御和诗后》："十月二十六日昶至，臣引见上于西苑，慰问良久，且曰：'尔何人之裔邪？'臣对曰：'文献公潜，昶之从曾祖也。'上悦。复见皇太子于大本堂，勉劳有加焉。未几，上遣侍臣出尚方绮裘革履以赐。十一月十五日，前御史中丞诚意伯刘基偕臣与同侍上燕乾清宫之便阁，同被酒而还。"① 文章呈现出君臣和谐之画面。《恭题御制方竹记后》："臣濂窃自念草莽微臣，侍帝前者十又五年，当帝为文，性或不喜书，诏臣濂坐榻下，操觚受辞。终食之间，入经出史，衮衮千余言。仰见天光昭回，赫著简素，皆日精月华之所凝结，敷之为卿云，散之为彩霞，曾不见神化著见之迹，其诚所谓天之文哉……此无他，皇天欲以文明化成天下，故挺生圣人，度越前代，若斯之盛也。然圣制虽多，未尝轻以予人，臣同以文学侍从之臣，简在帝心者久，故特被是赐焉。夫臣以诚而事上，君以恩而逮下，唐虞盛治，一旦复见三千余年之后，何其懿哉！"② 此文多包含粉饰及夸赞之语。《恭题御制文集后》："臣窃以为日星昭回于天，下饰万物，苍生无不仰照。圣皇之文，犹日星也。是宜刻于文梓，流布四海，使见之者咸获咏叹文明之化，熙熙皞皞，相与率德励行，以为忠孝之归，岂不盛哉！"③ 其文不乏明初台阁体文章歌功颂德的风貌。《恭题御制命桂

---

① （明）宋濂著，黄灵庚编辑校点：《宋濂全集》，人民文学出版社2014年版，第813页。
② （明）宋濂著，黄灵庚编辑校点：《宋濂全集》，人民文学出版社2014年版，第809页。
③ （明）宋濂著，黄灵庚编辑校点：《宋濂全集》，人民文学出版社2014年版，第824页。

彦良职王傅敕文后》："皇上以上智之圣，延览英杰，置之庶位，知人善任，诚近世所未有……臣惟古明王之待重臣，宠之以爵、告之以言者有之矣……求其褒许隆至，教告深切如此者，不可得也。臣与彦良同朝，且同官东宫甚久。彦良之为人，淳笃和易，有长者风，当今廷臣，鲜见其比。上尝以拟臣濂，虽臣亦自以为不及也。"① 桂彦良曾任晋王府右傅，宋濂此处多为附和圣意之语。此类题跋文的创作属于宋濂台阁体文章之一类，自然会符合台阁体的基本特征。或者更进一步说，其也符合明初所有台阁体作品的一般特征——那就是歌颂皇上朝廷而贬抑作者自我。作为追随朱元璋打天下、建王朝的侍从之臣，对其怀有敬佩之情与敬畏之心是理所当然的。明朝初年的荡平群雄而天下一统的功业，制礼作乐而重用儒者的政策，也会使宋濂拥有相当的喜悦与满足之情。因此，台阁体创作中的颂圣与感恩不能一概视为虚假的情感表达。更何况宋濂乃明初开国文臣之首，又在翰林院中供职，因而他的写作不能视为私人化的创作。而一旦涉及朝廷的制度、规范与环境，他就必须在"得体"方面具有足够的考虑与明确的意识，其结果就是这些结构模式与主题意旨大体一致的题跋文创作。宋濂对此非常清楚，所以他常常会在这些题跋文的结尾对此加以强调。如其在《恭题赐和文学傅藻纪行诗后》写道："盖藻存心恕，持法平，其以御史使江淮间，《纪行》之诗，多寓讽谏之意，故上喜而和之。益可见上之待藻，与藻之

---

① （明）宋濂著，黄灵庚编辑校点：《宋濂全集》，人民文学出版社 2014 年版，第843 页。

事上，交尽其道也。视夫导君以谀说，及与臣下争名者，相去不亦远哉。臣老矣，退伏田里，久欲无言矣。以曾执笔继史官后，敷赞圣治，职有宜然者，故为藻书之。"① 在其退休家居之后，他依然没有忘记自己"敷赞圣治"的责任，创作此类台阁文章是其理应承担的职责。由此可以想见，他在朝任职翰林时此种意识应当更为强烈。

然而，宋濂这类台阁大臣之职责所在与个体表达之间却并非总是一致的。一旦遇到台阁要求与个人情感相矛盾甚至冲突时，他就必须在二者之间作出取舍。其《恭跋御赐诗后》就是一篇颇为耐人寻味的作品：

> 臣闻自古人君有盛德大业者，其积虑深长而论谋悠久，必日与文学法从之臣论道而经邦。当情意洽孚之时，或相与赓歌，或褒以诗章，或燕之内殿，君臣之间实同鱼水，非直以为观美，所以礼贤俊、示宠恩而昭四方也。有如唐之文皇，宋之太宗，其事书诸简编者，可以见之矣。
>
> ……　……
>
> 臣既退，窃自念曰：臣本越西布衣，粗藉父师明训，弗坠箕裘之业而已。一旦遭际圣明，遣使聘起之，践历清华，地跻禁近，无一朝不觐日月之光。如此者凡十又七年。叨冒恩荣，复绝前比。所幸犬马之力未衰，誓将竭奔走之劳，以图报称。今天宠屡加，《云

---

① （明）宋濂著，黄灵庚编辑校点：《宋濂全集》，人民文学出版社 2014 年版，第868 页。

汉》之章照烛下土，臣窃自靖度，何足以堪之？虽然，《传》有之："泰山不让土壤，故能成其大；河海不择细流，故能就其深；王者不却众庶，故能明其德。"洪惟皇上，尊贤下士，讲求唐虞治道，度越于唐、宋远甚。虽以臣之至愚，亦昭被非常之殊渥。六合之广，其有抱艺怀才者，孰不思踊跃奋厉以扬于王庭哉？臣按《南有嘉鱼》之诗，有曰："君子有酒，嘉宾式燕以乐。"序者谓："太平之君子至诚，乐与贤者共之也。"皇上宠恩之便蕃，抑过之矣。又按《天保》之诗，有曰："罄无不宜，受天百禄。降尔遐福，惟日不足。"序者谓："臣能归美以报其上。"臣虽无所猷为，愿持此以颂祷于无穷哉。古者侈君之命，勒诸鼎彝，藏诸宗庙，嗣世相传，以至于永久。臣敢窃援此义，砻玉为轴，装褫成卷，什袭珍藏，以显示来裔。给事中臣善等应制诸诗，附录其后。而贤士大夫闻风慕艳而有作者，又别见左方云。是岁九月戊午朔，具官臣金华宋濂谨记。①

这是宋濂台阁体题跋文中篇幅最长的作品。其中不仅牵涉皇上朱元璋的御赐诗，还有众大臣的和诗，更有其他士大夫"闻风慕艳"的追随之作，在明初朝廷中算是具有一定轰动效应的事件了。因此，无论从朝廷的宣教角度来说，还是从宋濂的个人遭际恩荣角度来说，他都必须要做足文

---

① （明）宋濂著，黄灵庚编辑校点：《宋濂全集》，人民文学出版社 2014 年版，第 951 页。

章。首先，作者先把这次君臣聚会与唐文皇、宋太宗这些英明君主的"礼贤俊，示宠恩而昭四方"联系起来，算是为本文定下了基调。其次，从个人的角度表示极大的感激，不仅有"砑玉为轴，装褙成卷，什袭珍藏，以显示来裔"的实际作为，而且表示要对这样的恩遇以图后报。当然，他同时必须要显示出诚惶诚恐的谦恭，所谓"今天宠屡加，《云汉》之章照烛下土，臣窃自靖度，何足以堪之"，否则便会存有侍宠骄横的嫌疑。最后，也是更为重要的一点，那就是必须从该事件中发掘出对于朝廷更加重大的意义，即"虽以臣之至愚，亦昭被非常之殊渥。六合之广，其有抱艺怀才者，孰不思踊跃奋厉以扬于王庭哉"。这才是画龙点睛之笔，才是台阁体文章的题中应有之义。该文从立意到布局都完全符合宋濂台阁体题跋文的一贯模式，因而也可以说是此类题跋的代表性作品。

那么该文又在哪些方面有别于其他作品呢？其区别就在于那一大段对赐酒过程的详细描述。按照宋濂剪裁文章的功夫，他完全可以作出简略的记述，以重笔浓墨渲染皇恩浩荡和感激涕零。唯一的理解是，皇上赐酒与宋濂拒酒是值得反复寻味的文眼所在，因为这其中包含着作者对恩遇与荣宠的感戴、尴尬与无奈的隐忧等复杂的感受乃至纠结的情绪：

> 皇明纪号洪武之八年秋八月甲午，皇上览川流之不息，水容澄爽，油然有感于宸衷，陋尹程《秋水赋》言不契道，乃亲更为之。赋成，召禁林群臣观之。且

曰："卿等亦各撰赋以进。"臣率同列研精覃思，铺叙成章，诣东皇阁次第投献。上皆亲览焉，复置品评于其间。已而赐坐，敕太官进天厨奇珍，内臣行觞。觞已，上顾臣曰："卿何不尽饮？"臣出跪奏曰："臣荷陛下圣慈，赐臣以醇酎，敢不如诏？第臣年衰迈，恐不胜杯酌，志不摄气，或愆于礼度，无以上承宠光尔。"上曰："卿姑试之。"臣即席而饮。将彻，上复顾臣曰："卿更宜釂一觞。"臣再起固辞。上曰："一觞岂解醉人乎？卒饮之。"臣举觞至口端，又复瑟缩者三。上笑曰："男子何不慷慨为？"臣对曰："天威咫尺间，不敢重有所渎。"勉强一吸至尽。上大悦。臣颜面变赪，顿觉精神退漂，若行浮云中。上复笑曰："卿宜自述一诗，朕亦为卿赋醉歌。"二奉御捧黄绫案进，上挥翰如飞，须臾成《楚辞》一章。臣既醉，下笔倾欹，字不成行列。甫缀五韵，上遽召臣至，命编修官臣右重书以遗臣，遂谕臣曰："卿藏之，以示子孙，非惟见朕宠爱卿，亦可见一时君臣道合，共乐太平之盛也。"臣行五拜礼，叩首以谢。上更敕给事中臣善等赋《醉学士歌》云。[1]

被皇上赐酒赠诗，这对于所有的臣子来说都是极为荣耀的事情。宋濂自然也不例外，因此他后来所表达的那些感激涕零的情感便不能完全被视为虚假的奉承与官样的文章。但朱元璋反复勉强其喝酒的细节与宋濂一再推辞的态度，

---

[1] （明）宋濂著，黄灵庚编辑校点：《宋濂全集》，人民文学出版社 2014 年版，第 951 页。

依然是内涵丰富的文字。从表面来理解，这当然可以作为宋濂谦恭、谨慎人格的体现。但从以下两个角度看，则可以有另外的解释。一是宋濂所强调的"不胜杯酌"并不是他的自谦之辞，他的确是一位不近酒杯的谦谦儒者。他在《跋郑仲德诗后》中说："浦阳郑君仲德，生之岁与余同，其名与余同，少而从学于吴贞文公又与余同，长而多髯又与余同，不善饮酒又同，余中岁自金华徙居青萝山中，又与之同里，故余二人交最洽也。"① 可见他不擅饮酒的确是实情，否则他没有必要在这样一篇怀友的文章中作出特别的强调。题跋文中"颜面变赪，顿觉精神遐漂，若行浮云中"和"下笔倾欹，字不成行列"的醉态描写，也证明了他的拒酒并非完全出于礼节与谨慎。二是宋濂是浙东学派的重要传人，长期接受理学的教育与熏陶，注重对儒家道统的坚守与儒者尊严的维护。他在元末时曾被朝廷征聘而入翰林，这在许多文人看来是难得的荣耀与机遇，但宋濂却坚决拒绝并入仙华山为道士。许多人认为这是因为宋濂认识到元廷难以行其儒者之道，方才作出拒聘的选择。如今作为一位朝廷重臣，却被皇上连连灌酒而醉态毕露，其心中的真实感受又当如何！如果说朱元璋在戏弄宋濂可能有些过分，但说他为了自己的一时兴致而无视儒臣的尊严则不算夸大；说宋濂被皇上连连灌酒会心存不满当然纯属推测之辞，但说他心存无奈而尊严有失则难说不属于事实。但这些复杂的状况与感受都完全被作者所隐藏，唯一能够

---

① （明）宋濂著，黄灵庚编辑校点：《宋濂全集》，人民文学出版社 2014 年版，第962 页。

表达的是对皇上的感戴与歌颂。

这就是此时宋濂的文章观，要合乎朝廷的需求而必须隐藏个人的情感倾向。但是，他为何要将事情的经过如此详细、具体地记述下来？也许他要将历史的真实传递给后人，孰是孰非任凭后人评说。笔者以为，深谙历史功能与春秋笔法的宋濂，理应可以作出如此的选择。或许这就是为何此文写得不同于多数台阁体题跋文的原因之一。这样的台阁体写作到底有无价值是一个值得讨论的话题。从明初的政治稳定和文化建设角度来看，个人的需求应当服从于朝廷的大局，尤其是作为身处朝廷重臣位置的宋濂来说尤其是如此。从个人情感抒发与真实历史事实的记述角度来看，这样的写作无疑是违心与虚假的。这不仅在苛刻的批评家那里会受到责难，而且也不符合作者本人的一贯主张。对此可有见仁见智的理解，并且可以继续讨论下去。

第三节　两朝文臣的多面呈现：元末明初宋濂题跋的差异与共性

作为元末明初成就丰富的作家，宋濂对于包容性极强的题跋文体的发挥，实际上呈现出的是多元而立体的样貌。首先要指出的是，宋濂元末在野时的题跋文创作，与明初身处高位时不同的内涵与特征，那就是简练而犀利，这也符合当时文坛的共同特征。

元代是由少数民族建立的大一统王朝，积极推进了中华多民族的文化交流与文化融合，在中国历史上有着重要的意义。在此历史时段中，朝廷权力更多掌握在蒙古人及色目人手中。汉人尤其是南人较少进入政权之中，而且多从事一些文字写作与地方教育的事宜。更多的人则徘徊于乡间草野，从事于谈道论学与文艺创作。于是，这类文人群体便呈现出一种颇为复杂的心态：一方面因前途黯淡而有所抱怨，另一方面又悠闲自在而享受文人的超然脱俗。这种情况表现在题跋创作上，便是书画题跋和寄托文人悲愤不平心态的文章别集题跋的大量涌现。比如以下两篇作品便是其中的代表：

> 癸丑八月廿一日观于耕渔轩。时积雨初霁，残暑犹炽。王季耕自其山居折桂花一枝，以石罂注水插花，著几格间。户庭闲寂，香气郁然。展玩此卷久之，如在世外也。（倪瓒《题唐怀素酒狂帖》）①

> 右嘉陵杨君《梅庵记》，谓眉无用于人之身，故取以自号。夫女之美者，众嫉其娥眉；士之贤者，人慕其眉宇；而不及口鼻耳目，则眉岂轻于众体哉？盖众体皆有役，眉安于其上，虽无有为之事，而实瞻望之所趋焉，其有类乎君子者矣。世方以仆仆为忠，察察为智，安重而为国之望者，则以为无用。杨君亦有感于是钦？读之为之太息。（高启《跋眉庵记后》）②

---

① （元）倪瓒著，江兴祐点校：《清閟阁集》，西泠印社出版社 2010 年版，第 296 页。
② （明）高启著，（清）金檀辑注，徐澄宇、沈北宗校点：《高青丘集》，上海古籍出版社 1985 年版，第 926 页。

这两篇题跋文一挥洒、一深刻，体现了元末题跋的典型特征。倪瓒的作品代表了元代文人的品格，他几乎未涉及所题对象的内容，而是对于观看环境与情调进行描绘，体现了作者闲逸超然的襟怀及境界，几乎可以作为晚明的小品文加以品味。高启的文章是为其好友杨基《眉庵记》一文所作的题跋文。将文人及其创作喻为虽无实用价值却为国家祥瑞的提法并非高启一人所有，其前已有刘勰《文心雕龙·知音》中"盖闻兰为国香，服媚弥芬；书亦国华，玩绎方美"①的赞誉。但将文人比喻为人之眉，并认为虽然缺乏实用的价值，却依然是"安重而为国之望者"，依然体现了元代该类文人尽管在政治上被边缘化却仍旧自重自珍的孤傲心态。

宋濂作于元末的题跋文今已保存较少，却依然显示出与明初同类文章较大的差异。前者主要体现在挥洒自如、真率自然的体貌特征上。如《题朱文公手帖》中怀念朱熹师友讲学"计其一时师友相从之盛，聚精会神，德义充洽，如在泗沂之上"的融洽氛围，结尾处却感叹道："自今道隐民散时观之，不翅应龙游乎玄阙，欲一见之而不可得，徒以贻有识者之感慨，不亦悲夫！此帖无岁月，不知何年所发，其或学禁未兴，讲道于竹林精舍时耶？"②身处元末的宋濂，居然直言不讳地说那一时代是"道隐民散"的混乱之世，带有明确的批判态度，与高启题跋文的格调非常接

---

① （南朝梁）刘勰著，范文澜注：《文心雕龙注》，人民文学出版社1958年版，第715页。

② （明）宋濂著，黄灵庚编辑校点：《宋濂全集》，人民文学出版社2014年版，第898页。

近，而这在明初无论如何都是不可能的。① 又如《跋匡庐结社图》也充分展示出了宋濂此时的文风。其末段几句："当是时，晋室日微，上下相疑，杀戮大臣如刈草菅，士大夫往往不仕，托为方外之游。如元亮、道祖、少文辈，皆一时豪杰，其沉溺山林而弗返者，夫岂得已哉！《传》有之，'群贤在朝则天下治，君子入山则四海乱'，三复斯言，抚图流涕。"② 宋濂此言，旨在表现元末社会的实际状况，其情绪的表露直白而坦率。再如其《题黄山谷手帖》，文中提及黄庭坚之女同惜。宋濂便以俏皮的文笔写道："同惜，其女名也。计翁生此女时，年已望六十矣。初，翁三十余，尝过泗州僧伽塔，即造《发愿文》，戒酒色与肉食。曾未几何，辄皆犯之，至于耆年尚不能制其血气之私如此。岂饮食男女，人之大欲，虽贤者或不能免耶？聊戏及之。至若翁之大节及其翰墨之妙，世无贤愚皆能道之，兹不待赞也。"③ 本来是题黄庭坚的书帖，却偏偏声明不再涉及他的生平大节和翰墨之妙，而是抓住其晚年生女之事大开玩笑，从而成为一篇轻松愉快的游戏之作，这在明初几乎也是不可能的。更值得关注的是其《题葛庆龙九日登高

① 2014 年版《宋濂全集》，还收有一篇《题医者王养蒙诗卷后》，批判锋芒更为犀利。此文不仅讽刺了吏，更讽刺了医，最终是对世道混乱的批判。但该文是从贺复征《文章辨体汇选》中钩稽出来的，署名宋濂。而《文渊阁四库全书》本《诚意伯文集》之《覆瓿集》卷七也收有此文，内容几乎一致。《四库全书》本所依据的是成化年间刘基别集的早期版本，较之贺复征编于明末清初的《文章辨体汇选》应更为可信，故此文作者应为刘基而非宋濂。参见（明）宋濂著，黄灵庚编辑校点《宋濂全集》，人民文学出版社 2014 年版，第 918 页。
② （明）宋濂著，黄灵庚编辑校点：《宋濂全集》，人民文学出版社 2014 年版，第 932 页。
③ （明）宋濂著，黄灵庚编辑校点：《宋濂全集》，人民文学出版社 2014 年版，第 899 页。

诗后》①。从题跋文的文体功能来看，宋濂考证补充了《九日登高》一卷古诗的作者生平状况、性格爱好及文学成就，较为符合其本人的题跋文体观念。但这样的题跋文又只能写成于元末。首先，该文所记载的这位越台洞主葛庆龙性情怪异，个性突出，出入于儒释道，而又超然自得，这在元末的文人别集中可以屡屡见到。而这样的"怪人"只能产生于元末的动荡社会之中：

> 江乘沈玄督道士持草书《九日登高》古诗一卷谒余，诗后不著氏名，但题"越台洞主"四字。道士怅然曰："吾爱此卷甚，见当世巨儒多叩之，鲜有知者，闻公素称该洽，愿有以识焉。"予恶足以语此，颇记谢先生言。

> 越台洞主，名庆龙，姓葛氏，庐山人，久居越中，能为诗。诗务出不经人道语，甚者钩棘不可句。每客诸公贵人，诸公贵人燕飨方乐，或为具纸，无问生熟，连幅十余。庆龙睥睨其间，酒酣落笔，飒飒不自止，皆鹏骞海怒，欻起无际。然为人简躁，喜面道人过。一有所忤，即发泄无留隐。非知其磊落无他肠，多疏之。性嗜闻音乐，又不甚解。居一室，杂悬药玉磬铃，醉后自飐扇撼之，闭目坐听，殷殷有声，至睡熟扇堕乃罢。晚尤落魄，依王主簿居。初，越台有石洞，樵猎过者，必祝以为有神。庆龙悦之，刻己像洞前，自称为飞笔仙人越台洞主。死之日，遗言王主簿："我死

---

① （明）宋濂著，黄灵庚编辑校点：《宋濂全集》，人民文学出版社 2014 年版，第788 页。

当葬我，葬我必于是洞，且用仪卫鼓吹为导，使樵猎祝我如祝山神。"①

其次是作者对于葛庆龙的赞许态度，也只在元末才可能拥有如此的立场。因为他最看重的是葛庆龙的"奇气横发"，而鄙视那些"跐跐媚学"的平庸之辈：

> 庆龙初为浮屠，中更衣道士服，晚又入儒，人莫测其意。出语颇涉玄怪，恍惚不可辨。君子谓其为诗之仙鬼云。今观此卷所作，虽杂于幽涩，而奇气横发，直欲骑日月，薄太清。视争工于组织纫缀间者，不翅猿鹤之于虫沙。有如庆龙，何可少也？何可少也？余故备道谢语，书而归之，使知庆龙亦非跐跐媚学辈可及，则其不为庆龙者，又可得耶？②

但在明初时，宋濂对于那些语涉险怪的作家与作品，则完全持一种否定的态度。其《徐教授文集序》说："是故扬沙走石，飘忽奔放者，非文也；牛鬼蛇神，佹诞不经而弗能宣通者，非文也；桑间濮上，危弦促管，徒使五音繁会而淫靡过度者，非文也；情缘愤怒，辞专讥讪，怨尤勃兴，和顺不足者，非文也；纵横捭阖，饰非助邪而务以欺人者，非文也；枯瘠苦涩，棘喉滞吻，读之不复可句者，

---

① （明）宋濂著，黄灵庚编辑校点：《宋濂全集》，人民文学出版社 2014 年版，第 788 页。

② （明）宋濂著，黄灵庚编辑校点：《宋濂全集》，人民文学出版社 2014 年版，第 788—789 页。

非文也；廋辞隐语，杂以诙谐者，非文也；事类失伦，序例弗谨，黄钟与瓦釜并陈，春秋与秋枯并出，杂乱无章，刺眯人目者，非文也；臭腐塌茸，厌厌不振，如下俚衣装不中程度者，非文也。"① 以此标准衡量，不仅葛庆龙为人"出语颇涉玄怪，恍惚不可辨"而"诗务出不经人道语，甚者钩棘不可句"理应在否定之列，而且他本人这篇夸耀葛庆龙的题跋文也难以称为文。至于他那篇戏谑黄庭坚的《题黄山谷手帖》，更会因其"杂以诙谐"而遭到否定。由上可知，宋濂元末之题跋文与明初差别很大。元末之题跋文大多挥洒自如、生动有趣、笔锋犀利，有一股傲然之气行乎其中，带有元末文人题跋的共同特性。

当然，宋濂明初的题跋文也并非与元末完全隔绝。尽管从其题跋文创作的主要内容与体貌上看，作者往往站在朝廷的官方立场而限制自我情感的抒发与真实观点的表达，但由于题跋文体产生较晚，缺乏严格的体要规定，因而呈现出文体功能的多元化和表达方式的自由化，在不涉及政治题材的创作中便会表现出别样的形态。试看下面三篇题跋：

> 赵魏公自云幼好画马，每得片纸必画，而后弃去。故公壮年笔意精绝，郭祐之作诗至以"出曹韩上"为言。公闻之微笑不答，盖亦自负也。此图用篆法写成，精神如生，诚可宝玩也。（《题赵子昂马图后》）②

---

① （明）宋濂著，黄灵庚编辑校点：《宋濂全集》，人民文学出版社2014年版，第633页。

② （明）宋濂著，黄灵庚编辑校点：《宋濂全集》，人民文学出版社2014年版，第801页。

　　赵令穰与其弟令松以宋宗室子精于文史，而旁通艺事，所以皆无尘俗之韵。今观令穰所画《鹤鹿图》，丛竹幽汀，长林丰草，其思致宛如生成。余隐居仙华山中，时与麋鹿为友，每坐白云磴上，教鹤起舞，故得其情性为真。开卷视之，使人恍然自失。（《题赵大年鹤鹿图》）①

　　右宋思陵所书《神女赋》，法度全类孙过庭，且善用笔，沉毅之中兼有飘逸之态。然思陵极留心书学，《九经》皆尝亲写，故其用功为最深。此卷乃禅位后所书，时春秋已高，而犹弗之废，诚可谓勤也已。使其注意于虞夏商周之治，父仇不至不报，王业未必偏安，抑又可叹哉！卷首有奎章阁鉴书博士印，盖天台柯敬仲为是官时所鉴定云。（《跋高宗所书神女赋》）②

此三篇文字均属书画题跋，大多与政治无涉，所以作者文笔较为挥洒自如。第一篇除了赞赏赵孟𫖯画马水平的高超外，并连带描绘其神态境界，一句"公闻之微笑不答，盖亦自负也"，活画出赵孟𫖯艺术家的自信与风度。第二篇则是由画面"丛竹幽汀，长林丰草"的优美环境，引起自身对于"时与麋鹿为友，每坐白云磴上，教鹤起舞"之隐居

---

① （明）宋濂著，黄灵庚编辑校点：《宋濂全集》，人民文学出版社2014年版，第815页。

② （明）宋濂著，黄灵庚编辑校点：《宋濂全集》，人民文学出版社2014年版，第959页。以上三篇题跋文分别出自宋濂《銮坡前集》《銮坡后集》《芝园前集》，均为其入明后之作品。

生活的体味，并最终达到"恍然自失"的人画交融的美妙境界。第三篇是由绘画所引出的政治性话题。宋高宗在书法艺术上用功甚勤，水平甚高，对此宋濂给予了充分的肯定。但随后笔锋一转，设想如果他把这份勤奋用在对理想政治追求的本有职责上，那么"父仇不至不报，王业未必偏安，抑又可叹哉"。看来，只要不是面对皇上朱元璋，宋濂的批判意识一不留神又会显露出来。这些文章应该说都是题跋文中的精品之作，短小精悍，寓意深刻，生动有趣，境界高远，体现出题跋简劲、精练的文体特征。书画题跋是一个独特的创作领域，除了题材自身的特殊性之外，还受宋元以来传统的影响，尤其是元代文人画家的影响。宋濂作为由元入明的文人，当然会带有那一时期的深刻烙印，因而写出如上的题跋作品是不足为奇的。

值得特别指出的是，宋濂不仅在书画题跋中保持了元末的特点，而且在一些敏感题材的文章中也时时流露出其真实的情感与良苦的用心，让人看到一位重情感、守道义的儒者风范。最能代表此类题跋文的是《跋张孟兼文稿序后》：

> 濂之友御史中丞刘基伯温，负气甚豪，恒不可一世士，常以"倔强书生"自命。一日侍上于谨身殿，偶以文学之臣为问，伯温对曰："当今文章第一，舆论所属，实在翰林学士臣濂，华夷无间言者。次即臣基，不敢他有所让。又次即太常丞臣孟兼。孟兼才甚俊而奇气烨然。"既退，往往以此语诸人，自以为确论。呜呼！伯温过矣。濂以无根菹泽之文，何敢先伯温？今

伯温之言若此，其果可信耶？否耶？纵使伯温非谬为
推让者，才之优劣，濂岂不自知耶？伯温诚过矣。唯
言孟兼才之与气，则名称其实尔。今观所造《孟兼文
稿序》，嘉其语粹而辞达，他日必耀前而光后，其惓惓
犹前意也。伯温作土中人将二载，俯仰今古，不能不慨
然兴怀。孟兼请濂题识序后，因书伯温昔日之言以表吾
愧，操觚之时，泪落纸上。洪武十年三月二十五日。①

尽管此文涉及皇上朱元璋对文学之臣的询问，却丝毫没有
其他题跋文的尊崇感佩之言。文章所述重心在于刘基、宋
濂和张孟兼之间的相互品评与深厚情感。本文看似随意，
其实有着严密的布局。开头先从刘基的个性叙起，说他是
负气甚豪的"倔强书生"，常常抱着不可一世的孤傲情怀。
然后文章就转向刘基对宋、张二人的评价，说宋濂为"当
今文章第一"，显示了刘基的眼光和胸怀；说自己是第二则
显示了他的自负本色，说张孟兼第三则是对这位浙东文人
的褒奖。刘基的《孟兼文稿序》一文今已不传，因而其如
何具体评价张孟兼文也就不得而知。但《刘基集》却保存
了一篇《宋景濂学士文集序》，对宋濂多有赞誉之辞："五
岁能诗，九岁善属文，当时号为神童。若经，若史，若子、
集，无不遍览，辄能记忆。年未弱冠，文名播于遐迩。"
"会有诏纂修《元史》，东南名士，一时皆集，复命充总裁
官。书成，入翰林为学士。海内求文者，项背相望，碑版

---

① （明）宋濂著，黄灵庚编辑校点：《宋濂全集》，人民文学出版社 2014 年版，第
957 页。

之镌，照耀乎四方。高丽、日本、安南之使，每朝贡京师，皆问安否。且以重价购其《潜溪集》以归，至有重刻以为楷式者。"其又评价宋濂说："儒林清议佥谓开国词臣，当推为文章之首，诚无间言也。"① 由此可知，刘基对宋濂"当今文章第一"的评价的确是其真实的看法。但是，该文的主旨既不在于通过刘基的评价来抬高自己，因为宋濂一再表达了自己的谦恭态度，仅"伯温过矣"就重复了两次；同时也不是要通过刘基的评价来突出张孟兼的地位，尽管宋濂说"唯言孟兼才之与气，则名称其实尔"，但其目的依然是赞赏刘基乐于成人之美的"情怀"。

文章最后对刘基的深沉怀念才是该文的主旨。但是，在这深沉怀念的背后，却包含了太多的难言之隐。他何以会想到刘基之死便"俯仰今古，不能不慨然兴怀"？而他在提笔写作此文时，又何以会"泪落纸上"？笔者以为，尽管宋濂的感情此时相当复杂，但痛惜刘基的死并联想到自己的命运是主要的因素。在元明之际，浙东文人集团与朱元璋淮西军事集团的关系微妙而复杂。朱元璋既要利用他们为自己出谋划策，又对他们加以控制及约束。作为浙东文人群体一方，他们既得到了朱元璋所提供的建功立业的机遇并得到了晋升官位的荣耀，却又深感守道的艰难与自我的压抑。因此，他们其中的任何一位遭遇摧折或不幸，其他成员都难免有强烈的兔死狐悲的感伤。当刘基为宋濂作《宋景濂学士文集序》时，就慨叹说："先生赴召时，基与

---

① （明）刘基著，林家骊点校：《刘基集》，浙江古籍出版社 1999 年版，第 93 页。

丽水叶公琛、龙泉章君溢实同行。叶君出知南昌府已殁；章君官至御史中丞，亦以寿终；今幸存者，惟基与先生耳。然皆颓然，日就衰朽，尚可咈刚之所请而不加之意乎?"①那么到了宋濂为刘基的序文作题跋时，当年一起投奔朱元璋的浙东四先生仅存宋濂一人而已，其感叹、悲伤实属由衷而发。不仅如此，刘基的死具有更为复杂的内涵。关于刘基的死因，或以为被朱元璋所赐毒酒致死，或以为被淮西官员胡惟庸下毒害死，至今尚无定论。但有一点是清楚的，那就是刘基乃死于非命而非寿终正寝。对于这一点，宋濂毫无疑问是很清楚的。无论是从刘基个人"负气甚豪"的个性悲剧的角度，还是从浙东文人的集体命运的角度来看，刘基的死都会给宋濂带来感伤、震惊与深思，并使之产生对自我命运的忧虑。所有这一切都不便明言，但他的"俯仰今古"，是否想到了君臣遇合的不易；他的"泪落纸上"，是否为浙东文人集团的陨落而感伤？这些都只能由后世读者去解读、体味了。

徐师曾在《文体明辨序说》里概括题跋功能时说："考古证今，释疑订谬，褒善贬恶，立法垂戒，各有所为，而专以简劲为主，故与序引不同。"② 这样的概括当然是有根据的，却又是不够全面的。宋濂的题跋文创作与文体观念，可以为徐师曾的概括提供佐证："褒善贬恶"自不必说，宋濂明初的大多数题跋文创作尤其是台阁题跋的创作，都具

---

① （明）刘基著，林家骊点校：《刘基集》，浙江古籍出版社 1999 年版，第 93 页。

② （明）徐师曾著，罗根泽校点：《文体明辨序说》（与吴讷《文章辨体序说》合刊），人民文学出版社 1998 年版，第 137 页。

有如此功能；至于"考古证今，释疑订谬"，宋濂所概括的题跋的补史与知识考证的两大类别是最具体的体现；"专以简劲为主"也可以在宋濂的书画题跋中找到很多实例。说徐师曾的说法不够全面，是因为他的归纳难以囊括题跋创作的所有类别。仅以宋濂的创作为例，语含讥讽的批判功能、寄托情感的抒情功能、寄托兴趣的小品功能，这些都已经被宋濂的题跋创作发挥得淋漓尽致，并且还可以在其他宋元文人题跋文中屡屡看到。因此，宋濂的题跋文体观念，应该是包容广泛、自由开放的。他对题跋有自己的基本看法，也就是"前人旧迹或暗而弗彰，必假能言之士历道其故而申之，有如笺经家之疏云耳"，即必须对前人"暗而弗彰"的载体加以引申，这是题跋文最为基本的属性与功能。至于是考证作者身份，还是补充传主生平，抑或开掘主题意旨，乃至引起情感抒发以及由此及彼的审美想象，则要视作者的需要而自由挥洒了。

宋濂之所以能够拥有这样的观念及创作业绩，自然要归之于其个人的修养、学识与能力，但同时也与其身跨元、明两代的人生经历密切相关。这使他拥有了不同的创作环境与心态，从而创作出多姿多彩的题跋作品，又具备内涵丰富的题跋文体观念。后来王世贞曾评价宋濂说："文宪于书无所不读，于文体裁无所不晓。顾其概以典实易宏丽，以详明易遒简，发之而欲意之必馨，言之而欲人之必晓。以故不能预执后人之权，而时时见夺。夫使后人率偏师而与之角，孙主簿之三千骑足敌嬴卒数万。若各悉其国之赋甲而竞于大麓，所谓五战而秦不胜三、赵再胜者，邯郸岌戾乎! 我故思用其人也。"① 这当然是就宋濂的整体创作而言, 但也基本符合其题跋文的状况。王世贞认为, 宋濂读书丰富、通晓文体, 其优点是在各类文体上都有佳作与建树。后人在某个创作领域或可与其一争高下, 但在整体上无法与其相抗衡。就题跋文体而言也是如此。他几乎尝试了此种文体的所有功能, 且都有成功的作品, 或简劲, 或细腻, 或深刻, 或含蓄, 用以叙事说明、议论抒情, 均能得心应手。当然, 王世贞的说法也有可商榷之处, 比如他说宋濂"以典实易宏丽, 以详明易遒简, 发之而欲意之必罄, 言之而欲人之必晓", 就颇为含混。倘若这说的是宋濂本人从元末到明初在创作上的变化, 或许不无道理; 倘若这指的是宋濂针对前人的创作而作出的调整, 那就很难说符合其创作的实际。因为仅就题跋文体而言, 宋濂便是典实与宏丽兼顾、简劲与详明并存, 从而成为一个多元包容的题跋文大家。

余　论

宋濂在题跋文创作上的突出成就以及在明代文坛的显赫地位, 使之拥有了明初文章第一家的美誉。其题跋文体观念也大致体现了明初的主要倾向, 但这并不意味着宋濂可以完全囊括当时文坛所有的题跋创作特征与题跋文体观念。元明之际本就是一个思想多元、流派纷呈与创作倾向

---

① 　（明）王世贞:《书宋景濂集后》,《读书后》卷四,《宋元明清书目题跋丛刊》, 中华书局 2006 年版, 第 6 册, 第 349 页。

多样化的时代，尽管在入明之后经过了朝廷的文化整合与思想控制，但思想真正归于一统局面毕竟需要一个较长时期的过程。因此，在文坛领袖宋濂之外，依然有许多文人在题跋文体创作上体现了个体的特色及认知。比如同属浙东文人的刘基，他的题跋文就呈现出与宋濂颇为不同的状况。

刘基（1311—1375），字伯温，青田（今属浙江）人。元至顺四年（1333）进士，曾先后任江西高安县丞、江浙儒学副提举、江浙行省都事等，均郁郁不得志，遂归乡著书以寄意。至正二十年（1360）朱元璋将其与宋濂等四人召至南京，他遂成为朱元璋之谋士，申陈时务，参与机要。入明后曾任太史令、御史中丞等职，封诚意伯；洪武四年（1371）以弘文馆学士致仕。因其性刚疾恶，颇受权贵忌恨与朱元璋猜疑，后终被丞相胡惟庸构陷而死。刘基博通经史，明天文历法及象纬之学，乃明朝开国勋臣，同时又诗文兼擅，是明初越派文坛的代表人物。刘基的作品有作于元代的诗文集《覆瓿集》、寓言集《郁离子》、经学著作《春秋明经》；作于明初的作品则结为《犁眉公集》；其词作则结集为《写情集》。后来曾被编为多种全集，较完善的有《四部丛刊》影印隆庆本《太师诚意伯刘文成公集》，今人林家骊将其整理成《刘基集》出版。《刘基集》中今存题跋文一卷共九篇，就数量来看并不算多，但却写得极有个性。文章往往深刻犀利，直抒胸臆，与宋濂的工于谋篇布局不同。如其《题王右军兰亭帖》曰："王右军抱济世之才而不用，观其与桓温戒谢万之语，可以知其人矣。放浪山水，抑岂其本心哉！临文感痛，良有以也。而独以能书称于后世，悲夫！"① 王羲之的《兰亭帖》是书法名作，更是六朝文人珍爱生命、流连山水美景的体现。但刘基却对序文主题毫不留意，将跋文主旨转向"抱济世之才而不用"的沉痛感叹，而且还进一步对王羲之壮志难酬，仅以"能书称于后世"深表惋惜。这与其说是为王羲之抱不平，不如说是对自我悲愤情绪的倾泻。此种离开载体内容而直抒胸臆的写法，与刘基的其他诗文创作倾向完全一致。

除了借题跋抒情外，刘基还将题跋文作为针砭时弊的工具。其《题医者王养蒙诗卷后》曰：

> 李君一初序王养蒙之为医，且美其不屑为吏，予独谓此无足怪者。虎豹鹰鹯，目杀物以养其躯，至死不厌；驺虞视生草而不折，见生虫而不践。其嗜好不同，出于天性，易之则两死，物理然也。何独疑于人哉？故吏与医为二道：活人以为功者，医之道也，其心慈以恕，而仁者好之；利己而无恤乎人者，吏之道也，其心忍以刻，而不仁者好之。故以吏之心为医者，业必丧；以医之心为吏者，身必穷。又何怪乎善医者之不屑为吏也哉！虽然，今之以医道为吏者未见也，而以吏道为医则有矣。然则养蒙贤乎哉！吾故发李君之言，以附于孟氏论巫匠之末。②

---

① （明）刘基著，林家骊点校：《刘基集》，浙江古籍出版社1999年版，第138页。
② （明）刘基著，林家骊点校：《刘基集》，浙江古籍出版社1999年版，第135页。

该文虽称题跋，却与《郁离子》中的寓言之写法颇为接近。作者将医与吏予以对比，认为医者之心为"慈以恕"，而吏者之心为"忍以刻"，两者势不两立，更不能相互易位。因为"以吏之心为医者，业必丧；以医之心为吏者，身必穷"，故而善医者一定是不屑去为吏的。至此其实已经对当时的官场进行了辛辣的讽刺。作者意犹未尽，又加上一句"今之以医道为吏者未见也，而以吏道为医则有矣"，不仅针砭了吏，连同庸医也一并讽刺，这可谓入木三分。文章在最后才又回到主题："然则养蒙贤乎哉！"就文章的写作手法而言，不仅可以说借针砭俗吏庸医而赞誉医者王养蒙，更可以说借赞誉王养蒙而针砭了俗吏庸医，并将矛头指向社会政治的黑暗。在刘基眼中，题跋文体自然可以具有"褒善贬恶，立法垂戒"的功用，但更是抒发自我思想感情的便利手段。其浓郁的主观色彩构成了独特的体貌，与宋濂的文体观念并不完全一致。

明初吴中文人的题跋文体观念也有其独特内涵，以高启为例，可以清晰地显示出与宋濂之间明显的差异。高启（1336—1374），字季迪，号青丘子，又号槎轩、吹台、青丘退史、孟渚野人等，元明之际著名诗人。他于元末长期隐居平江一带，过着饮酒赋诗的隐逸生活。明洪武二年（1369）被朝廷征召参与《元史》的修撰，洪武三年（1370）辞官归隐，洪武七年（1374）因牵扯进魏观案而被腰斩，年三十九岁；有《高太史大全集》存世。高启现存题跋十三篇。除了为名画作题跋外，他只为北郭好友的诗文作题跋文，因而几乎没有应酬之作。其《跋沟南诗后》曰：

　　右沟南先生诗若干首，格律深稳，不尚篆刻，而往往有会理切事之语，盖能写其胸中之趣者也。先生平日所著甚富，此诗其子藻仲掇拾于兵毁之余者尔。然观者如尝旨于鼎，一脔可知矣。嗟夫！前辈凋谢，雅音寥寥，幸先生犹康强，方归卧黄山之阳，咏歌升平，所得当未止也。藻仲尚谨录之。①

藻仲即张宣（约1341—1373），江阴（今属江苏）人。元末与高启为诗文友，洪武初预修《元史》，后归隐，卒于洪武六年（1373）。沟南先生为张宣之父张端，元末著名诗人。高启曾与张宣一起在天界寺史局修史书，又是北郭旧友，因而当张宣求他为其父诗集题写跋文时，高启当然要满足朋友的需求，于是欣然命笔。但这并非其撰写该文的主要原因，诗学旨趣的相近才是主因。"格律深稳，不尚篆刻，而往往有会理切事之语，盖能写其胸中之趣者也。"高启论诗讲究格、意、趣三者兼备，而沟南先生之诗作恰恰满足了他的诗学理想，可谓同气相求，自然感觉特别亲切。也正因为如此，才有了"前辈凋谢，雅音寥寥"的感叹。但转而又写道，好在沟南先生依然康健并归隐山中，或许可以继续写出美好的诗篇。跋文虽短，却包含了朋友之情、诗趣之同，以及对友人之父的美好祝愿等丰富内涵，称得上简练而有余味。与此文相近的还有其《题高士敏辛丑集后》："论文者有山林、馆阁之目，文岂有二哉？盖居异则言异，

---

　　① （明）高启著，（清）金檀辑注，徐澄宇、沈北宗校点：《高青丘集》，上海古籍出版社1985年版，第929页。

其理或然也。今观宗人士敏《辛丑集》，有春容温厚之辞，无枯槁险薄之态，岂山林、馆阁者乎？昔尝有观人之文而知其必贵者，吾于士敏亦然。嗟夫，吾宗之衰久矣！振而大之者，其在斯人欤！"① 高士敏即高逊志，是高启的北郭诗友。钱谦益《列朝诗集小传》记载："逊志，字士敏，河南人（《明史》言其为萧县人）。元末侨寓嘉兴，徙吴门，授业于贡师泰、周伯琦、郑元祐。"② 其入明后曾任侍读学士、太常寺右少卿等职，靖难之役后下落不可考。"辛丑"为至正二十一年（1361），当时高逊志虽像高启一样在吴中一带隐居，但始终没有放弃求取功名的愿望，因而高启在跋文中说，看到他的作品"有春容温厚之辞，无枯槁险薄之态"，由此推测他将来"必贵"。这又是吴中文人的特点，虽然他们在诗歌创作上兴趣爱好一致，但在仕隐选择上则各从其好，不勉强各自的志向。由此可知，吴中文人的题跋文体在功能上主要是沟通情感、相互慰藉，在风格上则是轻松自由、自然流畅，同时又不失题跋文精悍、劲健的体要特征。

倪瓒的题跋文则代表了另一种隐逸文人对该文体的书写特点与认知观念。他将题跋文变成自我愉悦的有效工具，而其所题对象则并不被纳入关注视野之中。比如其《跋画》曰：

至正辛丑十二月廿四日，德常明公自吴城将还嘉

---

① （明）高启著，（清）金檀辑注，徐澄宇、沈北宗校点：《高青丘集》，上海古籍出版社1985年版，第925页。

② （清）钱谦益：《列朝诗集小传》，上海古籍出版社1983年版，第97页。

定，道出甫里，桋柁相就语。俯仰十霜，恍若隔世。为留信宿，"夜阑更秉烛，相对如梦寐"者，甚似为仆发也。明日微雪当作寒，户无来迹，独与明公逍遥渚际。隔江遥望天平、灵岩诸山在荒烟远霭中，浓纤出没，依约如画。渚上疏林枯柳，似我容发萧萧，可怜生不能满百，其所以异于草木者，独情好耳。年逾五十，日觉生死忙，能不为之抚旧事而纵远情乎？明公复命画江滨寂寞之意，并书相与乖离感慨之情。德常今为嘉定二府，于民有惠政，即昔日之良常山人也。朱阳馆主萧闲仙卿倪瓒言。①

倪瓒（1301—1374）是元末明初的著名画家和诗人，他早年生活于家乡无锡，晚年隐居于松江一带。他的诗文集《清閟阁集》收录了许多绘画题跋，书写均灵动自然。此文本是为其《隔江山色小帧》所题跋语，但在收入诗文集中时，甚至省却了画幅的题目。至于画面内容及构图特征则完全略去不提，跋文自始至终紧紧围绕他与德常（好友张经）相遇的不舍之情与当时周围的山水景色。其中仅有"明公复命画江滨寂寞之意"一句，算是对绘画一事的交代，其他则完全是对自我情怀的抒发与周围景色的描绘。更有甚者如《跋画竹》："以中每爱余画竹。余之竹，聊以写胸中逸气耳，岂复较其似与非，叶之繁与疏，枝之斜与直哉？或涂抹久之，它人视以为麻、为芦，仆亦不能强辨

---

① （元）倪瓒著，江兴祐点校：《清閟阁集》，西泠印社出版社 2010 年版，第 301—302 页。

为竹。真没奈览者何，但不知以中视为何物耳。"① 这种写法已与晚明小品极为接近。不提画面内容，无涉载体特征，更不写画幅大小，却径直畅谈其绘画理念与画风追求。一句"聊以写胸中逸气耳"，成为后人概括倪瓒乃至元代文人画的艺术观念与绘画品格的精到术语。

此外，在明初还有一类更值得关注的题跋形态，即书画诗卷的集体题跋。以前学界认为关注画卷题咏，如《听雨楼卷》《破窗风雨图卷》《安分轩卷》《耕渔轩卷》《秀野轩卷》等，这些诗画题咏一般由序文与题诗所构成，因而更具有诗学价值与意义。但也有由题跋所构成的书画卷轴，现举《张贞居杂诗册》为例。张贞居即张雨（1283—1350），字伯雨，号贞居，又号句曲外史，钱塘人；元代著名诗人、书画家。他与倪瓒、顾瑛、杨维桢等著名文人为好友，在吴中一带名气极大。《张贞居杂诗册》是张雨至正五年（1345）亲笔书写自己的五十五首诗歌作品，其后跋曰："乙酉岁（1345），自春徂夏，淫雨之时多。五月来仅一日见天。处涧阿幽篁中，未有裹饭过子桑者，闲弄笔研写谬语盈册，以自料理耳。诗凡五十首，子英过之持去，勿示不知我者。"② 张雨的跋文为典型的书画题跋，交代了书写自己诗作的缘由及目的，描绘了当时的环境心态，并交代了诗卷的下落，即"子英过之持去"。子英是元明之际的吴中诗人袁华（1316—？），为杨维桢的弟子，铁崖诗派的核心成员，并与张雨关系密切，有《耕学斋诗集》存世。

---

① （元）倪瓒著，江兴祐点校：《清闷阁集》，西泠印社出版社 2010 年版，第 302 页。
② （元）张雨著，吴迪点校：《张雨集》，浙江人民美术出版社 2013 年版，第 389 页。

他的卒年多数史书记载为洪武初。^① 当然，跋文的最后一句"勿示不知我者"，依然表达了张雨高洁独立的品格。但令张雨始料不及的是，他的这卷手书诗册在其身后却产生了巨大的反响。他将诗册交给袁华后，袁华又将其转送给了寄居吴中的好友陈宝生。陈宝生（生卒年不详），字彦廉，福建泉州人，长期寄居吴中。其母子贞孝的事迹曾在明初广为流传，并形成了《春草堂诗卷》，倪瓒、高启、王彝等著名诗人为之题诗褒奖。陈宝生获得张雨诗册后，被当时文人广为传阅，并纷纷为之撰写题跋。先后有杨维桢、陈世昌、萧登、顾安、余铨、倪瓒、袁华、张绅、张昱、谢徽、王行、张适、高启、王彝、无为、张羽、道衍、吴文泰、张肯、杨循吉、黄云等二十余人为其题写诗文。其中倪瓒、袁华、张绅还曾两次题写，与其他诗卷多为题诗不同，张雨的诗册仅有陈世昌一人为题诗，其他则全为题跋文。其中顾安、余铨的仅为一句观赏留言，难称文章。吴文泰、张肯、杨循吉与黄云则为永乐以后文人。除去以上情况，元末明初所题跋文尚有十九篇，从而构成了一种独特的同题集体跋文的文本形态，展示了明初题跋文体的另类特征。

为节省文字，现选取倪瓒、高启与张羽的三篇题跋作为代表，以了解其大致状态：

---

① 袁华为张雨诗卷题辞的时间为洪武壬子（五年，1372）。而卒于洪武二十五年（1392）的谢应芳曾经为袁华写悼亡诗，则袁华卒年即应在洪武五年（1372）至洪武二十五年（1392）之间。

贞居真人诗文字画皆为本朝道品第一，虽获片楮只字，犹为世人宝藏，况彦廉所得若是之富且妙耶？舒卷累日，欣慨交心。噫！师友沦没，古道寂寥。今之才士方高自标致，予方忧古之君子终陆沉耳。吾知前人好修，不以为贤于流俗而遂已，不患人之不知。栗里翁志不得遂，饮酒赋诗，但自陶写而已，岂求传哉！壬子初月八日题。（倪瓒《题张贞居书卷》）①

张贞居平生慕米南宫之为人，尝为著《中岳外史传》，故其论议襟度，往往类之。独其诗句字画，清新流丽，不蹈南宫狂怪怒张之习，盖非独其学问使然，亦由贞居寄迹方外，不为声利所累，而又居东南形胜之邦，获见故都文献之懿，优游林壑，以养其真气，故其发于词翰者如此。今去贞居世百余年耳，使人望而企之若古仙人，可胜叹哉！友人陈彦廉氏得其翰墨二帙，皆平生得意作也，余家与贞居世契，展咏之余，益增感旧之思云。寻阳张来仪志。（张羽《跋张贞居杂诗册》）②

贞居始学书于赵文敏，后得茅山碑，其体遂变；故字画清道，有唐人风格。诗则出于苏、黄，而杂以己语，其意欲自为一家也，近代浮屠之名能诗与书者

---

① （元）倪瓒著，江兴祐点校：《清閟阁集》，西泠印社出版社 2010 年版，第 300 页。
② （明）张羽著，汤志波点校：《张羽集》，浙江古籍出版社 2018 年版，第 446 页。

虽众，然亦不能两美，况道流之久乏人哉！此其自书
杂诗也，古、律，行、草，各臻其妙，宜子英之慎与
而彦廉之喜得矣。（高启《跋张外史自书杂诗》）①

此三篇题跋有几点共同特征，一是都对张雨的人格给予充
分的肯定，二是对其书法与诗歌所达到的水准均给予高度
评价，三是都不重视对于诗册具体形态的说明介绍。同时，
也都遵守了题跋文体简洁精练的体要规定。由此可以看出，
他们代表了吴中文人的题跋观念。但如果认真辨析，几篇
文章又各具个性特征。倪瓒虽对张雨的诗文字画的艺术价
值表示高度肯定，但核心在于对其"道品第一"的赞誉。
所谓"道品"，不仅指其高远的艺术境界，更主要是指其高
尚人格与超越世俗的人生境界。张雨本是元代著名的道士，
却具有超然物外而不染于流俗的高洁的文人操守。然后由
此出发，文章便围绕"欣慨交心"的复杂心情展开叙述。
"欣"是对张雨诗书的赞赏与人格的仰慕，"叹"则是对
"师友沦没，古道寂寥"的慨叹。原因则是"今之才士方高
自标致，予方忧古之君子终陆沉耳"，像张雨那样的高洁之
士已经难寻，当今的士人都争着在文坛显示自己的才气及
文名，而不再坚持自我的气节与操守。古人最求高洁的人
格与理想，如陶渊明一般，不能实现自我的志向，宁可饮
酒赋诗，"自我陶写"，也不会屈身世俗，求取名利。其实
文字的背后是倪瓒本人对自我之操守的坚持。他生当元明

---

① （明）高启著，（清）金檀辑注，徐澄宇、沈北宗校点：《高青丘集》，上海古籍
出版社 1985 年版，第 928—929 页。

易代之际，既对元末的黯淡局势深感不满，又对明初的政治深感失望，于是宁可隐居山林吟诗作画，而不愿入新朝以谋取名利。倪瓒的题跋文依然显示了他冲淡又饱含风骨的一贯风格，当属题跋文劲健隽永的精品之作。

张羽的跋文又有其特点。张羽（1323—1385），字来仪，号静居，江西浔阳人，元末隐居平江北郭，工诗善画，与高启等人为诗文友。明洪武四年（1371）被朝廷征召授太常丞；洪武十八年（1385）获罪流放岭南，半道召回后投龙江身亡；有《静居集》存世。他本是向往隐逸的文人，元末明初曾与徐贲结伴隐居。他的题跋文不仅欣赏张雨"诗句字画，清新流丽"的诗书风格，更看重的是其"优游林壑，以养其真气"的仙人气度，原因在于其"寄迹方外，不为声利所累"，所有这些均与张羽本人崇尚幽静超然的人生趣向密切相关。更加上其"与贞居世契"的友情，因而看到张雨诗册便会"益增感旧之思"。张羽的题跋文在崇尚隐逸与欣赏清丽这两个层面和张雨达成了高度的一致，故而具有亲切又融洽的特征。

高启的题跋文则重在模拟前人与自成一家的关系上立论。他认为张雨之所以"字画清遒，有唐人风格"，是由于得到了茅山碑而临摹之，做到了取法乎上，故而"其体遂变"。"诗则出于苏、黄，而杂以己语，其意欲自为一家也"，此与高启本人的诗学旨趣如出一辙，其所取得的成就也是"古、律，行、草，各臻其妙"，达到了求全的创作高度。当然，题跋文末尾也没有忘记感谢为其提供张雨诗册的两位友人，"宜子英之慎与而彦廉之喜得矣"。短短百余字，既赞誉了张雨的诗书成就，又表达了个人的诗学理想，还酬谢了友人提供珍贵墨宝，可谓精金美玉，简洁精悍，出手颇为不凡。由此三例，即可显示出吴中文学思想的地域性特征，既有崇尚隐逸人生、追求艺术审美的共性，又有展示自我创作个性的多元性表现。而题跋文体恰好成为适合此种文学思想表达的绝佳载体。

元明易代之际在政治上是一个战乱频仍的历史时期，但在文学创作上却又是一个思想多元、风格多样的时代。宋濂的题跋文创作及其文体观念，的确体现了当时创作的较高水准与文体发展趋势，因而受到同时代与后世的足够重视。但宋濂虽可代表此一时代，却又不能代替此一时代，元末明初文坛的多元格局提供了题跋文创作的多种可能性与多元的思想观念。无论是刘基的深刻犀利，还是高启的温情得体，抑或是倪瓒的流畅自然，都展现出题跋自由灵活的文体优势。至于《张贞居杂诗册》的多人共题，更是此一时代题跋多元表达的最佳样本，值得后人反复研读。

第二章　明代中期题跋文体观念

——王世贞、徐渭的题跋创作及其文体观念的比较

　　黄宗羲之所以将明代文章创作的第二个高潮期定在嘉靖时期,笔者认为与该时期唐宋派的流行与后七子的崛起有密切的关系。这两个前后相续并互有交叉的文学流派其实并不像后人所理解的那样是截然对立的,起码在文章观念上是有相通之处的。唐宋派尽管主张学习古文要师法唐宋,但其最终目的却依然是上溯秦汉,尤其是对司马迁与《史记》均甚表崇敬。茅坤既编有《唐宋八大家文钞》,但对《史记》的传神笔法也甚有会心。归有光的古文之所以高出众人之上,据说其奥妙也是采取了太史公的《史记》笔法。后七子的口号当然是文必秦汉而诗必汉魏盛唐,但实际上很难做到不读唐以后书。那么,在研究该时期的文学创作与文体观念时,就应试图打破以往复古与性灵相对立的模式,不仅要弄清不同文学流派之间相异的要素,更应该关注他们之间有何交叉与融通,从而揭示当时文坛的真实状况与复杂内涵,并发现其诸多的内在关联。

　　在研究唐宋派与复古派的关系时,一个有趣的现象值

得引起充分的重视，那就是在诗歌创作领域往往泾渭分明的两种立场，在散文创作尤其是题跋文创作领域中则存在许多重叠甚至共同的意识。因此，题跋文体观念研究就成为打通二者之间壁垒的一个有效途径。本章即以王世贞（1526—1590）与徐渭（1521—1593）作为个案，对此展开研论。

第一节　王世贞与徐渭书画题跋的体貌差异

王世贞与徐渭是嘉靖至万历时期不同地域与派别的作家。王世贞，字元美，号凤洲，别署弇州山人、天弢居士等，太仓（今属江苏）人；嘉靖二十六年（1547）中进士，授职刑部；明代后七子之代表人物。徐渭，初字文清，后改字文长，号天池山人、青藤道士等，山阴（今属浙江）人；嘉靖十九年（1540）考中秀才，后屡试不第；以狂放不羁著称。前者为后七子复古派领袖，后者则是受唐宋派影响较大的性灵派早期作家；前者为在朝官员，后者为在野文人。他们在明代中后期文坛中可以说是具备充足的代表性的。

明末清初的通代总集或类选文集对王世贞与徐渭的题跋文多有关注，如《文章辨体汇选》《八代文钞》《古今小品》《明文海》《明文衡》皆选辑二人题跋作品。尤其是在《八代文钞》《文章辨体汇选》中，二人入选的题跋文数量在明代文人中位于前列。从创作总量上看，王世贞《弇州四部稿》从卷一二九至卷一三八共有题跋文十卷，《弇州山人续稿》有题跋文十六卷；另外还有《读书后》保存的题跋文一百五十篇。不过《读书后》的情况比较复杂，其中一部分作品与其别集相重复。今查《读书后》之前四卷，共得题跋文九十七篇。由此，王世贞现存题跋文总量为一千一百五十五篇，这在整个明代的作家中可能都是无人可比拟的。而其中书画题跋文更是占据了绝对优势。除《读书后》外，在现存的二十六卷题跋文中，书画题跋文居然有十九卷之多。

就当时的文坛声望来看，徐渭则很难与王世贞相提并论。但从明代中后期文学思潮演进的角度衡量，徐渭属于受心学思想影响的一位作家，师从王阳明的弟子季本，又和王畿、唐顺之过从甚密。后来经过袁宏道和陶望龄为其撰写传记加以表彰，徐渭俨然成为性灵派的先驱式人物。与王世贞颇为一致的是，徐渭题跋文的创作主要也集中于书画。在徐渭现存的六十二篇题跋文中，书画题跋有四十四篇，占据三分之二以上的比例。而且就其所涉内容来看，题写对象包括了苏轼、米芾、夏珪、李北海、赵孟頫、沈周等知名画家及画作。可以说，王世贞与徐渭均擅长在书画题跋中挥洒笔墨、展示才情。在此方面二者有可资比较的价值，呈现出颇为丰富的文体学内涵。

王世贞尽管创作了大量的书画题跋文，他本人却未能在书画创作上有所成就，因而其题跋文撰写大多是跨行之论。徐渭则是明代中后期著名的书画家，艺术造诣极高，以至清代画家郑板桥曾自称"徐青藤门下走狗"①。陶望龄

---

① （清）袁枚著，王英志校点：《随园诗话》卷六，江苏古籍出版社2000年版，第134页。

评徐渭曰："渭于行草书尤精奇伟杰，尝言吾书第一，诗二，文三，画四，识者许之。"① 无论如何排序，徐渭在书画创作方面的造诣都是毋庸置疑的。如此一来，王世贞与徐渭在题跋写作时的论述角度就会表现出巨大的差异，二者题跋作品的体貌特征也颇为不同。

王世贞的不少书画题跋都是应邀而作，其中除了增加书画作品的名气之外，更包含着增值的目的，因而真伪就显得相当重要。比如王世贞《弇州山人续稿》卷一六二收有两篇《赵松雪书归去来辞》。第一篇曰：

> 赵吴兴书《归去来辞》极多，此为第一本。妙在藏锋，不但取态往往笔尽意不尽，与余所宝《枯树赋》结法相甲乙。余生平见苏长公、鲜于伯机及公书此辞不少，然见辄愧之。自己卯冬决策不出，明年弃家作道民，稍堪一舒卷。然陶公好酒乏酒赀，余好酒酒赀颇不乏，而年来厌谢杯勺，以此竟输公一筹。人间世贵人嗜书画若渴，独此辞以见讳得免，近始属吾弟敬美。敬美倦游且归矣，归则远出吾上。再能作赵公书步陶公辞。第畏酒一筹，亦恐不免输却。因戏题于后。②

尽管该文从题跋文体特征的角度来看，既谈不上深刻也算不上简劲，但在鉴赏之余再加引申议论，也颇能表现文人

①　（明）陶望龄：《徐文长传》，载徐渭《徐渭集》，中华书局 1983 年版，第 1341 页。
②　（明）王世贞：《弇州山人续稿》，载沈云龙选辑《明人文集丛刊》第 1 期，文海出版社 1970 年版，第 7405—7406 页。

的雅趣与诙谐。尤其是"人间世贵人嗜书画若渴,独此辞以见讳得免"一句,讽世兼嘲戏,颇可耐人寻味。而"陶公好酒乏酒赀,余好酒酒赀颇不乏,而年来厌谢杯勺,以此竟输公一筹"的自嘲,也令人悠然会心,颇有幽默趣味。然而到了第二篇,却杂陈罗列了所谓的十"绝":

> 彭泽天隐人,作此天隐文字,一绝也。以吴兴书书之,二绝也。以吴兴画画彭泽像,三绝也。吴兴称右军《兰亭》能乘退笔之势而用之,此书正是退笔,疏密师意,不堕贞伯"奴书"诮,四绝也。吴兴此画尤出尘跌宕,道元伯时间独得彭泽风气,五绝也。跋者柯敬仲、黄子久诸名俊,深于二家理,六绝。幸不入长安朱门,为吴兴里人姚生所得,不减彝斋之宝《定武》,七绝也。观者吾弟敬美近弃秦中绂,仿佛柴桑栗里之致,而吾与元驭学士以两道人从旁臾之,八绝也。去重九不四日,天高气澄,大是展卷候,九绝也。恬淡观中焚香阅之,髯枝四垂,篱英欲舒,居然松菊三径,十绝也。题此后,吴兴固为我绝倒,彭泽当亦不免作虎溪笑,如何?①

虽然此文目的在于展现文人雅趣与博学多识,但读来却颇感兴味索然。因此,王世贞的书画题跋常需要读者不断调整阅读方式与鉴赏视角来适应其多变驳杂的特点。这就很

---

① (明)王世贞:《弇州山人续稿》,载沈云龙选辑《明人文集丛刊》第 1 期,文海出版社 1970 年版,第 7406—7408 页。

难使读者保持长久的注意力，当然也就难以从中获得应有的审美愉悦感。

徐渭的书画题跋则多从艺术经验与艺术感受出发而作，极少涉及真伪的考察与鉴定。如其《书苏长公维摩赞墨迹》曰："予夙慕太苏公书，然阅览止从金石本耳，鲜得其迹。马子某博古而获此，予始幸一见之，必欲定其真赝者，则取公之《赞维摩》中语戏答之曰，若云此画无实相，毗耶城中亦非实。"① 徐渭酷爱的是苏公书法，欣赏的是其高超的水准。如果此刻节外生枝去辨别真伪就会败坏兴致。他引用苏公的那句话，意思是说连这么美妙的书法真迹都要怀疑是假，哪里还有真迹存在。徐渭的书画题跋大多颇为精到，往往要言不烦、点到为止。此乃艺术家之独特感悟，其他批评家则很难做到。在此方面他和王世贞的差异很大。作为书画家，徐渭更看重作品的艺术水准与欣赏价值，至于真伪问题并不是他最为关心的。其《书子昂所写道德经》曰：

> 世好赵书，女取其媚也，责以古服劲装可乎？盖帝胄王孙，裘马轻纤，足称其人矣。他书率然，而《道德经》为尤媚。然可以为槁涩顽粗，如世所称枯柴蒸饼者之药。②

在此，他抓住赵孟頫书法的主要特征"媚"予以评点。这

---

① （明）徐渭：《徐渭集》，中华书局1983年版，第572页。
② （明）徐渭：《徐渭集》，中华书局1983年版，第572页。

既符合其性情与地位，也具有其艺术优长。这里既没有对
赵孟頫进行节操评价，也没有在艺术风格上求全责备，而
是抱着同情及理解落笔，为真正的内行之论。而在《赵文
敏墨迹洛神赋》中，徐渭对此作了进一步引申：

> 古人论真行与篆隶，辨圆方者，微有不同。真行
> 始于动，中以静，终以媚。媚者盖锋稍溢出，其名曰
> 姿态，锋太藏则媚隐，太正则媚藏而不悦，故大苏宽
> 之以侧笔取妍之说。赵文敏师李北海，净均也，媚则
> 赵胜李，动则李胜赵。夫子建见甄氏而深悦之，媚胜
> 也，后人未见甄氏，读子建赋无不深悦之者，赋之媚
> 亦胜也。①

作者先从笔法运用的角度解释了如何才能获得"姿态"之
媚，然后从子建见甄氏之媚，读者读《洛神赋》之媚而说
明媚之引人处。那么加上赵文敏书之"媚"，则该幅墨迹通
过此"三媚"所表现出的相得益彰之美妙也就不言而喻了。

　　当然徐渭也并非绝不涉及书画的真伪问题，但他主要
是从艺术欣赏角度予以关注，而非出于枯燥的鉴定目的。
徐渭《跋书卷尾》其二记载："董丈尧章一日持二卷命书，
其一沈征君画，其一祝京兆希哲行书，钳其尾以余试。而
祝此书稍谨敛，奔放不折梭，余久乃得之曰：'凡物神者则
善变，此祝京兆变也，他人乌能辨？'丈弛其尾，坐客大

---

① （明）徐渭：《徐渭集》，中华书局1983年版，第579页。

笑。"① 这种游戏的氛围，展示的是徐渭高超的艺术鉴赏力和轻松愉快的场面。徐渭还有一篇《书吴子所藏画》也谈及了真伪问题。其主要是辨析倪瓒的《红梅双雀》画署了王冕的印章。作者认为可能是倪瓒到王冕住处作了此画而用了王之印章，是一场文人游戏的佳话。其后又附有徐渭对当朝大学士夏言书作的评点。② 由此可知，徐渭实际上具有鉴别真假的功夫，只是在题跋文中较少涉及而已。在这样的题跋文中，作者集中于兴致的满足而摆脱了真伪的争辩，自然文字简洁，篇幅精悍，展现出灵动的文笔与艺术的韵味。

第二节　王世贞与徐渭的题跋创作及其文学思想的多元表达

王世贞生长于吴中太仓，对于吴中文化浸染甚深，同时又多年在京城为官，交游广泛，名气影响遍海内。现存的王世贞书画题跋除为祝允明、文征明、沈周、唐寅等文人所作，还有为吴中文人群体所作的，如《吴中诸帖》《三

---

① （明）徐渭：《徐渭集》，中华书局1983年版，第575页。
② 徐渭《书吴子所藏画》指出："阅吴子所藏红梅双鹊画，当是倪元镇笔，而名姓印章则并主王元章，岂当时倪适王所，戏成此遂用其章耶？近世有人传虞世南草书，大径五六寸，绝不类世南，其所书诗又是李白、杜甫所作，去世南生时远甚，而其印文十字，乃是华盖殿大学士虞世南书。夫唐时何尝有此殿名，又何尝有此官，又印内文从来何尝有结一书字者，并大可笑也。此盖本朝夏阁老言书耳，夏老固亦号能书，然比于世南，奚翅丑妇效西子颦，若元镇之效元章，则南威偶效西子也。阅画时，适人以夏来评，并记之。"由此可知，其一，徐渭具有鉴别真假的功夫，只是在题跋文中较少涉及而已。其二，他对于当朝阁老夏言书法直言褒贬，显示了他的耿直狂放的个性。参见（明）徐渭《徐渭集》，中华书局1983年版，第577页。

吴诸名士笔札》《三吴妙墨》《吴贤墨迹》等。而生于越中山阴的徐渭以秀才身份终其一生，足迹几乎不出越中。且因地位较为低下，其接触主流文坛的机会甚少，在书画题跋创作中对于吴中书画大家涉及的亦较少。在流派体系方面，王世贞虽对阳明心学也不陌生，但终其一生并未认同心学之体系的价值；徐渭居于越中，感受的是阳明心学的浓郁氛围。由于活动区域、流派体系存在差异，王世贞与徐渭的书画题跋呈现出不同的体貌特征，但二人的题跋作品却又展现出耐人寻味的立体面貌。关于格调与神韵、格套与性灵，二人通过题跋的创作都表达出丰富的文学观念。由此我们可借以重新审视明代中后期的文坛生态及其所蕴含的文学思想史意义。

王世贞何以具有融通的学术视野和蕴含丰富的文学思想，学界许多人都有过探讨，其中主流的观点认为与其吴中文人的身份有密切关联。这当然是符合实际的看法，但却显得比较笼统。笔者认为这可能与王世贞的题跋文创作有密切关系，尤其是与其书画题跋创作有直接联系。比如同为后七子领袖的李攀龙，他的复古观念较之王世贞更为浓厚，基本严守文必秦汉而诗必盛唐的底线。而在现存的《沧溟先生集》中，仅有题跋文《题太恭人图》《王氏存笥稿跋》两篇。《题太恭人图》所论述的还是似与不似的话题，所谓："由是而知有所似不若无不似者之为工。然后必相形而后真得焉，可以无似无不似而术神矣。"① 与其说是

---

① （明）李攀龙著，包敬第标校：《沧溟先生集》，上海古籍出版社 1992 年版，第 583 页。

论画，不如说是借以宣扬他的模拟主张。可知山东人李攀龙对于书画艺术既无经验亦无兴趣。王世贞则不然，他不仅题跋文数量多，而且书画题跋更是占据了绝对优势。在其现存的二十六卷题跋文中，书画题跋居然有十九卷之多。而在这些书画题跋的对象中，据统计有三位文人数量最多。其中苏轼二十六篇①，祝允明三十三篇，文征明二十六篇。而这三人恰恰代表了宋诗传统与吴中地域文化特色，因此题跋文创作与王世贞文学观念的开放性发生关联，应该不是偶然的巧合。

比如王世贞从理论上是鄙视宋诗的，但他却无法否定宋诗的代表人物苏轼和黄庭坚，甚至还在书画题跋中经常提及。《弇州四部稿》中的《书苏长公司马长卿三跋后》曰："苏长公跋相如《大人》《长门》二赋、《喻蜀文》，皆极口大骂不已。余谓相如风流罪诚有之，然晚年能以微官自立于骄主左右而不罹祸，此其识诚有过人者，恐长公于兹时不能免太史公腐也。余于宋独喜此公才情，以为似不曾食宋粟人。而亦有不可晓者，于诗不取苏李别言，以为六朝小生伪作。"②王世贞在对待司马相如的评价和诗学观念上并不能认可苏轼，但他又在宋人中"独喜此公才情"。那么这才情指的是什么呢？既然不是诗文，那应当就是苏轼的书画才情了。为保持自我一贯的宗唐立场，他居然说苏轼"似不曾食宋粟人"，显然是要将自己眼中的苏轼与宋

----

①　在王世贞题跋文中，关于黄庭坚的作品的数量要明显低于苏轼的，但也有 14 篇之多。

②　（明）王世贞：《弇州四部稿》卷一二九，《景印文渊阁四库全书》，台湾商务印书馆 1986 年版，第 1281 册，第 168 页。

人拉开距离。

但到了《弇州山人续稿》中的《东坡手书四古体后》，其观点又发生了改变：

> 坡仙所作《煎茶》《听琴》二歌，《南华寺》《妙高台》二古选，中间大有悟境，非刻舟人所能识也。《南华》诗最后作，考其书，是海外鸡毛笔所挥染，故多纤锋。大抵能以有意成风格，以无意取恣态，或离或合，乍少乍老，真所谓不择纸笔皆能如意者也。人云公书自李北海，此书独得之汝南公主志《枯树赋》。余见公妙墨多矣，未有逾于此者。敬美自燕归出示，余漫题其后，俟长夏无事，当尽取四诗和之。①

在此，东坡的书法仍是王世贞所最为倾倒的，能够达到不择纸笔而无不入妙的地步，是赏读其书法艺术的最高评价。然而，此处也涉及了对苏轼诗的评价，其评语为"中间大有悟境，非刻舟人所能识也"。这些评语相当重要，因为以"悟境"论诗虽然是唐、宋兼通的标准，但从后七子自身来说，也是从前期的模拟格调向后期的清远神韵转化后的标准。此外，更为重要的是对"刻舟人"的揶揄，这实际上是对模拟主张的直接批评。尤其是最后一句"俟长夏无事，当尽取四诗和之"，可以说毫无保留地表达了对苏轼诗的认可与偏爱。而王世贞之所以能够对苏轼诗采取如此的态度，

---

① （明）王世贞：《弇州山人续稿》，载沈云龙选辑《明人文集丛刊》第 1 期，文海出版社 1970 年版，第 7379—7380 页。

其灵感应该说是来自对苏轼书法的品鉴。所谓"能以有意成风格，以无意取姿态"，不正是格调与神韵的融通吗？当然，王世贞在此还只是针对苏轼四首古体诗的具体评价，还未能对苏轼诗作出整体的论述，但无疑开启了一个重要的批评角度。这在《读书后》的《书苏诗后》中亦有所表现：

> 苏长公之诗在当时天下争趋之，若诸侯王之求封于西楚，一转首而不能无异议。至其后则若垓下之战，正统离而不再属。今虽有好之者，亦不敢公言于人。其厄亦甚矣！余晚而颇不以为然。彼见夫盛唐之诗，格极高，调极美，而不能多有，不足以酬物而尽变，故独于少陵氏而有合焉。所以弗获如少陵者，才有余而不能制其横，气有余而不能汰其浊，角韵则险而不求妥，斗事则逞而不避粗，所谓武库中器利钝森然，诚有以切中其弊者。然当其所合作，亦自有斐然而不可掩。无论苏公，即黄鲁直倾奇峭峻，亦多得之少陵，特单薄无深味，蹊径宛然，故离而益相远耳。鲁直不足观也。庄生曰，神奇化而臭腐。苏公时自犯之。臭腐复为神奇，则在善观苏诗者。①

该文章包含了对苏轼诗基本特性的整体估价。王世贞依然认为唐诗是"格极高，调极美"的典范之作，但后来却很

---

① （明）王世贞：《读书后》，《宋元明清书目题跋丛刊》，中华书局 2006 年版，第 6 册，第 345 页。

少有人能够达到此种水准，更重要的是唐诗已经"不足以酬物而尽变"。所谓"酬物"，是对于日益复杂丰富的物质世界与精神生活的表达；所谓"尽变"，是对诗歌艺术新变的探求。他认为黄庭坚的变化是有问题的，其中最严重的是"单薄无深味，蹊径宛然"。而苏轼则与黄庭坚不同，尽管他也存有"神奇化而臭腐"的种种不足，但更有"臭腐复为神奇"的优长，关键是看后来的读者诸君是否擅长阅读及品鉴苏轼的诗歌创作。虽然王世贞还不能对宋诗完全加以认可，也提出苏轼诗存在的种种不足，但他撰写此文的目的是提倡阅读苏轼诗，这一点是确凿无疑的。尤其是结尾的"臭腐复为神奇，则在善观苏诗者"，尽管用语精炼含蓄，依然透露出对苏轼诗的偏爱与自信。吴中优越的文化环境与浓郁的艺术气氛，培养了王世贞对诗文书画的兴趣与较高的艺术修养，并由此延伸至对于宋元以来的书画艺术尤其是苏轼、黄庭坚书画的爱好。为了表达对这些书画作品的理解与品评，他无法回避地选择了书画题跋的创作。同时，题跋文的写作又使其开阔了艺术视野，体味了诗文书画融通的美妙，并由对苏、黄及吴中文人书画的爱好延伸至其诗文作品，从而构成了他多样的审美趣味与开放包容的文学观念。

在与王世贞的比较视野中，不得不谈及徐渭。文学史上徐渭多被称为狂放不羁的文士，因而反对格套成法理应是其文艺观念。但读过其书画题跋，此种误解便会得到纠正。比如徐渭绝非只会一味狂妄自大，对高于自己的同行他也能够心悦诚服予以褒奖。其《题张射堂册首》曰："余始与张君同学书，张稍让之。今见此，真自谓不及也，故识此语于册首。"① 对于艺术精品，徐渭更是不吝赞美之词。他看了智永禅师的墨宝，夸奖道："今从阳和太史家得见此本，圆熟精腴，起伏位置，非永师不能到。问其自，云得之文成公门客之手。颗颗缀珠，行行悬玉，吾何幸得题其端！"② 一旦自己的作品得到他人的理解与认可，他便会表示由衷的感激甚至谦恭。其《题楷书楚词后》曰："慕子兰深博古器，而法书图画尤其专长。余书多草草，而尤劣者楷，不知何以入其目也？古语曰：'心诚怜，白发玄。'其斯之谓欤？"③ 慕子兰欣赏其楷书《楚词》，他首先质疑自己，对于法书图画有极深造诣的这位朋友，何以会赏识连自己都觉得不怎么好的楷书呢？看来他是同情爱慕我，以致爱屋及乌连我不好的楷书也一并赏识了吧。这与文学史中对徐渭狂放不羁的书写不同，从艺术欣赏的角度刻画出更加饱满的人物形象。

另外，徐渭在书画题跋中流露出专业的眼光，尤其表现在对从不同领域获得的成就与名气所作的严格区分上。如其《跋停云馆帖》：

> 待诏文先生，讳征明。摹刻《停云馆帖》，装之，多至十二本。虽时代人品，各就其资之所近，自成一家，不同矣。然其入门，必自分间布白，未有不同者

---

① （明）徐渭：《徐渭集》，中华书局 1983 年版，第 1097 页。
② （明）徐渭：《题智永禅师千文》，《徐渭集》，中华书局 1983 年版，第 1096 页。
③ （明）徐渭：《徐渭集》，中华书局 1983 年版，第 1096 页。

也。舍此则书者为痹，品者为盲。虽然，祝京兆书，乃今时第一，王雅宜次之。京兆十七首书固亦纵，然非甚合作，而雅宜不收一字。文老小楷，从《黄庭》《乐毅》来，无间然矣。乃独收其行书《早朝诗》十首，岂后人爱翻其刻者诗而不及计较其字耶？荆公书不必收，文山公书尤不必收，重其人耶？噫，文山公岂待书而重耶？①

在此篇题跋文中徐渭指出，书法是有其基本的规矩与训练法则的，所谓"然其入门，必自分间布白，未有不同者"；否则便会缺乏基本修养而"书者为痹，品者为盲"，无论是创作还是鉴赏均会误入歧途。更重要的是，如果缺乏这样的专业眼光与艺术判断力，就会混淆不同领域的成就名气而使判断失真。比如他举出的王安石与文天祥之例，尽管各自名气都很大，书法作品却"不必收"，即不能因他们的文章与名望就连同其书法作品也一起赞赏。

在其题跋文创作中，这种观念还有更为深入的表述，比如以下两篇：

金华宋先生之重也以道，卒用于学士也以文，世珍其书，谓多由此。然即使不道不文，书亦自珍也。丰考功晚痹而趺，株连臂腕，于书不无少妨，而归安茆君康伯购而简刻者，乃并是两公盛年五合时物。其

---

① （明）徐渭：《徐渭集》，中华书局 1983 年版，第 976 页。

寄我以题，虽非其人，然殊快一饱，语云，匪跣逐，
曷靴肉。(《书茆氏石刻》)①

　　古人论右军以书掩其人，新建先生乃不然，以人
掩其书。今睹兹墨迹，非不翩翩然凤翥而龙蟠也，使
其人少亚于书，则书且传矣，而今重其人，不翅于镒，
称其书仅得于铢，书之遇不遇，固如此哉。然而犹得
号于人曰，此新建王先生书也，亦幸矣。马君博古君
子也，哀先生之书如此其多，将重先生之书耶？抑重
先生之人耶？(《书马君所藏王新建公墨迹》)②

徐渭认为历史上如前举王安石与文天祥这样的事例还有很
多。宋濂本身很重视儒家之道的坚守与推广，但朱元璋偏
偏将其作为文人来使用。所以后人就误以为他的书法被珍
爱乃是由于重道与文臣的地位所决定的。其实不仅他自己
的书法很有水平，其子也是当时的书法名家。王阳明就更
不幸，其学说与事功太出名，以致掩盖了他在书法领域的
成就。而更令人哭笑不得的是，即使收其书法，还要标明
一句"此新建王先生书也"，依然是书由人传。于是，徐渭
最后就问朋友，搜集阳明先生的书作，到底是重其书法还
是重其名气？因为徐渭很清楚，书法作为一门艺术，必须
进行艰苦训练才能臻于高超境界，并不是凭借其他的声誉
和他人的吹捧就可以浪得虚名的。因而他在《跋张东海草

---

① (明) 徐渭：《徐渭集》，中华书局 1983 年版，第 571 页。
② (明) 徐渭：《徐渭集》，中华书局 1983 年版，第 576 页。

书千文卷后》中深有感触地说："夫不学而天成者尚矣，其次则始于学，终于天成，天成者非成于天也，出乎己而不由于人也。敝莫敝于不出乎己而由乎人，尤莫敝于罔乎人而诡乎己之所出，凡事莫不尔，而奚独于书乎哉？近世书者于绝笔性，诡其道以为独出乎己，用盗世名，其于点画漫不省为何物，求其仿迹古先以几所谓由乎人者已绝不得，况望其天成者哉！是辈者起，倡率后生，背弃先进，往往谓张东海乃是俗笔。厌家鸡，逐野鸡，岂直野鸡哉！盖蜗蚓之死者耳！噫，可笑也！可痛也！"① 徐渭的感叹是有其道理的。书法是个真假高低最易混淆的领域。许多骗子以独创性为口号，又煽动一批追随者鼓吹拥戴，于是就动辄以大师自居，招摇撞骗或牟取名利。徐渭忍耐不住，于是对此大加呵斥，怒斥其为"野鸡""蜗蚓"。

这是一个值得玩味的话题，大多数研究者以为徐渭是个敢于冲破清规戒律而崇尚自由表达的狂士，对于所谓的"先进""仿迹"应该弃绝才是；只有像王世贞那样的复古派才会强调传统与模仿。而事实却并非如此，徐渭认为自然天成必须经过对前辈书法的模拟和艰苦的基础训练，否则就是欺世盗名的骗子。这才是真正的艺术家的见解，是真正具有水准的书画题跋文章。通过对徐渭书画题跋的阅读，我们可以看到不同于学界既有印象的徐文长先生，他是一位真正具有独立艺术眼光与品鉴水平的大家。而王世贞在题跋创作中所表现出的融通的学术视野和蕴含的丰富

---

① （明）徐渭：《徐渭集》，中华书局 1983 年版，第 1091 页。

的文学思想，也与前人所说的后七子复古模拟论调颇有出入。作为复古派领袖的王世贞，对于文体规范与传统格调颇为讲究，却在题跋文创作中挥洒自如、蕴蓄圆融；而放逸才子徐渭不只倡导个性写意、无所依傍，也讲求专业眼光与仿迹古先。虽然二人的题跋文体貌风格存异，但在通过撰写题跋文来表达丰富的文艺观念及立体多面的文学思想内容方面则有趋同的表现。

第三节　王世贞与徐渭题跋的学术价值剖析

由于题跋文创作乃围绕"经传子史诗文图书"等而展开说明或评述，其中多包含作家的文艺品鉴。可以说，想要了解中国古代文人的阅读经验与得失优劣，通过关注其题跋文的叙述内容及写作策略来入手是颇为有效的方式。比如明代王世贞的题跋文，无论是作品数量还是选本批评，都表现出蔚为大观的风貌。尤其是王世贞的《读书后》，集中地展现了他本人的读书特点与阅读效果。通过《读书后》我们不仅可以发现明代中期唐宋派与复古派的复杂关系等文学史丰富内涵，更能够将其作为典型个案总结出古人读书经验的得失优劣，这对于今人之如何阅读与评判古代典籍当不无启发。又如徐渭的诗文、戏剧题跋，多发挥出其个人的文学见解与理论观点，开辟了题跋文体的另一个表现领域，成为后世研究者之于徐渭个案研讨的重要关注点。

首先看王世贞《读书后》的得失。王世贞题跋文现存千余篇，其中书画题跋是其主要内容。《读书后》保存题跋一百五十篇，主要由评诗论文的内容所构成，体现了王世贞的读书范围与阅读方式，在明代有较大影响。《四库全书总目》指出："此书初止四卷，为世贞《四部稿》及《续稿》所未载，遂至散佚。其侄士骐得残本于卖饧者，乃录而刊之，名之曰《附集》。后吴江许恭又采《四部稿》中书后之文为一卷，《续稿》中读佛经之文为一卷、读道经之文为二卷，并为八卷，重刊之。"① 如此集中地展现一位文坛领袖的读书状况与阅读感受，不仅在明代文坛无与伦比，即使在整个中国文学史上也颇为罕见。通观《读书后》，令人印象最深的依然是王世贞的诗学修养与论文功夫。王世贞尽管以通才著称，但与佛学、道家修养以及史学造诣相比，其真正的优长之处是在诗文领域。《读书后》的重要价值也在于有关文学的评论与鉴赏。《读书后》中大多数篇章写成于作者晚年，与其他著作如《艺苑卮言》和《明诗评》相比，所表现出的眼界更为开阔，看法更为融通，集中体现了王世贞晚年"济"的文学思想。为了坚持其复古的理论主张，他在诗文创作上曾坚持汉文唐诗的格调而不认可唐以后诗文，显然是受到其理论的限制。但在真正谈及自己的阅读感受时，他却明显超越了自我的理论局限，即在《读书后》中留下了《书韩文后》《书柳文后》《书欧阳文后》《书王介甫文后》《书曾子固文后》《书三苏文后》《书老苏文后》《书苏诗后》《书陈白沙集后》《书归熙甫文集后》等。根据这些文章来判断，王世贞对于唐宋诗文的阅

---

① 《宋元明清书目题跋丛刊》，中华书局 2006 年版，第 6 册，第 299 页。

读，甚至可能与明代公安派不相上下。

　　比如连宋诗都很难认可的王世贞，居然对同代陈献章的诗作别有会心，实在是颇令人吃惊的。其在《读书后》之《书陈白沙集后》中说："陈公甫先生诗不入法，文不入体，又皆不入题。而其妙处有超乎法与体与题之外者。予少年学为古文辞，殊不能相契，晚节始自会心。偶然读之，或倦而跃然以醒，不饮而陶然以甘，不自知其所以然也。"①而王世贞在《明诗评》中却这样评价陈诗："献章襟度潇洒，神情充预，发为诗歌，毋论工拙，颇自风云。间作廋语，殊异本色。如禅家呵骂击杖，非达磨正法。又类优人出诨，便极借扣，终乖大雅。"② 二者相比较，便呈现出明显的差异。尽管《明诗评》也肯定了陈献章"襟度潇洒，神情充预"，也承认其诗作的"颇自风云"，却从诗歌体制格调上否定了陈诗。在此没有涉及王世贞本人的感受，因为这是评诗，必须讲究诗歌之"本色"。而在《读书后》中，王世贞同样批评了陈献章诗的"诗不入法，文不入体，又皆不入题"的缺陷，这与《明诗评》的立场是完全一致的。但接下来便与自身的阅读感受结合起来，他不仅承认了早年的"不能相契"，和自我"跃然以醒""陶然以甘"的体验，甚至承认了"不自知其所以然"的非理性感受。这也是题跋文体的特点使然，它无须全面或理性，也不必刻意照顾他人的情绪，而是围绕题写对象来真实谈出自我的具体阅读感受。

---

① 《宋元明清书目题跋丛刊》，中华书局 2006 年版，第 6 册，第 350 页。
② 周维德集校：《全明诗话》，齐鲁书社 2005 年版，第 3 册，第 2024 页。

又如王世贞在《读书后》中谈及自我的阅读感受时，所极力展现的并非明代唐宋派与复古派以往泾渭分明的两种立场，而是更多地表达出二者重叠甚或共同的意识。《读书后》中的《书归熙甫文集后》即反映了唐宋派与复古派的复杂关系，体现出王世贞题跋文更为重要的文学价值。这也为后人重新审视二者之间的"壁垒"开辟了有效视角。该文追叙了作者与归有光之间的往来恩怨：

> 余成进士时，归熙甫则已大有公车间名，而积数年不第。每罢试，则主司相与咤恨，以归生不第何名为公车？而同年朱检讨者，侊人也。数问余得归生古文辞否。余谢无有。一日，忽以一编掷余面曰："是更不如崔信明水中物邪！"且谓："何不令归生见我，当作李密视秦王时状。"余戏答："子遂能秦王邪？即李密未易才也。"退取读之，果熙甫文，凡二十余章，多率略应酬语。盖朱所见者杜德机耳。而又数年，熙甫之客中表陆明谟，忽贻书责数余，以不能推毂熙甫。不知其说所自。余方盛年骄气，漫尔应之。齿牙之锷颇及吴下前辈中。谓陆浚明差强人意，熙甫小胜浚明，然亦未满。语又数年，而熙甫始第。又数年而卒。客有梓其集贻余者，卒卒未及展为人持去。旋徙处昙靖，复得而读之，故是近代名手。若论议书疏之类，滔滔横流不竭，而发源则泓渟朗著；志传碑表，昌黎十四，永叔十六，又最得昌黎割爱脱赚法；唯铭辞小不及耳，昌黎于碑志极有力，是兼东西京而时出之永叔。虽佳，

故一家言耳。①

王世贞与归有光的关系，往往被文学史研究者描述成唐宋派与复古派之间的纷争对立。尤其是钱谦益在《列朝诗集小传》里引用王世贞《弇州山人续稿》中的吴中往哲《像赞》对归有光的赞语："风行水上，涣为文章。当其风止，与水相忘。剪缀帖括，藻粉铺张。江左以还，极于陈梁。千载有公，继韩欧阳。余岂异趋，久而始伤。"②钱谦益将"久而始伤"改为"久而自伤"，并说这是王世贞晚年的悔过，说明了复古派的衰落。可是读罢此篇题跋文后，可以清晰地发现王世贞不仅很了解归有光的文章特点与成就，而且曾给予其较高的评价。他所遗憾及伤感的，并非二人不能在文章观念上进行沟通，而是多种有意或无意的误解造成了二人之间的隔阂。他在文中这样说道：

> 而茅坤氏乃颇右永叔而左昌黎，故当不识也。他序记熙甫亦甚快，所不足者起伏与结构也。起伏须婉而劲，结构须味而裁，要必有千钧之力而后可。至于照应点缀绝不可少，又贵琢之无痕。此毋但熙甫当时极推重于鳞，于鳞亦似有可憾者。嗟乎，熙甫与朱生皆不可作矣。恨不使朱见之，复能作秦王态否？熙甫集中有一篇盛推宋人，而目我辈为蜉蝣之撼不容口。

---

① 《宋元明清书目题跋丛刊》，中华书局2006年版，第6册，第352页。
② （明）王世贞：《弇州山人续稿》，载沈云龙选辑《明人文集丛刊》第1期，文海出版社1970年版，第6876页。

当是于陆生所见报书，故无言不酬。吾又何憾哉，吾
又何憾哉！①

其中既有未能读到归氏优秀作品所造成的偏见，也有自己
年轻气盛时的口齿伤人，是这些使得归有光愤而反击。作
者如今想来，真是感慨万端。王世贞题跋文所叙述的是否
全为实情，其中是否有修饰与遮蔽，已经难以厘清。但由
此引出的两点认识非常重要。一是在文学史上文学流派之
间大多不是泾渭分明的，所谓对立的文学观念不少是后来
的文学研究者所虚拟构造的。从王世贞题跋文的阅读经验
里，看到的不仅是流派间的矛盾，还有许多相通之处。王
世贞不仅倡言文必秦汉，而且对唐宋古文也有深入的了解，
在此方面他完全有资格与归有光对话交流，而这往往是前
人所未多加关注的。二是文学流派之间并非都是理论观念
与创作主张之间的对立与争论，还存在种种复杂的人际关
系，也存在与理论观念相纠缠的意气之争。此类读书感受
所提供的生动细节展现，成为了解当时文坛真实状态的重
要史料。而这些纠结复杂的心态，以及细腻丰富的文思，
都通过观读《归熙甫文集》而娓娓道来。这也正是后人关
注王世贞《读书后》题跋文的价值所在。

王世贞自认为是大才、通才，也就常常目空一切地在
经史子集中放言高论。其实他的佛学、道家修养都很有限，
史学造诣也难称高超，更不要说明人大多不擅长的经学领

① 《宋元明清书目题跋丛刊》，中华书局 2006 年版，第 6 册，第 352—353 页。

域了。所以他在文章中谈论起这些内容来虽不能说毫无建树，但常常捉襟见肘也是在所难免的。从这一角度来看，王世贞在题跋创作上取得的成就也不能算作耀眼，尤其从文章学的角度来衡量就更是如此。明人徐师曾概括题跋的文体特征为"专以简劲为主"，吴讷也认为题跋文的写作"须明白简严"，并强调"跋比题与书，尤贵乎简峭"。而王世贞的题跋作品，比如《弇州山人续稿》卷一五九"书道经后"的《书真仙通鉴后》，对书中四十余条所涉人物事迹逐一进行补充辩证，既不像宋濂题跋之补史，又并非认真的考证文字，显得颇为杂乱，无章法可言。

《读书后》被四库馆臣认作奇特的著作，但若究其实，则无论是在体例上还是在内容上该书都没有太多的贡献。从体例上说，早在唐代就已经出现了韩愈的《读仪礼》《读墨子》《读鹖冠子》《读荀》以及柳宗元的《读韩愈所著〈毛颖传〉后题》等读书类文章。尽管王世贞的《读书后》在规模上远远超过前人，且结为专书，在体例上却并无太多创造。韩、柳二人的题跋作品，大都属于辩说类内容，意在纠正他人之偏见。因此其表达方式主要在议论，其价值主要在于眼光独特而超越常人。比如韩愈的《读墨子》：

> 儒讥墨以上同、兼爱、上贤、明鬼，而孔子畏大人，居是邦不非其大夫，《春秋》讥专臣，不上同哉？孔子泛爱亲仁，以博施济众为圣，不兼爱哉？孔子贤贤，以四科进褒弟子，疾殁世而名不称，不上贤哉？孔子祭如在，讥祭如不祭者，曰："我祭则受福，不明

鬼哉？儒墨同是尧舜，同非桀纣，同修身正心以治天下国家，奚不相悦如是哉！"余以为辩生于末学，各务售其师之说，非二师之道本然也。孔子必用墨子，墨子必用孔子，不相用不足为孔墨。①

韩愈的论辩思路是在孔、墨之间寻找出相同之处，然后得出儒墨必相用的结论来。文章用排比的句式，用学人皆知的孔子言行。一路比较而来，气势盛而论据足，显示出善辩与气盛的特征。王世贞《读书后》卷一也有一篇《读墨子》，其开篇曰：

墨子战国一贤士大夫也。孟子辟之，以为惑世诬民，若不可一日容于尧舜之世者。而后世如韩昌黎辈尚尊之以与孔子并称，而上媲于神。愚以为皆过也。今读其书，大抵皆平治天下国家之道，不甚悖于理。②

随后其文便在如何合乎理的方面进行了反复申说论证，如"所谓入国必择务，而后从事。国家昏乱，则语之以尚贤尚同。国家贫，则语之节用节葬。国家憙音湛湎，则语之非乐非命。国家淫僻无礼，则语之尊天事鬼。国家务夺侵凌，则语之兼爱。然则墨子之言，以救世主之药石耳"③。也许王世贞的论述较之韩愈更为详细，但从题跋文创作的角度

---

① 马通伯校注：《韩昌黎文集校注》，古典文学出版社 1957 年版，第 22—23 页。
② 《宋元明清书目题跋丛刊》，中华书局 2006 年版，第 6 册，第 305 页。
③ 《宋元明清书目题跋丛刊》，中华书局 2006 年版，第 6 册，第 305 页。

来看，依然是韩愈的更为简劲有力。因为孔子乃儒家之圣人，只要说明墨子之道与之相同，自然会获得有力的论证结果。尽管王世贞认为韩愈将墨子与孔子并称颇为过分，但他从道理上来证明墨子之道的"合理"，不仅迂远，而且拖沓，缺乏韩愈的气势与力度。从论述类型上看，王世贞所采取的似乎是和韩愈相近的思辨性方式，或者说是文人身份的论述。但王世贞这种思辨方式既缺乏汉学家的考证功夫，又没有理学家的理论深度，依靠的是逻辑的严密与行文的气势，说到底还是以文章创作为目的。从此一角度来看，王世贞的《读书后》既在学术上没有明显贡献，在文章创作上也缺乏特色。即使这些感受是作者的真实体验，但从思想史的角度来看殊无可观。

陈继儒在《读书后序》中夸赞该书说："试取少年、晚年《读书后》互味之，觉往时跌宕纵横、标新领异，如织锦而问天孙，食肉而问禁脔，虽眩目爽口，或出于偏师取胜者有之。至是霜降水落，鉴空衡平，奏刀必中窾，发矢必中的，抓搔必中痛痒。断案一新，精彩万变，非笔随人老，盖识随人老也。"① 就其实质而言，陈继儒的话是太过夸张了。《读书后》中的许多议论都空泛不实，而且气势凌人、大言欺世的表现并没有比年轻时改变多少。比如其《书苏子瞻诸葛亮论后》一文，就显现出此种缺陷。苏轼《诸葛亮论》认为："仁义诈力杂用以取天下者，此孔明之所以失也。"该文的立论主要是建立在诸葛亮以诈术取刘璋

---

① 《宋元明清书目题跋丛刊》，中华书局 2006 年版，第 6 册，第 300 页。

之地和曹操死后没有用智谋离间曹植与曹丕这两件事上，认为从本质上说三国是一个崇尚实力与智谋的时代。而孔明一方面使用智谋，另一方面又自称仁义之师，这是不可能取得成功的。文章最后说："此书生之论，可言而不可用也。"① 苏轼的论断是否正确当然可以讨论，因立场的不同而可以存有各自的评价。王世贞的文章针对苏轼所持有的两个证据进行反驳，认为刘璋乃叛臣故可取其地，曹氏兄弟则不可离间，从而否定了苏轼的看法。王世贞的看法是否比苏轼的高明暂且不论，关键是他盛气凌人的态度颇成问题。苏轼只用了一句"此书生之论，可言而不可用也"来评价诸葛亮的做法。而王世贞却一再讥讽苏轼："凡苏子之持论甚至而事甚美。虽然，吾以为苏子书生也，不识理势，且又不读书不考其时事。"这尚在可接受的范围。但最后居然反复斥责说："愚以为苏子盖不特书生而已，一妄庸人呓语也。"② 这便已经近于破口大骂了。其实联系到王世贞本人后来被归有光称为"妄庸巨子"时的激烈反应，他本不该如此对待苏轼的。故而王世贞在《读书后》中所持论断是否公允，所作评述是否客观，则尚须后世读者详加审辨。

由此可见，《读书后》中有关文学的评论与鉴赏反映出王世贞晚年复杂的文学思想，同时更是其作为当时文坛领袖的读书方式与阅读经验的集中体现。一方面，通过阅读可知，明代中期文人的文学创作及观念，并非仅囿于复古

---

① （宋）苏轼著，孔凡礼点校：《苏轼文集》，中华书局 1986 年版，第 112—113 页。
② 《宋元明清书目题跋丛刊》，中华书局 2006 年版，第 6 册，第 323 页。

与性灵相对立的单一模式。关注古人著述，不仅要厘清不同文学流派之间相异的要素，更应该关注他们之间有何交叉与融通，尽可能厘清当时文坛的真实状况及其复杂内涵。通过此类读书经验，后人可以意外发现文学史的诸多史实面相，从而纠正以前简单抽象的历史认知。研究王世贞，其《艺苑卮言》《明诗评》之类的体系性诗文理论著作固然是主要依据，但同时以轻松随意的题跋文为内容之《读书后》一类边际文献，也是不可或缺的补充，否则便不可能完整地认识王世贞的真实面貌。另一方面，王世贞的阅读感受也并非都可取。尽管他著述等身，号称通才，但依然是一位以诗文创作与鉴赏为主的文人。当其品味诗文作品时，能够充分彰显其独到的眼光与审美的味觉，而一旦涉入历史评判与思想史的领域，则其缺乏深度与意气偏颇亦时时流溢而出。学者的读书心得在不同领域会呈现出差异化的样貌，如王世贞既有在《书陈白沙集后》中所展现出的别有会心，也有在《读墨子》中所显露出的迂远拖沓。这些读书体会虽出自一家之言、一人之手，但其成就却有高下之分，价值亦有大小之别。王世贞《读书后》也留给今人颇多启示，即文人都有擅长的学术领域，也有各自的盲区。因此，读书撰文便应扬长避短，贡献真知灼见以金针度人，而非装腔作势、大言欺人。读者在阅读古人的此类著作时，亦应事先厘清作者的学术出身与所擅长的领域，然后再选择其有得之言予以阅读体悟，方可拥有真正的读书效果。

其次着眼于徐渭的诗文、戏剧题跋及其学术贡献。除书画题跋外，徐渭还有诗文与戏剧两类题跋文章，已能见出其个性特征。先说其诗文题跋，今共存三篇：《书草玄堂稿后》《书朱子论东坡文》和《书田生诗文后》。受书画题跋影响，其诗文题跋也主要发挥个人的文学见解，较少受载体内容的限制。最为人所知者莫过于《书草玄堂稿后》：

> 始女子之来嫁于婿家也，朱之粉之，倩之鞶之，步不敢越裾，语不敢见齿，不如是，则以为非女子之态也。迨数十年，长子孙而近妪姥，于是黜朱粉，罢倩鞶，横步之所加，莫非问耕织于奴婢，横口之所语，莫非呼鸡豕于圈槽，甚至龋齿而笑，蓬首而搔，盖回视向之所谓态者，真靦然以为妆缀取怜，矫真饰伪之物。而娣姒者犹望其宛宛婴婴也，不亦可叹也哉？渭之学为诗也，矜于昔而颓且放于今也，颇有类于是，其未娣姒哂也多矣。今校郦君之诗，而恍然契，肃然敛容焉，盖真得先我而老之娣姒矣。①

该文有两点值得注意。一是其本来是为《草玄堂稿》写的题跋文，但却把自己的诗歌主张与诗作体貌摆在主要位置，只是由于郦君之诗与自己的看法主张相契合，才表示了"肃然敛容"的尊重。从题跋文的正体来看，此可谓本末倒置，但这正表现出徐渭题跋文中自我的个性特征。二是该文虽然论诗，却通篇没有一句对理论的说明与概括，而是用女子的自少妇的修饰打扮到老妪的复归自然本色来作比

---

① （明）徐渭：《徐渭集》，中华书局 1983 年版，第 579 页。

喻，从而生动形象，通达易解。其实这就是《书田生诗文后》所指出的"师心横纵，不傍门户"①之意，但就表达的通透性而言却效果更佳。这样的写法其实更接近晚明的小品文，所以该文在入选《明人小品十六家》时被陶良栋评为"疏快"②，而他看重的或许正是徐渭的小品笔法。

徐渭的戏剧题跋包括《题昆仑奴杂剧后》六篇和《题评阅北西厢》二篇，共计八篇。这些题跋最突出的特点是将戏剧作为表演艺术而对其本色通俗特征的强调。如："语入紧要处，不可着一毫脂粉，越俗越家常，越警醒，此才是好水碓，不杂一毫糠衣，真本色。若于此一恶缩打扮，便涉分该婆婆，犹作新妇少年哄趋，所在正不入老眼也。""凡语入紧要处，略着文采，自谓动人，不知减却多少悲欢，此是本色不足者，乃有此病……点铁成金者，越俗越雅，越淡薄越滋味，越不扭捏动人越自动人。"③以上两段话是从两个层面强调本色的重要。前段说不着脂粉的家常语才是戏剧真正的本色，后段说只有不着文采的本色语才能获得悲欢的戏剧效果。关于戏曲本色与文采的讨论在明代是一个重要的话题，为此还形成了以汤显祖为代表的文采派和以沈璟为代表的本色派。徐渭的观点自然是本色派的看法，其理论价值究竟如何还可以讨论。但戏剧是舞台

---

① 《书田生诗文后》属徐渭对个人诗文的总评之论，其文曰："田生之文，稍融会六经，及先秦诸子诸史，尤契幸蒙叟、贾长沙也。姑为近格，乃兼并昌黎、大苏，亦用其髓，弃其皮耳。师心横纵，不傍门户，故了无痕凿可指。诗亦无不可模者，而亦无一模也。此语良不诳。以世无知者，故其语亢而自高，犯贤人之病。噫，无怪也。"参见（明）徐渭《徐渭集》，中华书局1983年版，第976页。

② （明）陆云龙等选评：《明人小品十六家》，浙江古籍出版社1996年版，第48页。

③ （明）徐渭：《题昆仑奴杂剧后》，《徐渭集》，中华书局1983年版，第1093页。

艺术而不是供案头阅读的文章，因此口语化与通俗性应当是须加关注的重要方面。王世贞虽没有作过戏剧题跋，但也有戏曲杂论《曲藻》传世。他的观点与徐渭显然不同。其《曲藻序》谈道："大抵北主劲切雄丽，南主清峭柔远，虽本才情，务谐俚俗。譬之同一师承，而顿、渐分教；俱为国臣，而文、武异科。"① 这些言论表面上似乎全面公允，其实并未涉及戏剧自身的特征，实乃文人之论。也许理论价值本身在这里不是最重要的，从题跋文体角度讲，徐渭是较早将题跋用于戏曲评论和考辨的作家，② 由此开辟了题跋文体的另一个表现领域。自此以后，题跋就成为戏曲批评家与研究者的一种重要表述方式。因此，徐渭在此方面的学术贡献是不应该被忽视的。

第四节　王世贞与徐渭题跋书写的
开放性及文体流变

如前几节所论，王世贞与徐渭的书画题跋呈现出多元的探索和自由的发挥，将态度与情趣、个性及特征融入其中。王世贞对于题跋的体制与边界似乎没有过多考虑，至少未进行过系统的理论表述。比如在评价归有光的古文创

---

① 中国戏曲研究院编：《中国古典戏曲论著集成》，中国戏剧出版社1959年版，第4册，第25页。

② 在徐渭之前，还有元末明初人贾仲明的《书录鬼簿后》和比徐渭稍早的祝允明《跋崔莺莺像》两篇题跋涉及戏曲内容。但前者为戏曲资料，后者为戏曲人物画像，并未涉及戏曲剧本。因此，根据目前所掌握的资料，直接为戏剧剧本作题跋的徐渭就笔者所知应是第一人。

作时，他涉及了论议、书疏、志传、碑表、铭辞及序记，唯独未提及题跋。而这并非因归有光缺乏此方面的创作实践。现存的《震川先生集》依然保存着整一卷三十余篇题跋作品。王世贞对此未加涉及，也许是认为没有必要对此种晚起的文体特意关注而轻易放过了。此外，《弇州四部稿》十卷题跋包括杂文跋一卷，墨迹跋三卷，碑刻跋一卷，墨刻跋三卷，画跋二卷。《弇州山人续稿》十六卷题跋包括佛经书后一卷，道经书后三卷，杂文跋一卷，墨迹跋五卷，墨刻跋二卷，画跋三卷，佛经画跋、道经画跋一卷。对于这样的分类，难以找出其所依据的标准。若按照载体分类，书和画置于一类之中更为合适；若按照内容分类，就没有必要将佛经书后、道经书后与佛经画跋、道经画跋区分开来。可以说，王世贞对于题跋的文体观念是比较杂乱的。正因为他对题跋文体特征的轻视，才使得他自由随意地进行题跋创作，从而包蕴了虽驳杂却又丰富的思想内涵与历史内容，使他的题跋作品呈现出一种开放性的文体特征。

开放性的题跋文体创作有助于灵活表达作者的主观情感思想。比如，王世贞在书画艺术上对吴中文人充满了爱戴，但站在复古的立场上却对吴中的诗歌创作多持保留态度。王世贞为了维护盛唐诗歌的格调体貌，当然不能在诗歌批评中降低标准。而一旦进入书画题跋创作中他则表现出了另一种态度。关于此点，其针对唐寅的点评颇具代表性。如其《唐伯虎画》曰：

余尝有唐伯虎《桃花庵歌》八首，语肤而意隽，

似怨似适，真令人情醉！而书笔亦自流畅可喜。考跋
辞，当有图一帧而失之。别购以补，卒不甚称也。今
年三月花时，见李士牧藏伯虎一图，深红、浅红与浓
绿相间，渔舟茅屋，天趣满眼，宛然桃花庵景物。意
欲夺之，卒不忍，而亦不忍割吾所有歌以予士牧。姑
为题其后。士牧志之，吾两家异日必为延津之合也。①

在文中王世贞虽然依旧指出了唐寅诗歌的浅俗格调，但更
看重其情感抒发的淋漓尽致，以及导致其本人"情醉"的
审美效果。尤为可贵的是，唐寅诗歌的流畅与其书法的流
畅所形成的珠联璧合，令王世贞神魂动摇，遂设想将来如
何将诗、书、画合为一体。而王世贞在《明诗评》中评价
唐寅之诗曰："寅实异才，中道龃龉，既伏吏议，任诞以
终。诗少法初唐，如鄠杜春游，金钱铺埒，公子调马，胡
儿射雕。暮年脱略傲睨，务谐俚俗。西子蒙垢土，南珠袭
鱼目。狐白络犬皮，何足登床据几，为珍重之观哉！"② 唐
寅的诗学特征不仅反映了个人的际遇，而且带有明代中期
吴中诗歌的一些共同特性。像王世贞评语中所提及的偏爱
初唐与流畅率意的俚俗格调，几乎在当时吴中文人的创作
中都有不同程度的体现。吴中虽然也有复古的风气，但取
经比较宽广，加之城市经济的发达，士人皆有追求享乐的
倾向，因而诗歌创作势必流于享乐与率意。由此也可见王

---

① （明）王世贞：《弇州山人续稿》，载沈云龙选辑《明人文集丛刊》第1期，文海
出版社1970年版，第7746—7747页。

② 周维德集校：《全明诗话》，齐鲁书社2005年版，第3册，第2019页。

世贞在题跋文创作中批评态度的明显变化。"情醉"一词则是凸显出了王世贞的主观情绪。

徐渭更是在题跋文中淋漓展现自我的喜怒哀乐与所思所想；既具有艺术家的傲骨，又富于才情且趣味盎然。虽然徐渭是一位仕途蹭蹬的秀才，一生潦倒穷困且命运多舛，但进入书画艺术的领域却充满自信甚至达于自负的境地，尤其在书画题跋创作中更是如此。其《新建公少年书董子命题其后》曰："重其人，宜无所不重也，况书乎？重其书，宜无所不重也，况早年力完之书乎？重其力完，宜无所不重也，况题乎？董君某得新建公早年书，顾以题命我。"[1] 题跋虽聊聊数句，却是精心结撰之文。一路以"重"为骨来写，最终落实在所最重的自我之题跋，既简劲紧凑，又凸显自我。又如其《题自书一枝堂帖》："高书不入俗眼，入俗眼者必非高书。然此言亦可与知者道，难与俗人言也。"[2] 此段实际在宣称：凡是看不上我的书法的，皆是俗眼；凡是不同意我的说法的，那便是俗人，戏谑中寄寓着作者的傲骨。但徐渭最为可贵的还是能将自己的人生遭遇及命运感慨一并写进题跋之中。如其《题自书杜拾遗诗后》：

余读书卧龙山之巅，每于风雨晦暝时，辄呼杜甫。嗟乎，唐以诗赋取士，如李杜者不得举进士；元以曲取士，而迄今啧啧于人口如王实甫者，终不得进士之举。然青莲以《清平调》三绝宠遇明皇，实甫见知于花

① （明）徐渭：《徐渭集》，中华书局1983年版，第570页。
② （明）徐渭：《徐渭集》，中华书局1983年版，第1097页。

拖而荣耀当世；彼拾遗者一见而辄阻，仅博得早朝诗几首而已，余俱悲歌慷慨，苦不胜述。为录其诗三首，见吾两人之遇，异世同轨，谁谓古今人不相及哉！①

在该文中，他的怀才不遇、人生坎坷、悲伤慷慨，全都在杜甫那里找到了"异世同轨"的知音。世人每逢悲伤困苦多要呼喊苍天，而徐渭则"每于风雨晦暝时，辄呼杜甫"，由此可知二人之息息相通。读者借此可感知其人格性情、生平际遇及喜怒哀乐，继而获得亲切隽永的阅读体验。

不过，开放性的创作方式也导致了题跋文体的演变。题跋虽然属于短小灵活的文体，但并非不具备体制规范。尤其在严于辨体的明代文体学家眼中，题跋有着明确的体要特征及功能用途。就此来讲，明人徐师曾在《文体明辨序说》中的详细表述颇为经典且影响深远。他将题跋与序两体明确作了划分，又归纳出题跋的文体功能。后来晚明选家贺复征也提及"跋，足也。申其义于下，犹身之有足也"②。如上编所言，在明人眼中题跋是围绕载体或题写对象进行申发的文体。其言说方式可以偏重考证、说明，也可偏重褒贬、评价。但由此也可知，阐发文义与载体紧密联结才是题跋的正体。

明代中后期已形成较为明确清晰的题跋正体观念，而王世贞与徐渭题跋的多元探索与自由发挥则造成了文体的

---

① （明）徐渭：《徐渭集》，中华书局1983年版，第1098页。

② （明）贺复征编：《文章辨体汇选》卷三六八，《景印文渊阁四库全书》，台湾商务印书馆1986年版，第1406册，第473页。

演变与文类的交叉。一是一些淡化说明作用的题跋算作广义的题跋或题跋变体更为适宜。比如王世贞《读书后》中的篇章，主要由评诗论文的内容所构成。其中如《读墨子》一类已基本脱离了说明的功能，以发表议论、传递文学观念为主。这在天启年间的散文选本《明文奇赏》中就能找到例证。该集以人标目，各家文选再分体类选辑。文集选录明代十六家题跋文凡七十八篇，对题跋文体有细致区分。徐渭选文列有"跋"体，选入题跋共六篇；另列有"杂著"类，选有《读绛州园池记戏为判》。二是以抒发作者性情趣味为主的题跋流向了小品文类。比如徐渭的《书花蕊夫人宫词卷后》：

> 余一日同马子髯泛镜湖中，评书间偶及"银烛秋光冷画屏"句。余曰："王建百首宫词，此居第一。"髯子曰："先生误矣，是花蕊夫人费氏作也。"余争之。髯子曰："先生勿争，余当与先生博之。余若北，当出先生所常醉柴窑杯为先生寿；倘南不在先生，当以百首书卷归我。"余诺之。明日，髯子携一童，持小攒来余梅花馆，袖中出柴窑杯，曰："当与先生定南北。"余于是觅《彤管遗编》览之，果出花蕊夫人。髯子曰："先生当何如？"余曰："余不寝言。姑舍是，且从吾今日醉也。"临别，髯子出素绡归我。余迟一日，复以浊醪觞髯子于舍，令髯子朗吟，捉笔倚之以塞。①

---

① （明）徐渭：《徐渭集》，中华书局 1983 年版，第 1097 页。

全文涉及载体内容的仅"王建百首宫词,此居第一"一句,而且还是误评,只能算是全文的引子。其主要内容乃是马髯子与作者打赌过程的叙述,而突出的则是徐渭本人的性情趣味。首先是二人打赌条件的不平等,"余若北,当出先生所常醉柴窑杯为先生寿;倘南不在先生,当以百首书卷归我"。徐渭若赢居然只能让对方请酒,而输了要赔对方百首书卷。而如此条件徐渭居然应诺,可见其天真率性。其次是徐渭赌输以后居然耍赖,依然让马髯子请酒尽兴。"余不寝言。姑舍是,且从吾今日醉也",可见其嗜酒如命。最后是虽兑现承诺,却要让马髯子朗诵方捉笔塞责,见出徐渭的豪兴真情。又如《为商燕阳题刘雪湖画》,其结撰方式不再将注意力集中于对书画载体内容的叙述,也不再对其艺术特点及水准进行品鉴,而是撇开载体而转向品鉴过程之描述与当时环境、情节之叙写。徐渭于此文中多述及对商燕阳的责备,以此表达出对画作的珍爱:"刘雪湖一日简致此幅,余见之,眉舞须动,秘夹枕中。商燕阳见之便掠去,攫石登车,攀船堕水,古人颠贪无赖,燕阳何为效之?既又勒余题叙数字,用为券书,快其永业,真滑虏也。"其后又强调应如何精心安置及欣赏画作:"然予与燕阳约,得此须用名锦装潢,安精舍中,便作奇香好茗,多调妙曲,往来用味触香发声闻发清音之义,获此报者庶几小偿。"①通观全文,已不见对画作本身的描摹或评价,尽显作家本人之嬉笑怒骂。

---

① (明)徐渭:《徐渭集》,中华书局 1983 年版,第 1098—1099 页。

这样的题跋文就严格意义来讲已经超越其文体界限。因为它们已经不是对载体的引申与补充，而是借题发挥，自写情致，真正进入了小品文的行列，徐渭《柳君所藏书卷跋》等均属此类作品。或许正是因为明代中后期题跋创作的包容性特征，其后晚明文人多将题跋与小品或杂文相混淆。如明末毛晋在《容斋题跋》中谈及小品与题跋的关系时说"题跋似属小品"①。又如崇祯年间的《媚幽阁文娱初集》将题跋选文归入"序"或"杂文"两类。由此可窥见晚明时期的题跋文体观念的演变甚至讹滥。

余　论

本章所论述的王世贞与徐渭两位题跋作家，出身经历、文学观念及审美旨趣都有很大差异，但他们都在题跋创作中找到了自己发挥才情见解的领域。徐渭的书画题跋较之王世贞而言，缺点是涉猎不够广泛，数量相对偏少，学问之广博亦相去甚远。其优点是，诸书画题跋具有专业精到的艺术点评，从中展现了徐渭鲜明的自我个性与形象，饱含了浓郁的诗情画意和审美情致；在体制上大多短小精悍，具有题跋文体的劲健体貌。

上文的论析显示出题跋文体的重要特征，也就是其开放性与包容性。作为复古派领袖的王世贞，对于文体规范与传统格调颇为讲究，但在题跋文创作中挥洒自如，毫无

---

① （明）毛晋撰，潘景郑校订：《汲古阁书跋》，上海古籍出版社2005年版，第36页。

拘束；屡试不第的落魄文人徐渭，更是在题跋文书写中找到了表达才情、展现情趣、抒发愤懑、吐露见解的有效途径。钟人杰在《四声猿引》中说："徐文长牢骚肮脏士，当其喜怒窘穷，怨恨思慕，酣醉无聊，有动于中，一一于诗文发之。第文规诗律，终不可逸辔旁出，于是调谑亵慢之词，入乐府而始尽。"①钟人杰的话当然是很有见地的，杂剧创作的确是徐渭发泄怨愤不平的工具。但出于相同的道理，题跋也是一种较少有"文规诗律"的文体。徐渭在此种文体中也淋漓展现了自我的喜怒哀乐与所思所想，并把题跋转变为包罗甚广的小品文体。

明代中后期的题跋文逐渐成为文人创作的重要文体与文学批评的重要对象，展现出鲜明的体貌特征与丰富的文学观念。王世贞与徐渭的题跋文创作是两种不同类型文人的典型代表，它们既呈现出题跋文体灵活多变的共同倾向，又存在书写身份及作品体貌的诸多差异。其多元探索与自由发挥，及题跋作品的开放性特征，构成了明代后期题跋文体观念演变的阶段性特征。而二人题跋创作的比较研究，又可展现出明代文学思潮中复古与性灵观念交错互融的发展趋势。兼收并蓄乃中晚明各种文学思潮与观念形态的突出特征，王世贞与徐渭的题跋文创作及观念，可谓此种现象之集中体现。

---

① （明）徐渭：《徐渭集》，中华书局 1983 年版，第 1356 页。

第三章　晚明时期题跋文体观念

——袁宏道的题跋创作与文体观念

　　袁宏道（1568—1610），字中郎，别字孺修，号石公、六休；湖广公安（今属湖北荆州）人；明万历二十年（1592）中进士，历任吴县知县、国子监助教、吏部郎中；与其兄袁宗道、弟袁中道合称为"公安三袁"。作为明代公安派的领袖人物，袁宏道个性张扬不羁，曾称"凤凰不与凡鸟共巢，麒麟不共凡马伏枥，大丈夫当独往独来，自舒其逸耳，岂可逐世啼鸣，听人穿鼻络首"①；在文学思想上主张"独抒性灵，不拘格套"，反对前后七子复古、模拟之风。作为晚明文坛上颇具影响力的作家，曾长期被学术界所关注，并已经出现了大量的学术成果，但是对其题跋文的研究却相对沉寂。与他的尺牍、游记和序文相比较，袁宏道的题跋文章其实也有自身的鲜明特点，绝非可以随意忽视的创作领域。概括地说，袁宏道在其题跋文创作中，坚持了见解独特而行文流畅又幽默的特征，既有遵守题跋体制的写

---

　　① （明）袁中道著，钱伯城点校：《吏部验封司郎中中郎先生行状》，《珂雪斋集》，上海古籍出版社 1989 年版，第 756 页。

法，又有自己的创造新变，从而为题跋文体的发展做出了自己的贡献。晚明文坛对题跋文体的关注格外显眼，这一方面体现为晚明作家在题跋文创作领域的高峰状态，诸如袁宏道、袁中道、钟惺、陈仁锡等均有题跋佳作问世；另一方面，如前文所述，则表现为晚明选家对于题跋文体的识鉴智慧，诸如《文体明辨》《明文霱》《文章辨体汇选》《古今文致》《皇明十六名家小品》等文章总集均将题跋与序视为两体分开选辑。因而讨论主张"独抒性灵，不拘格套"的公安文人袁宏道在题跋文创作领域所呈现出的具体特征，对于厘清晚明时期题跋文的创作状况及文体观念，均有不容忽视的学术意义。

第一节　袁宏道对题跋文体规范的遵从

或是因作为小品文的代表作家，袁宏道主要在尺牍与山水游记中倾注了更多的精力并取得了很大的成就，所以被更多的研究者所重视也理所当然。除此之外，袁宏道题跋文与序文现各存有约四十篇。而序文表达了他的一些重要的诗文观念，因此也被文学理论或批评史研究者反复讨论。在这约四十篇题跋文中，首先数量最多的是册文跋，有十七篇之多，而该类题跋文大多是关于寺庙僧人的内容。这是因为袁宏道作为晚明著名居士，与僧人禅师多有往来，也就留下不少题跋文字。其次是传统领域的书画题跋，约有十五篇。最后是诗文题跋，约六篇。在现代学术史上，最易于被忽视和遮蔽的无疑是表现宗教内容的文章，尤其是明清时期的宗教文章，由于数量巨大且良莠不齐，就更容易被淹没于浩如烟海的文献之中。出于这些复杂原因，袁宏道的题跋类文章也就常常被学界所忽视。这样的忽视当然会付出应有的代价，并对袁宏道文学创作与文学思想的整体认识产生影响。比如，袁宏道的文学观念被概括为"独抒性灵，不拘格套"，也就是反对复古模拟与规范格律限制，自由地表达自我的思想情感。这当然是有充分根据的，从他对狂放文人徐渭、唐寅的热情推崇，到文学创作中诗歌的活泼幽默、尺牍的行云流水、游记的挥洒自如，都能够对上述结论提供坚实的支持。然而，其题跋创作也果真如此吗？遗憾的是很少有人做过此类比较研究。

其实公安派作家的思想是相当复杂的，而后人往往抓住其激进狂放的一面加以放大，从而造成了简单化的学术结论。就以对于文体规范的认识来说，许多研究者都认定公安派反对形式规范的限制而倡导自由表达，可袁宗道却写过一篇《刻文章辨体序》，其中就严肃指出："今天下人握夜光，家抱连城，类惮于结撰，传景辄鸣。自凿一堂，猥云独喻千古；全舍津筏，猥云凭陵百代。而古人体裁，一切弁髦，而不知破规非圆，削矩非方。即令沉思出寰宇之外，酝酿在象数之先，终属师心，愈远本色矣。"所以他认为很有必要重刻吴讷的《文章辨体》，以期获得如此效果："后之人有能绍明作者之意，修古人之体，而务自发其精神，勿离勿合，亦近亦远，庶几哉深于文体，而亦雅不悖辑者本旨，是在来者矣。"① 所谓

① （明）袁宗道著，钱伯城标点：《白苏斋类集》，上海古籍出版社1989年版，第81—82页。

"修古人之体，而务自发其精神"与"深于文体，而亦雅不悖辑者本旨"，是一种折中稳妥之论，既不违背公安派抒写性灵的主张，又能合乎文章的体要规范。但该文被编在文集的"馆阁文类"中，因而很少有人认真思考过其在公安派文论中的价值与地位。而且退一步说，即使这果真是长兄伯修的真实见解，会被狂放的弟弟中郎所接受吗？笔者通过对袁宏道题跋文章的考察，认为起码在此类文体的创作中，袁宏道是遵从了此种观念的。

先看袁宏道对于题跋文体规范的遵守。题跋（包括署名及诗题）是依附于书画、金石碑帖、诗文作品、个人著述等载体，带有"后语"性质的文体。一方面，袁宏道对题跋文体规范的遵从表现为对载体的学术性评述。自明代中期以来，题跋文创作越来越向着主观化方面发展，载体的内容不再成为作者关注的主要对象。像徐渭那样或用以展现个性，或用以寄托感慨，或用以抒写情趣的做法相当流行。袁宏道当然也有此种倾向，但并没有完全忽视对载体的叙述与鉴别。其题跋文的传统写法首先体现于书画题跋作品之中。如其《识篆书金刚经后》：

> 从曲江过韦曲，宿牛头寺，汪右辖以虚出是卷。卷首有伯时绘，子昂篆，皆极精工，而《金刚经》则宋仲珩篆书也。仲珩草书，为当代第一，而篆不多见。今见此卷，劲如屈铁，丰道生不及也。景濂一跋，叙述详委。此公邃于禅，而教典尤博，紫阳、圭峰分身入流者也。卷尾有姚少师书，极道逸。少师书数变，

而晚更秀。余昔见其自题画像，及跋乐天《竹窗诗》，隽气见于笔端。复、可皆高禅，两书俱出他手，可不善书，而复有临池之誉，不知何以借捉刀人也？若余不能书者，然每见佳卷辄书，此亦可发一笑。雨中至兴教寺，小史设长案，山僧出粗石砚、鸡毛笔，强余书。以虚曰："仲珩必屏处书，子岂亦有此癖邪？"余曰："彼工书，畏败名耳，余亦何畏也。"遂笑而识之。同观者为朱武选非二、段督学徽之也。[①]

在此，作者介绍了该卷轴的画者及题画者，介绍了《金刚经》书写者宋仲珩的书法特点及篆书水平，介绍了跋者宋濂的佛教修养，介绍了卷尾书写者姚广孝的书法风格等，可谓详细具体，为读者了解卷轴内容及认读书法艺术特点提供了有效的指导。这些文字看来或许有些琐碎，但并非可以随意写出。如若作者缺乏深厚的佛学修养与较高的书法水平，断然不能如此从容道来。此乃书画题跋之正体，说明兼评点是其基本笔法。当然，结尾处的中郎式幽默，依然显示出其小品的格调——宋仲珩为开国文臣之首宋濂的公子，明朝初期的书法名家，要屏蔽起来才肯动笔。这是因其唯恐创作不佳而辱没名声。而袁中郎又没什么名气，有什么可怕的？其实，这是袁宏道的戏言。无论是在书法还是在禅学领域，他都是所处历史阶段的名家。在此他不过是采取了一种幽默的戏笔而已。

---

① （明）袁宏道著，钱伯城笺校：《袁宏道集笺校》，上海古籍出版社1981年版，第1486页。

　　袁宏道题跋文的另一种传统写法则体现为坚持补史之内容。如《阅袁履善诗》："履善年八十余，骨健如铁，每赋一题，如时鲜涧芹之类，多至百首。其诗意艰词刻，近日云间作诗者多效之，苏人目之为松江派。履善为人轩爽诙谐，略无老态，余极喜之。尤以拳自负，所著有《拳经》，文简而法，穷深抉奥，《五木经》《马戏谱》不足道也。然酒间曾与小修对赌，亦复不能胜，不知何故。张幼于为余言：王元美一夕与诸名士宴集，诸名士竞赋古体。元美曰：'不然，可拟袁履善体。'移时方成，唯元美赋得罗汉一篇酷似。犹记其中一语云：'民脂馨土灾。'余每以语人，人无不绝倒者。假令履善闻之，亦当为之解颐矣。"① 除了评点其诗作特点之外，还补充了王世贞如何模拟其诗歌风格的内容，增加了一段文坛佳话。《阅曹以新、王百谷除夕诗》转录了二人的诗作及作诗背景："除夕，百谷与子公等守岁斋中，各有诗。百谷诗云：'衡斋寂寂五辛盘，老树空庭雪片寒。岁月速如将去客，风烟淡比乍辞官。投林羽自知樊苦，纵壑鳞今赖网宽。红烛也随人惜别，风前流泪不曾干。'以新时以他事未至，后续诗曰：'江左平畴白浪遥，赁春空寓伯通桥。蓬门岁计羞藜糁，花县春情惜柳条。梳发镜中霜易實，寄愁天上雪难消。流光不为浮生住，挑尽寒灯夜倍迢。'"② 但该文的主要目的是叙述作者在吴县任职时与王百谷的交往与情谊：

---

　　① （明）袁宏道著，钱伯城笺校：《袁宏道集笺校》，上海古籍出版社 1981 年版，第 198 页。

　　② （明）袁宏道著，钱伯城笺校：《袁宏道集笺校》，上海古籍出版社 1981 年版，第 199 页。

　　王百谷雅与余善，宅枕锦帆泾，去县署不百武，百谷绝不以私干谒，余甚重之。而好事者倡为不根之言，流播远近，衣冠田野，一日而遍。上者骇，中者疑，下者喜，竟不知为何人所造。吴中流言大率如此。余既抱病乞归，衙斋荒寂，赖二君时时过谭，积块颇消。①

关于袁宏道在吴县县令任上辞官的原因，学界已有各种推论，诸如厌倦政务繁忙、渴望自由生活和病体沉重难支等说法，而且都拥有文献的证据。而在与《沈广乘》的信中他说："人生作吏甚苦，而作令为尤苦，若作吴令则苦万万倍，直牛马不若矣。何也？上官如云，过客如雨，簿书如山，钱谷如海，朝夕趋承检点，尚恐不及，苦哉，苦哉！然上官直消一副贱皮骨，过客直消一副笑嘴脸，簿书直消一副强精神，钱谷直消一副狠心肠，苦则苦矣，而不难。唯有一段没证见的是非，无形影的风波，青岑可浪，碧海可尘，往往令人趋避不及，逃遁无地，难矣，难矣。"② 可知他的辞官原因还包括这一"风波"，但风波到底指什么，在此却没有明言。有了这篇题跋文的补充，该"风波"之内涵就有了着落。那就是因为与王百谷的私人关系过于密切，很可能有人编造王百谷"干谒"袁县令以谋私的谣言，造成了满城风雨而使袁宏道陷入被动的境地。如若不是此

①　（明）袁宏道著，钱伯城笺校：《袁宏道集笺校》，上海古籍出版社 1981 年版，第 199 页。

②　（明）袁宏道著，钱伯城笺校：《袁宏道集笺校》，上海古籍出版社 1981 年版，第 242 页。

处记载，这段公案将可能永远被湮没在历史迷雾之中。袁宏道在该题跋文中对此特意点出，应当不是可有可无的闲笔。

袁宏道对于题跋体制特征的遵从还表现为对载体意义的进一步阐发。如徐师曾曰："题者，缔也，审缔其义也。"阐发载体的意义是题跋的重要文体功能之一。例如袁宏道《题初簿罢官册》①，所题册文之内容为其湖北同乡吴县主簿初辛的罢官之事。罢官本来是一件尴尬不幸的事件，那么作者如何从此事中发掘出正面意义并安慰其同乡，便成为此篇题跋文写作的关键所在。于是，作者在文章开篇就议论道："官与人非二也，有不得不二者，时也。夫居今之时，处簿书会稽之间，而欲以重厚长者之道行之，必败。故夫儒而吏者，有三不可：以君子待其身，而不信世间之有小人，一不可也；任书生肮脏脱略之习，而少脂韦妩媚之致，二不可也；我信其心，人疑其迹，我复不能暴其心而文其迹，三不可也。然则人生涉世亦难矣哉。"随后就对初辛的性情遭遇进行补述，以证实其忠厚正直的儒生人格。而如此儒生却恰恰在民情险恶、变幻机诈的吴县作主簿，则其召谤积疑而被罢官也就是必然的结局了："夫初君固楚之笃行儒者也，始以文章起家，声名籍甚。当第矣，不第；教授里中，其高足之徒，相继公车取青紫矣，而竟不第。久之，以明经贡太学；又久之，谒选得吴门簿。夫初君宜第而不第，贡何也？贡于初君不宜。贡士之谒选者，或佐

---

① （明）袁宏道著，钱伯城笺校：《袁宏道集笺校》，上海古籍出版社 1981 年版，第191 页。

郡，或受县，庶几可以少行其志矣。而最下乃受簿，簿又于贡不宜。他邑之簿，事简民易驭，优游治办，或得迁去。若夫吴门者，百冗纷庞，民情险恶，变幻机诈之极者也。为令者尚不能无画方画圆之苦，而况下于令者乎?"最后，作者安慰初辛说：

> 虽然，初君幸而人与官二耳。二之则官去而人犹在，然则上之人亦罢吴县主簿耳，非罢君也。君今失吴县主簿耳，君尚在也。守己之行，听天之命，适来适去，何怍何辱？君亦可以自慰矣夫。

经由作者的引申与议论，初辛的被罢官乃其性情的忠厚与官场的凶险必然冲突的结果。失去官职却保存了人格，那么被罢去的就只是主簿的官位，而罢不掉初辛的品格，那又有什么可羞愧的？陆云龙于《明人小品十六家》中评此篇曰："貌儒之拙，写世之艰，惜之慰之，悲恨填胸矣。"①由罢官事件而生发出具有如此批判力的一篇文字，表现出袁宏道题跋文创作的水平及对体要规范的遵从。

另外一篇《题郑节妇传后》也是同样的笔法：

> 往余为节妇诗，有云："泪湿琐窗花，红紫也成血。"又云："裹泪看零丁，认作山头石。"盖谓称未亡者，形影相吊，必至哀号呼天，而郑母独以不泪，殆

---

① （明）陆云龙等选评：《明人小品十六家》，浙江古籍出版社1996年版，第145页。

将安之，异乎吾所闻也。昔孔北海小儿女闻父被收，了无异色，北海问故，乃云："大人见覆巢之下，有完卵乎？"盖已知其不可奈何，故安之。郑母之不泪，其智有过人者，不独以操也。郑母为方子公姊，年二十，丧所天，今将六十，子公手书其大节数条示余，余异之，因为识其后。①

郑节妇在面对亲人的死亡时，并没有表现出哀号呼天的痛苦表情，甚至连眼泪都不曾流。那么该如何理解这件事情？作者用"殆将安之"作为结论，并引述了孔融被收时其儿女的镇定自若。因为郑节妇已经清楚自己的命运无法改变，也就没有惊慌痛苦的必要。她的表现有类于孔融之女。她也早已清楚之后的自我命运，打定了应付种种艰辛生活的主意，当然也就没有必要悲伤痛苦了。这样的写法在宋濂那里就已经非常熟练，他善于从人物事件中引申出教化的意义与效果。袁宏道题跋文的写法显然也是渊源有自，但立场却已悄然改变。《题初簿罢官册》不仅是对失职同乡的慰藉，更是对官场社会的针砭，彰显的是社会批判的立场。《题郑节妇传后》不仅仅是对其守节的表彰，而且是对其胸襟眼光的赞许，所以结尾才会说"其智有过人者，不独以操也"。这其中自然包含着作者本人的见识与境界，从而决定了他对题跋文的结撰方式。

---

① （明）袁宏道著，钱伯城笺校：《袁宏道集笺校》，上海古籍出版社1981年版，第1229页。

第二节　袁宏道题跋行文结构的独特性

需要特别指出的是，袁宏道绝不是只会继承传统题跋撰写方式的作家。因为这既不符合他灵心慧眼的个性，也不符合他所创作的题跋作品的客观面貌。在他的题跋文中，凡是谈论人生价值与宗教解脱的文字，就会显示出一种独特的结构方式与行文技巧。这主要是由两方面因素所构成的。一方面，万历时期儒释道合流呈现出一股强劲的潮流，阳明心学的主观感悟方式与禅宗性命解脱的自我关怀相互影响，使讲学与谈禅成为文人日常生活的重要内容。袁宏道受李贽和焦竑的影响，将自我生命价值提升到人生的首要位置，诗文中往往会有鲜明的体现。其"独抒性灵"的内涵不仅是表达个性，更是凸显个体的生命价值。另一方面，袁宏道既是一位佛学修养高深的居士，更是一位谈禅的高手。据袁中道回忆："先生官京师，仲兄亦改官，至予入太学。乃于城西崇国寺蒲桃林结社论学。往来者为潘尚宝士藻、刘尚宝日升、黄太史辉、陶太史望龄、顾太史天峻、李太史腾芳、吴仪部用先、苏中舍惟霖诸公。"① 可以说公安派的主要成员几乎全部到场。这些人结社聚会的内容主要就是谈禅和论诗，自然是高谈阔论、机锋迭出，将禅宗公案中所记载的各种谈禅方式反复实践：或迂回曲说，或暗藏机锋，或随说随扫，或寓意启示，等等。在这群人

---

① （明）袁中道著，钱伯城点校：《石浦先生传》，《珂雪斋集》，上海古籍出版社1989年版，第709页。

中，袁宏道无疑是领袖级人物，所以无论是人生价值的感悟还是谈禅论道的水准，他都具有无可争辩的优势。正是出于这样的原因，该类题跋文深受禅学的影响，显示出有别于其他题跋作品的独特行文结构与体貌特征。

此种独特性首先表现为针对载体内容采取迂回的方式而提出不同的见解，从而给读者以深刻的人生启示。其《识张幼于箴铭后》便是一篇奇特的文字。所题对象张献翼是一位"淳谦周密，恂恂规矩"的儒者，其箴铭所写内容自然是告诫世人谨慎谦恭的。袁宏道当然不同意这种说法，于是他便把历史上的文人概括为放达与慎密两种类别，并自我表态说："两者不相肖也，亦不相笑也，各任其性耳。性之所安，殆不可强，率性而行，是谓真人。今若强放达者而为慎密，强慎密者而为放达，续凫项，断鹤颈，不亦大可叹哉！"最后得出结论说："若以此矜持守墨，事栉物比，目为极则，而叹古今高视阔步不矜细行之流，以为不必有，则是拘儒小夫，效颦学步之陋习耳。而以之美幼于，岂真知幼于者欤？"① 关于对待放达与拘谨两类人的态度，袁宏道的确采取了玄学各任自然的两行方式，但用在题跋文体上，则是构成了一种迂回的言说方式。他并不说"矜持守墨"是"拘儒"，而是说只认矜持周密为对而认高视阔步为错，那便是"拘儒小夫"。这不仅为放达的文人争得了存在理由，同时也没有开罪朋友。因为他说如果将否定放达的观点套在幼于头上，既不是夸赞幼于，也没有理解幼

---

① （明）袁宏道著，钱伯城笺校：《袁宏道集笺校》，上海古籍出版社1981年版，第193页。

于。如此设置，果真是一篇用心结撰的妙文。

其次是只举事实而不做结论，为读者留下思考的空间，此即为禅宗之暗藏机锋。此类题跋文中较典型的有《题澄公册》《题寒灰老衲册》《题冷云册》《题宝公册》等，都是先提出对于解脱获道之态度与方法的种种困惑，随后以人物、故事为之设喻，但并不说明寓意，而是戛然而止，由读者自己思考。有时索性不进行任何禅理论说，径直以事与物作为悟入的对象。如《题冷云册》：

> 秋后暑甚，与诸衲纳凉碧酣楼下。楼周遭皆水，柳荫甚浓，而热犹不止，令两童子扇，汗出如雨。顷之云泼墨自西来，暴雨如瀑，猛风随之，神思方快。而冷云持卷索参禅秘诀。余曰："热不极，雨不至；雨不至，炎不解。子亦有热于中，有酷暑之思避，避而不可得者乎？少顷，女风在枝头，雨候至矣。"①

至于这其中到底寄寓着何等参禅秘诀，只有靠冷云自己去体会悟解，同时也只有靠读者自己去咀嚼品味。参禅是一种专门的宗教活动，并不是每个人都能有此慧根与机缘。而袁宏道以此方式撰写题跋文，显示出其深思熟虑后的结构方式。与之类似又如《题澄公册》："求月于影，则月随风；觅影于月，则影未始不寂也。昔有牧儿过溪上，见水中金，没而求之，无有也，起而俟之，金见。凡十没而求，

---

① （明）袁宏道著，钱伯城笺校：《袁宏道集笺校》，上海古籍出版社1981年版，第1577页。

至昏不得。牧之父过而诘之，牧曰：'水有金，目得之而手不可探也。儿困焉；不能释也。'其父窥而笑曰：'是影也，而金在树，甚也儿之稚也！'跃而上，遂得金。澄公既已知影之非，是能于动静之外观月者也，月其有不得哉?"① 这种结构既合乎题跋紧凑、简练的体貌，又寄寓了作者对禅理的思索，从而创造出一种新的题跋书写方式。

最后是采取前后矛盾的写法，形成一种对立的张力结构，以引发读者的思考与启示。其《题陈山人山水卷》曰：

陈山人，嗜山水者也。或曰：山人非能嗜者也。古之嗜山水者，烟岚与居，鹿豕与游，衣女萝而啖芝术。今山人之迹，什九市廛，其于名胜，寓目而已，非真能嗜者也。余曰：不然。善琴者不弦，善饮者不醉，善知山水者不岩栖而谷饮。孔子曰："知者乐水。"必溪涧而后知，是鱼鳖皆哲士也。又曰："仁者乐山。"必峦壑而后仁，是猿猱皆至德也。唯于胸中之浩浩，与其至气之突兀，足与山水敌，故相遇则深相得。纵终身不遇，而精神未尝不往来也，是之谓真嗜也，若山人是已。

昔有书生携一仆入太行山，仆见道上碑字，误读曰"大形山"。书生笑曰："杭也，非形也。"仆固争久之，因曰："前途遇识者，请质之，负者罚一贯钱。"行数里，见一学究授童子书，书生因进问，且告以故。

---

① （明）袁宏道著，钱伯城笺校：《袁宏道集笺校》，上海古籍出版社 1981 年版，第 1218 页。

学究曰："太形是。"仆大叫笑，乞所负钱。书生不得已与之，然终不释。既别去数十步，复返谓学究曰："向为公解事者，何错谬如是？"学究曰："宁可负使公失一贯钱，教他俗子终身不识太行山。"此语极有会。想山人读至此，当捧腹一笑也。①

初读此文时，会产生一种前后错乱的感觉。本来第一段是讲关于嗜山水的真正内涵，以回应他人对于陈山人嗜山水而入市鏖的质疑。而且作者引述孔子"仁者乐山""智者乐水"的名言，详细辨析如何才为"真嗜"。当说到"唯于胸中之浩浩，与其至气之突兀，足与山水敌，故相遇则深相得。纵终身不遇，而精神未尝不往来也，是之谓真嗜也，若山人是已"时，已经得出了正面的结论，文章也应该就此结束了。可是下文却突然笔锋一转，又补上书生与仆人打赌的情节。很显然，后半部分的情节是为了推出"宁可负使公失一贯钱，教他俗子终身不识太行山"的结论。那么，这两个似乎互不相关的部分到底有何联系呢？作者说"此语极有会"，那么他的会心又是什么呢？读者当然可以有各种理解：或者是作者的自我解嘲，真正的山水审美是不能用道理来讲的，讲了便是多此一举；或者是雅俗本来就有隔阂，对于那些没有山水审美意识的俗人，无论如何讲道理也是不能理解的；或者是从陈山人的角度立论，即便别人怎么误解我，也不必与之计较，如今既然与之讨论了山水欣

---

① （明）袁宏道著，钱伯城笺校：《袁宏道集笺校》，上海古籍出版社1981年版，第1581页。

赏的是非问题，本身就是抬举了他们，宁可使其终身误解，令此类俗子不识山水之美。也许还可以引发出更多的联想，但有一点可以肯定，即如此结构是袁宏道精心设计的。其立意在于对前半部分的论述构成颠覆与解构，并在二者的对立中激发联想，引申出更多的人生感悟。

第三节　袁宏道题跋笔调的多样化

袁宏道的题跋文作品虽然在数量上不及宋濂与王世贞，但其创作却富于变化。他能根据不同的对象、不同的目的和不同的语境来确定其写法与笔调。一方面，在面对师友时他特别重视真情实感的抒发，其题跋文于结构上一般都少有跳跃与转折，而是直抒胸臆、情深而味长。

如《识伯修遗墨后》一文，是对其长兄袁宗道的回忆。全文围绕伯修对于白居易与苏轼诗文的嗜好，目的是突出人生短暂而难得闲适的感悟，因而追忆说："伯修酷爱白、苏二公，而嗜长公尤甚。每下直，辄焚香静坐，命小奴伸纸，书二公闲适诗，或小文，或诗余一二幅，倦则手一编而卧，皆山林会心语，近懒近放者也。"但不料伯修四十余岁即病逝，如今睹物思人，感慨系之："夫兄以二老为例，故以四十归田为早，若弟以兄为例，虽即今不出，犹恨其迟也。世间第一等便宜事，真无过闲适者。"①《书念公碑文后》则是对于李贽和焦竑二人的怀念与赞叹，主要突出的

―――――――――
① （明）袁宏道著，钱伯城笺校：《袁宏道集笺校》，上海古籍出版社1981年版，第1111页。

是他们的佛学修养。念公即与李贽来往密切的和尚无念，他的碑文是万历二十九年（1601）由袁宏道所撰写的。"余辛丑夏，舟中为念公述此，小修代书于册。彼时龙湖老人犹在通州，谈大乘者，海内相望。"学界是如此的活跃而有生气。可是，七年之后，"再游南北，一时学道之士，俱落蹊径"，已不复当日景象，不禁令人感慨唏嘘。后来，"至白下，晤焦先生，使人复见汉官威仪"，而回到家乡后，居然"念公适至"，于是"抚今思昔，泪与之俱"。而此时李贽已逝世八年，只有焦竑与无念在世，所以文章最后告诫说："夫使海内人士，无志大乘则已，若也生死情切，则幸及此二老尚在，痛求针剂。"① 这些题跋文字，都没有任何的曲折修饰，但娓娓道来，自然感人至深。

另一方面，一旦进入朋友来往的环境，袁宏道会换一种笔调，显示出其幽默生动的性情趣味。其《题汪以虚罗汉卷后》，本来是涉及佛教的题跋文，但由于汪以虚的朋友身份而使作者改换了行文格调。汪以虚即汪可受，曾是李贽的佛学弟子，又与袁氏兄弟为论学好友。袁宏道曾有《伯修斋中同汪参知诸兄共谭》，其中有诗句曰："贤朋三五人，肝胆皆如面。"② 可见他们是既熟悉又相知的好友。故而他在《题汪以虚罗汉卷后》中写道：

谓大士藏洞穴若干年，而征罗旁者得之。既入汪

① （明）袁宏道著，钱伯城笺校：《袁宏道集笺校》，上海古籍出版社1981年版，第1584页。
② （明）袁宏道著，钱伯城笺校：《袁宏道集笺校》，上海古籍出版社1981年版，第660页。

以虚篋笥，以为得所托矣，而鼠啮其尾，几伤趾。是此诸应真一厄于盗，再厄于鼠，三厄于以虚也。夫阿罗汉一名杀贼，而不能自守其械，慧刃之谓何？今与大士约，欲护金襕衣，当先杀盗，次杀鼠，最后杀不能固扄以却鼠者，是即大慈无量方便也。己酉重九之前五日，公安袁宏道书于韦村兴教寺之西轩。①

在此，作者以游戏之笔既调侃了罗汉，又戏谑了朋友汪可受。既然阿罗汉又名杀贼，却为何连自身也保护不了？而汪可受既然收藏了这幅罗汉卷，却又保护不力，让老鼠咬损了画面。因此，欲护此卷就必须先杀盗后杀鼠，尤其要杀不能防鼠的汪可受。可以想见，当汪可受拿到这篇题跋文后，会呈现出一种怎样的戏剧性效果。

又如颇有小品意味的《识张幼于惠泉诗后》：

余友麻城丘长孺东游吴会，载惠山泉三十坛之团风。长儒先归，命仆辈担回。仆辈恶其重也，随倾于江，至倒灌河，始取山泉水盈之。长孺不知，矜重甚。次日，即邀城中诸好事尝水。诸好事如期皆来，团坐斋中，甚有喜色。出尊取磁瓯，盛少许，递相议，然后饮之，騕玩经时，始细嚼咽下，喉中汨汨有声。乃相视而叹曰："美哉水也，非长孺高兴，吾辈此生何缘得饮此水！"皆叹羡不置而去。半月后，诸仆相争，互

---

① （明）袁宏道著，钱伯城笺校：《袁宏道集笺校》，上海古籍出版社 1981 年版，第 1487 页。

发其私事。长孺大恚，逐其仆。诸好事之饮水者，闻之愧叹而已。

又余弟小修向亦东询，载惠山、中泠泉各二尊归，以红笺书泉名记之。经月余抵家，笺字俱磨灭。余诘弟曰："孰为惠山？孰为中泠？"弟不能辨，尝之亦复不能辨，相顾大笑。

然惠山实胜中泠，何况倒灌河水？自余吏吴来，尝水既多，已能辨之矣。偶读幼于此册，因忆往事，不觉绝倒。此事政与东坡河阳美猪肉相类，书之并博幼于一笑。①

此文无论从何种角度来看均可归入小品行列。从创作目的与写作笔法看，为张幼于的惠泉诗作此题跋文就是为了"博幼于一笑"，这和《识张幼于箴铭后》的目的完全不同。后者是为了辨析慎密与放达两种不同类型的文人，谈论的不仅仅是历史的问题，也是自我价值观的问题，更是如何对待所题写对象张幼于的问题，因而行文与笔法极为严密，显然经过了缜密地构思。而此文则不同，文章内容与所题载体没有明显的关联，如果说有也就是"惠泉"二字，但却与惠泉诗完全无关。作者由惠泉诗联想到惠泉，由惠泉联想到丘长孺以惠山泉水招待客人的戏剧性经过与尴尬结局。同时作者又由惠山泉水的调换，联想到小修因失去坛上封识而不能辨别惠泉与中泠泉水的"相顾大笑"。可以说

---

① （明）袁宏道著，钱伯城笺校：《袁宏道集笺校》，上海古籍出版社1981年版，第194页。

这完全是围绕因误会而导致尴尬的画面所进行的剪接拼合。笔调轻松，文笔自然，是小品文追求幽默趣味的典型笔法。从作品类型上看，此文末尾提到了苏轼河阳美猪肉的典故。该典故出自《仇池笔记》，苏轼曾说过，他听闻河阳的猪肉味道甚美，便让人前往购买。但由于买猪者归途中喝醉而使猪逃走，不得已只好买了别的猪回去塞责。苏轼拿此猪肉煮熟招待客人，大家吃后都说其他地方的猪肉皆不及此。可不久事情败露，客人们都很羞愧。尽管该文是否为苏轼所作尚存疑问，但其内容不仅与误认惠山泉水事件性质相同，而且其幽默效果也颇为接近。更重要的是，此事还出于擅长写作小品的东坡先生之口，就不禁令人想到他的文章风貌与情志格调。袁宏道特意在结尾处点出"此事政与东坡河阳美猪肉相类"，笔者认为其用意不仅在于强调事同，或许也欲凸显其趣同与文同。当时文坛上曾传说袁宏道为苏东坡之后身，笔者以为至少在小品文创作上应该是有几分道理的。

从以上论述中可知，袁宏道的题跋文创作不仅具有较高的水准，更重要的是他在文体上的探索与思考。他既有对传统题跋体制的继承与推进，表现出他对题跋文体的自觉意识；同时由于自身的表达需求，他又对题跋进行了新的创造，从而使此种文体更有利于思想观念的表达并显示出新的特征。而他的题跋创作的小品化特征则是对于明代中期以来以徐渭为代表的小品传统的继承，同时也是自我人生情趣和审美趣味表达的必然显现。值得特别重视的是，袁宏道对于题跋体制的创造不仅是自觉的，而且是成功的。

他的那些谈论人生哲理、体现禅味机锋的题跋文，不但体现出其独特的人生价值追求，而且都显得结构紧凑、思致严密，并在行文上均具备简劲、精练的体貌。而这正是最合乎题跋文体要求的核心特征。

袁宏道之所以能够在题跋文创作中取得如此成就，自然与其才、识、胆的主体要素相关。没有他的灵心慧性和妙笔生花，就不可能有其见解与趣味皆佳的妙文。但是，他的成功也与其理论上重视短小杂文的价值有一定关联。自徐渭以来，尺牍、游记、序跋等适宜表达私人情感与人生见解的文类逐渐受到文人的青睐，善写此类文章的苏轼成为晚明文人竞相师法的对象。比如与袁宏道有师友关系的李贽明确地说："苏长公片言只字与金玉同声，虽千古未见其比，则以其胸中绝无俗气，下笔不作寻常语，不步人脚故耳。如大文章终未免有依仿在。"[①] 李贽认为苏轼的这些短小精悍的文章是最能体现其境界、才情和个性的。至于那些谈经论道的大文章，就有些因袭仿造的弊端，远远赶不上短篇小文。袁宏道受李贽影响，也对东坡杂文赞赏有加："余尝谓坡公一切杂文，活祖师也。"原因便是："其至者如晴空鸟迹，如水面风痕，有天地来，一人而已。而其说禅说道理处，往往以作意失之。"[②] 正是由于对此类杂文的重视，使他不仅动手大量创作此类文体，而且在创作中自觉改造这些文体，并作出新的探索与创造。尤其是他

---

① 张建业、张岱注：《焚书注》卷二，载张建业主编《李贽全集注》，社会科学文献出版社 2010 年版，第 1 册，第 206 页。

② （明）袁宏道著，钱伯城笺校：《袁宏道集笺校》，上海古籍出版社 1981 年版，第 1219—1220 页。

能够将说禅说道理的内容，也纳入其题跋文的创作中，并显示出鲜明的体制特点，这更是其超越苏轼的地方。

之前研究公安派的学者对其价值大多在两个层面展开论说。首先是认为他们在大胆挥洒地表现自我性灵方面起到了解放思想、宣扬个性的作用；其次是认为在文学表现上突破了复古派的格套限制，但自身在文体与表现方法上缺乏积极的创造。其实这是需要重新予以考量的。从袁宏道题跋文的创作实践可以看出，他既有尊体的意识，又在尊体的基础上进行了新的尝试，而且取得了成功。因此，这只能说他的文体创造与表现方法探索没有明确地表述在理论批评上，而是体现在其创作实践中。后人要真正认识到他在这些方面的贡献，不能仅仅关注其理论批评的表达，更要从其创作实践中进行认真的分析归纳、总结提炼，而这正是文体观念研究的重要理论进路。将理论批评与创作实践结合起来研究袁宏道及公安派，或将取得意想不到的学术效果。

第四节　公安派其他相关作家的题跋文体观念与创作

就晚明题跋文体的整体状况而言，其创作与观念的多元化自然不仅仅体现在袁宏道一人的述作上。在此且不言与其同时的复古派作家之间的明显差异，以陆云龙所选徐渭、屠隆、袁宏道、汤显祖、虞淳熙、袁中道、钟惺、文翔凤、李维桢、黄汝亨、张鼐、陈仁锡、董其昌、陈继儒、王思任、曹学佺十六家小品而言，其中只有文翔凤与王思任没有选入题跋文，其他作家则所选篇数与写法观念更是各不相同，说明在此时期题跋文活跃的写作态势与观念认知的显著差异。其实即使是公安派成员本身，也呈现出个性各异的特征。如江盈科、陶望龄这些作家，似乎对题跋文并不感兴趣，其诗文别集中也鲜有题跋文的收录。就公安三袁自身来看，袁宏道之所以能够作为晚明题跋文体观念的代表作家，就是因为他既尊体又灵活的创作实践与丰富思想。但其兄袁宗道与其弟袁中道恰好显示出尊体意识的淡漠与尊体意识的严格的两极表现，恰可作为论述公安派题跋文体观念的补充。

袁宗道（1560—1600），字伯修，湖北公安人；万历十四年（1586）进士，先后任翰林编修，右春坊右庶子，东宫詹事府詹事等职；有《白苏斋类集》二十二卷存世。李贽评价袁宗道与袁宏道曰："伯也稳实，仲也英特。"[①] 意思是作为长兄的伯修比较老成持重，作为弟弟的中郎则相当才华出众。照此推理，袁宗道的题跋文理应平实尊体才合乎其性情。但窥伯修之创作实际，情况却并非如此。今读《白苏斋类集》，真正以题跋文命名的仅有《读渊明传》与《读子瞻范增论》两篇，但他谈读书体会的内容却颇多，如读《大学》八篇、读《论语》四十五篇、读《中庸》二十六篇、读《孟子》二十七篇，甚至还可以包括其《杂说》四十篇。然而这百余篇的读书体会并未以题跋文的形态出

---

① （明）袁中道著，钱伯城点校：《吏部验封司郎中中郎先生行状》，《珂雪斋集》，上海古籍出版社 1989 年版，第 756 页。

现，而是采取了如王阳明《传习录》的语录体的行文方式，只关注义理的阐说，并未顾及文体的讲究。即使单篇成文的《读渊明传》，亦有如此特点。其文曰：

> 口于味，四肢于安逸，性也。然山泽静者，不厌脱粟；而瞰肥甘者，必冒寒出入，冲暑拜起之劳人也。何口体二性相妨如此乎？人固好逸，亦复恶饥，未有厚于四肢，而薄于口者。渊明夷犹柳下，高卧窗前，身则逸矣，瓶无储粟，三旬九食，其如口何哉？今考其终始，一为州祭酒，再参建威军，三令彭泽，与世人奔走禄仕，以厌馋吻者等耳。观其自荐之辞曰："聊欲弦歌，为三径资。"及得公田，亟命种秫，以求一醉。由此观之，渊明岂以藜藿为清，恶肉食而逃之哉？疏粗之骨，不堪拜起；慵惰之性，不惯簿书。虽欲不归而贫，贫而饿，不可得也。子瞻檃括《归去来辞》为《哨遍》，首句云："为口折腰，因酒弃官，口体交相累。"可谓亲切矣。譬如好色之人，不幸禀受清羸，一纵辄死，欲无独眠，亦不可得。盖命之急于色也。渊明解印而归，尚可执杖耘丘，持钵乞食，不至有性命之忧。而长为县令，则韩退之所谓"抑而行之，必发狂疾"，未有不丧身失命者也。然则渊明者，但可谓之审缓急，识重轻，见事透彻，去就瞥脱者耳。若萧统、魏鹤山诸公所称，殊为过当。渊明达者，亦不肯受此不近人情之誉也。然自古高士，超人万倍，正在见事透彻，去就瞥脱。何也？见事是识，去就瞥脱是

才，其隐识隐才如此，其得时而驾，识与才可推也。
若如萧、魏诸公所云，不过恶嚣就静，厌华乐澹之士
耳。世亦有禀性孤洁如此者，然非君子所重，何足以
拟渊明哉！①

从内容上看，应该说袁宗道具有自己独到的人生见解。他
认为前人对于陶渊明的认知，以苏轼之见最为可取。所谓
"为口折腰，因酒弃官，口体交相累"，就是人生随时都处
于矛盾状态，为了口福之乐不得不屈身出仕为官，但又想
为了赋诗饮酒的闲暇舒心而辞官归隐。这就要看每个人如
何权衡二者的轻重了。按照陶渊明的性情，即使生活清苦，
尚可勉力为之；但如果束身就缚，可能会"发狂"而终，
所以最终选择了归隐园田。因此，陶渊明的可贵之处是
"审缓急，识重轻，见事透彻，去就瞥脱"，而并非像萧统、
魏了翁所说的是因为"恶嚣就静，厌华乐澹"的"禀性孤
洁"，这是低估了陶渊明的"识与才"。在此暂且不论袁宗
道的解说是否合乎陶渊明的人生理想，却的确带有他本人
的真切体验。公安三袁在人生观上都有追求享受的倾向，
故而洒脱放荡，但又担心伤身损性，故又倾心净土。根据
袁宗道与袁宏道四十余岁即早逝的现实，他们的担心并非
多余。此文之比喻，即"譬如好色之人，不幸禀受清羸，
一纵辄死，欲无独眠，亦不可得。盖命之急于色也"，绝非
无的放矢。就此延伸及仕与隐的关系，这在他们身上也始

---

① （明）袁宗道著，钱伯城标点：《白苏斋类集》，上海古籍出版社 1989 年版，第
292—293 页。

终徘徊不定。所谓"处世真妨达，归山无那贫"①，袁宏道曾对此解释说："寂寞之时，既想热闹；喧嚣之场，亦思闲静。人情大抵皆然。如猴子在树下，则思量树头果；及在树头，则又思量树下饭。往往复复，略无停刻，良亦苦矣。"②可见袁宗道文中所论，是袁氏兄弟间长久的人生烦恼与深刻的人生体验。该认识颇为深切真实，议论亦令人信服。但是从题跋文的角度看，其文既缺乏明确的载体针对性，也缺乏布置及剪裁，给人以平实无奇的感觉，与其语录体的读书体会略无区别。

与袁宗道相比，袁中道的题跋文则中规中矩，颇堪赏读。袁中道（1570—1626），字小修，湖北公安人；万历四十四年（1616）进士，先后任徽州教授、国子博士、南京礼部主事、南京吏部郎中等官职；有《珂雪斋集》存世。袁中道在诗文创作成就与文坛名气上虽赶不上袁宏道，但诗文存世数量颇丰，尤其是题跋文创作无论是数量还是质量，都颇值得关注。小修题跋文今存六十余篇，有"书""题""跋"，其中大多以"书"为题，文体意识颇为突出。就实际写作状况来看，这些题跋文整体上以结构严谨、行文规范为特色。其论说性题跋可以《书学人册》为例：

> 良知之学，开于阳明，当时止以为善去恶教人，
> 更不提着此向上事。使非王汝中发之，几不欲显明之

---

① （明）袁宏道著，钱伯城笺校：《德州舟中逢沈何山》二首其一，《袁宏道集笺校》，上海古籍出版社1981年版，第1358页。

② （明）袁宏道著，钱伯城笺校：《兰泽、云泽两叔》，《袁宏道集笺校》，上海古籍出版社1981年版，第747页。

矣。盖阳明先生认得世间人资质虚浮者多，概以语之
醍醐上味，翻成毒药；不若令其为善去恶，且作个好
人。如有灵根，发起真疑，亦自可引之以达于上。然
此亦千中无一，万中无一事也。后来王汝中于天泉桥
上发之，阳明虽指四无为向上一脉，而亦未当绝四有
之说，以为不须有。正如创业祖宗，儿孙事体百凡俱
虑到，亦不偏有所祖，令后来易成窝春。而尤谆谆语
汝中曰："吾人凡心未了，虽已得悟，不妨随时用渐修
工夫。不如此，不足以超凡入圣。"所谓上乘兼修中下
也，是何等稳密。近日论学者，专说本体，未逸逗漏，
大非阳明本旨。予故违众拈出，高明以为何如？①

该文讨论阳明心学中最为核心的"四有四无"之说，文字
尽管简约，但论述颇为透辟。当年王阳明在天泉桥上向弟
子解说如何传授良知之学，认为上根之人无须做为善去恶
的工夫即可直达良知境界，而中下根之人却少不了下一番
为善去恶的工夫。后来从王畿与钱德洪所流传下来的天泉
证道记载却颇有出入，王畿强调上根的"四无"，钱德洪则
强调中下根的"四有"。从学脉上而言，公安三袁曾从学于
李贽，而李贽更认同王畿的"四无"，从而将心学的良知与
佛学的空无相结合，时人讥之为狂禅。但袁中道在该文中却
并未沿袭李贽的思想。他尽管承认王畿（字汝中）发明阳明
心学的"向上事"，但认为世间人还是"资质虚浮者多"，弄

---

① （明）袁中道著，钱伯城点校：《珂雪斋集》，上海古籍出版社1989年版，第
891—892页。

不好"醍醐上味，翻成毒药"，故而重新强调阳明的"不妨随时用渐修工夫"，这便是"所谓上乘兼修中下也，是何等稳密"。他告诫后学，切勿"专说本体"，因为此种高论"大非阳明本旨"。小修的论说可能包含着两位兄长甚至师辈李贽的教训，属于真切的人生体验。但从心学的发展脉络上，则恰恰处于其由放任到收敛的转型关口。后来刘宗周、黄宗羲等人的强调"主宰"，批评阳明后学流于狂禅的放任，就是这种转型的结果。可见袁中道的此篇题跋文是经过深思熟虑而撰写的，所以才能在简短的篇幅中举重若轻地论说如此重大的心学命题。更为可贵的是，该文以"予故违众拈出，高明以为何如"的商量语气作结尾，既突出了命题的重要性，又尊重了所跋学人册的作者。显然这都是因具有明确的文体意识，经过认真架构而撰写出的得体的题跋文章。

袁中道记叙行的题跋可以《梅花道人竹跋》为例：

> 往予过内市，见道旁纸一幅，系梅花道人竹，心酷爱之，而未及鬻，颇以为憾。及月余，友人张聚垣以佳卷见示。即予向所见梅道人竹也。画竹既极灵活，而书法复洒然遒媚，与予往见郓城一朱邸所藏，纤毫不异。至宝在瓦砾中，而予睹面失之，可叹！古人云："人失之，人得之。"老聃曰："去其人而可。"予与聚垣交最久，掇皮皆真，原无人我之相。则聚垣得之，与予得之何以异？因喜而识其后。①

---

① （明）袁中道著，钱伯城点校：《珂雪斋集》，上海古籍出版社1989年版，第917—918页。

梅花道人即元末文人画家吴镇（1280—1354），字仲圭，嘉兴人；元末隐居家乡，围着居所种植梅树，因自号"梅花道人"；善画山水，画风讲究闲逸自然，与黄公望、倪瓒、王蒙并称元末四大画家。此文就是为吴镇的竹子画幅所作的题跋。就写法来看，叙事完整，行文曲折，并表达出宽厚温润的品格。其中既有对画幅来源的交代，更有对其"画竹既极灵活，而书法复洒然遒媚"的精到评价，又有失而复得的惊喜与遗憾。尤其是结尾，交代了自己与张聚垣的深厚交情，并最终抒发了"则聚垣得之，与予得之何以异"的喜悦之情。这样的题跋文看似平淡无奇，其实是经过作家的精心结撰的，是典型的题画跋文，展现了袁中道对此种文体的熟稔与举重若轻的功力。或许在题跋文的劲健与笔法的多样化方面他尚无法与其兄袁宏道相提并论，但他无疑是撰写题跋文的行家里手，对此种文体有着深入的体会与透悟的理解。

　　然而，如果论及晚明题跋文的高境界与艺术冲击力，则必须提到李贽。李贽（1527—1602），初名载贽，字宏甫，号卓吾，别号温陵居士、百泉居士、李秃翁、李和尚等；福建泉州人。李贽二十六岁中举人，因家贫不再参加进士考试；先后任共城教谕、国子监博士、礼部司务、南京吏部主事、姚安知府等职；五十六岁辞官后隐居黄安与友人讲学论道，因与耿定向发生冲突而迁至麻城芝佛庵剃度出家，以讲学、著述为事；万历三十年（1602）被朝廷以"倡乱道，惑世诬民"罪逮系狱中，遂自经死，年七十六。李贽是明代著名的思想家、史学家、诗文作家，有

《焚书》《续焚书》《藏书》《续藏书》《初潭集》等存世。在李贽的诸体诗文创作中，最著名者为尺牍，其次为诗歌。题跋文尽管数量并非最多，但却足以在晚明文坛上居于重要地位。他的题跋文均系精心构思的佳作，具有丰富的思想意蕴、巨大的艺术力量与发人深思的效果。如《李白诗题辞》：

> 升庵曰："白慕谢东山，故自号东山李白。杜子美云'汝与东山李白好'是也。刘昫修《唐书》，乃以李白为山东人，遂致纷纷耳。"因引曾子固称白蜀郡人，而取《成都志》谓白生彰明县之青莲乡以实之。卓吾曰：蜀人则以白为蜀产，陇西人则以白为陇西产，山东人又借此以为山东产，而修入《一统志》，盖自唐至今然矣。今王元美断以范传正《墓志》为是，曰："白父客西域，逃居绵之巴西，而白生焉。是谓实示。"呜呼！一个李白，生时无所容入，死而百余年，慕而争者无时而已。余谓李白无时不是其生之年，无处不是其生之地。亦是天上星，亦是地上英。亦是巴西人，亦是陇西人，亦是山东人，亦是会稽人，亦是浔阳人，亦是夜郎人。死之处亦荣，生之处亦荣，流之处亦荣，囚之处亦荣，不游不囚不流不到之处，读其书，见其人，亦荣亦荣！莫争莫争！[1]

---

[1] 张建业、张岱注：《焚书注》卷五，载张建业主编《李贽全集注》，社会科学文献出版社 2010 年版，第 2 册，第 183 页。

此文为李贽《读升庵集》中的一篇读后感。升庵即杨慎（1488—1559），字用修，号升庵、洞天真逸等，四川新都人；正德六年（1511）状元，授翰林院修撰；嘉靖三年（1524）因大礼议获罪，被贬谪云南近四十年。杨慎为明代著名的博雅君子，一生著述数十种，有《升庵集》存世。《李太白诗题辞》是杨慎为其友人张愈光所选李白诗选集所作题辞，主要内容是对李白的籍贯生平予以详细考证，所谓"详著而明辩之，以订史氏之误，姓谱之缺焉"①。李贽此文针对杨慎以及王世贞等人对李白籍贯的考证文字加以引申发挥，抒发自己的感叹。他认为李白在世时漂泊流离，死后却争持不下。在他看来，李白的诗歌声名早已超越时空，成为人人仰慕的英杰。随后，用一连串的排比句加以赞叹，充分表达了对于李白的仰慕之情，同时也讥讽了那些争夺李白籍贯者的可怜与可笑，可谓痛快淋漓。作为题跋文，在极短的篇幅内却能够写出气势如虹的效果，的确是非大手笔而不能。

　　但李贽的题跋文并不是仅有此一种写法，他还能在平静从容的笔调中饱含深邃的寓意，并给人以震撼的力量。如其《题孔子像于芝佛院》曰：

　　　　人皆以孔子为大圣，吾亦以为大圣；皆以老、佛
　　　为异端，吾亦以为异端。人人非真知大圣与异端也，
　　　以所闻于父师之教者熟也；父师非真知大圣与异端也，

---

① 王文才、万光治主编：《杨升庵丛书》，天地出版社 2002 年版，第 3 册，第 134 页。

以所闻于儒先之教者熟也。儒先亦非真知大圣与异端
也，以孔子有是言也。其曰"圣则吾不能"，是居谦
也。其曰"攻乎异端"，是必为老与佛也。儒先亿度而
言之，父师沿袭而诵之，小子矇聋而听之。万口一词，
不可破也；千年一律，不自知也。不曰"徒诵其言"，
而曰"已知其人"；不曰"强不知以为知"，而曰"知
之为知之"。至今日，虽有目，无所用矣。余何人也，
敢谓有目？亦从众耳。既从众而圣之，亦从众而事之，
是故吾从众事孔子于芝佛之院。①

这是一篇充满讽刺意味的题跋文。在佛寺中以和尚的身份
供奉孔子画像，已经颇为滑稽可笑。然后作者通过一系列
的对比造成反讽的效果：孔子明明说"圣则吾不能"，可众
人都说他这是谦辞；孔子虽说过"攻乎异端"，可那已是千
年之前，众人却说这指的是佛教、道家。众人都在盲从父
师之言而不加思考，却不肯承认自己"徒诵其言"，反而信
誓旦旦说自己"已知其人"；认识不到自己是"强不知以为
知"，反而吹嘘自己为"知之为知之"。久而久之，这就使
得众人成了有眼无珠的盲从之人。其实写到此处，已经完
全达到了讽刺俗儒庸人的效果。但作者却并不直接点出，
而是无可奈何地说："余何人也，敢谓有目？亦从众耳。既
从众而圣之，亦从众而事之，是故吾从众事孔子于芝佛之
院。"如此婉转用笔，较之直笔言说更有入木三分的讽刺效

---

① 张建业、张岚注：《续焚书注》卷四，载张建业主编《李贽全集注》，社会科学
文献出版社 2010 年版，第 3 册，第 309 页。

果。可以看出，虽然此篇罕被明代选家辑选入册，但李贽对于题跋文体的认识相当深刻，从立意到结构，从行文到笔法，从开头到结尾，如何正反对比，如何旁敲侧击，如何绵里藏针，如何正话反说，全都得心应手、信手拈来。

晚明的题跋文体运用的确已经达到了自觉的地步，而且风格多样，名家林立。其与小品的流行相辅相成，为晚明文坛增添了生动的活力。

余　论

下编重点考察了宋濂、王世贞、徐渭及袁宏道的题跋文创作与文体观念。这相对于明代数千部文集的总量来说，无疑是挂一漏万的。但是他们在明代文学史上的代表性也是毋庸置疑的。因此，通过这些考察，依然可以得出如下几点结论。

首先，题跋文创作在明代呈现出一种开放的趋势，不同身份、不同地位及不同流派的文人均可在其中寻求到自己的发挥空间，达到自己的创作目的。此种情况体现在明代题跋文体的属性上，便是其巨大的包容性，从而展现出多姿多彩的创作特色，差异明显的体貌特征、价值多元的思想观念，以及目的各异的写作功能。从创作角度看，作家们尽管在题跋的体制特征上有些相近的认识，但更多的是多元探索和自由发挥，从而显示出其体要的含混与体制的松散。这自然不利于文类的归纳与体制规范的提炼，也由此表现出其随意性与散漫性。但是这在明代的文体观念研究中却又具有无可替代的价值。题跋文体的包容性和开放性为文人创作提供了极大的选择自由与施展余地，从而在题跋创作中寄寓了丰富的文学思想，表现出相互交融的复杂态势，为文学观念的研究提供了巨大的学术空间。

其次，题跋文章的创作会受到一些相关历史要素的影响，从而展现出较大的差异性。从创作数量上看，其会受到文人身份及地位的影响。比如宋濂和王世贞题跋文章的数量较多，尤其是王世贞，居然有上千篇的题跋文章。前者与其身居翰林的开国文臣地位有关。因为地位与名气便自然有更多的朝野人士慕名而来，借助于此以达成各种目的及需求。王世贞除了复古派领袖的文坛地位外，还身处文化发达的吴中地域。这两重因素提升了他撰写题跋文的机会与数量，其书画题跋占有极大比例与此密切相关。而无论是徐渭还是袁宏道，在此方面都很难与宋濂或王世贞相比，但情况又各不相同。徐渭是因为科举不顺而导致身居草野，既缺乏地位，也难有更多文坛交游，故而题跋作品数量较少。袁宏道则既不缺名气，也不缺交游。但他高视自我而厌倦世俗交往，不愿撰写那些应付差事的平庸之文。然而从这四位文人的题跋文创作来看，数量与质量之间并无必然联系。王世贞的千篇题跋并不比徐渭的六十余篇更显出成就，也不比袁宏道的近四十篇更具备价值与创造性。王世贞始终认为宋濂之所以在文坛上拥有地位，是因为其文章数量繁多，这实在是个误解。

再次，在题跋文创作中，理论的表述及自觉的主张与作者的创作实践及思想观念往往存在一定的差异。宋濂曾在文章里为自己规定了题跋文撰写的原则和写法，也就是求教化之用与补历史之阙。但其在实际创作中却不仅有对现实的批判，还有对情感的真实抒发和个人情趣的表达。由此可知，创作中所包含的思想观念一般要比理论的表述丰富、复杂得多，必须将二者结合起来才能探讨出其真实的内涵。这是因为理论的表述与明确的主张总是要受到时间、地点及环境的影响而带有局限性，而创作则一般都贯穿作家生命的始终。比如宋濂的理论主张是在明初并守持朝廷的官方立场所作出的，但此时的主张很难代表其元代末年的民间立场。而宋濂创作于元末的题跋作品才是其真实观念的体现。又如王世贞在公开主张与理论批评方面都坚持复古派的立场和观念，但其书画题跋创作却融通唐宋，倾心苏轼，体现出复杂的文学观念。再如袁宏道从未谈及他在题跋体制上要进行改造与创新，但在其题跋创作实践中却反映出了新的结构与笔法。因而研究他的题跋文体观念就只能通过其创作实践来进行。

最后，题跋文体观念不同于小品观念。严格来说，小品的名称和观念是晚明时代的产物。尽管有人将其源头追溯得很远，但那也不过是源头而已，不能被视为正式而明确的文类概念。自明代以来所提出的所谓东坡小品、徐渭小品等名称，都不过是后人的追称，不能视为历史的事实。因此，研究徐渭时只能说其已开小品之先河，或者说其文章已入小品格调，而不能说他已经意识到自己在写作小品。其实将题跋与小品进行严格区分还不仅仅是名与实的问题，而且是因为它们存在重要的文体差异。从篇幅短小与自由

表达这些特征看，题跋和小品的确有相近之处，但创作目
的却不尽相同。明人王圣俞如此评价小品的功能："寐得之
醒焉，倦得之舒焉，愠得之喜焉，暇得之销日焉。是其所
得于文者皆一饷之欢焉，而非千秋之志也。"① 这当然不能
代表所有明人的小品功能观，但休闲与享乐乃明人喜爱小
品的主要动机应当是可以肯定的。但题跋却不尽然，题跋
可以寄托情趣、展现个性、抒写自我，但也能够宣扬道理、
补充史事、考订文史乃至歌功颂德。这些功能又都是无法
被列入小品文中去的。即使被视为小品文代表作家的袁宏
道，其题跋作品也并非均可列入小品文类。因此，这一问
题是必须严加辨析的。

---

① （明）王圣俞：《苏长公小品序》，《苏轼资料汇编》，中华书局 1994 年版，第
1068 页。

结　　语

与前后时代相比，明代无疑是题跋文创作和批评颇为发达的时代，因而其题跋文体观念也呈现出开放与活跃的状态。题跋与序的文体分合，与杂文或小品文的文类纠葛，是认知题跋的体貌特征及其传演流变的关捩所在。本书的重心在于系统考察及辨析明代文人题跋文体观念的丰富内涵及其时代特征。考察的途径则主要是通过对明人选题跋总集与明代重点作家题跋文创作个案研究相结合的方式来实现的。

明人文体观念中的辨体意识，一方面以文体理论归纳及概述为表征，包含题跋文体的基本特征与功能；另一方面则可从明人选题跋总集的编选时间分布、编选体例、选本类型等向度来梳理及探究。经过本书的讨论可知，明代文体学家甚至是藏书家对题跋的理论阐述都颇为明确精严，明代选家对题跋的重视可称得上旷古绝伦。选本的贡献一是体现于明人选题跋总集数量的密集程度，二是呈现于编选体例的细致划分。明人选题跋总集分为以入选作家标目、以类别标目、以文体标目、以体类或作家文类混合标目四大类，且将题跋作为独立文体而编选的现象已非常突出。除此之外，明人选题跋总集的编选类型较为丰富，包括以辨析文体为目的、以宣扬文学思想为目的、以辑录文献为目的三种类型。诸种通代与断代总集所辑录的唐、宋、元、明题跋文，比较全面地反映出历代题跋创作的发展脉络。这与宋、元及清人总集选录题跋的历史表现相比较，则更凸显出文体批评及史料留存的价值。其不仅勾勒出历代题跋创作的文学史脉络，而且表现出足够的分类敏感性及自觉的文体学思想特征。

明人题跋文体观念与历史传统的关系，主要是通过明人对苏轼、黄庭坚的题跋编选及认识来实现的。在明人编选的大多数通代总集中，宋人题跋都备受瞩目。尤其是苏轼、黄庭坚所创作的大量以抒发性情与表达观念为归旨的题跋文，成为题跋文体形态定型历程中的重要一环，启迪了明人题跋文性灵式的书写模式。归功于明代选家的有力推动，宋人题跋文才得以标榜为一种创作典范。明代文人对题跋文体的历时性观照依托于其深层的思想建构，这反映出明代尤其是晚明文人自身的文化需求，即对真性情、真见解的大胆追求以及强烈的主体意识的表达。这种需求不仅表现在题跋文创作上，更渗透在晚明时期其他文类的创作甚至是史学研究领域中，对明代中后期小品文的蓬勃发展也起到了推波助澜的作用。当然，选本的辑录既出于选家的精神指向，又刻画出明代题跋作家的创作心理。

关于明代作家题跋文创作与文体观念，本书选取明人总集选辑题跋文较多的宋濂、王世贞、徐渭、袁宏道为关注对象。这些明代文坛的行家里手，虽然身份、地位及流派皆有差异，但均在题跋文创作中寻求到充分的发挥空间。而其创作由于受到相关历史要素的影响，也呈露较大的差异性与多重的个性色彩。每位作家的创作实践、思想观念，与其理论表述及文学主张之间又往往存在张力。伴随着明代文体理论阐释领域关于文体功能、文体形态、文体类型、文体正变的细致抉发，明代作家在题跋创作中也呈现出多元探索和自由发挥，其中寄寓了丰富的文学思想，表现出相互交融的复杂态势，为文体观念的研究提供了巨大的学术空间。尽管明代中后期存在复古与性灵相互对立的两种文学思潮，通过题跋文体观念研究可知，多种文学思潮间并非泾渭分明，事事处处皆为对立样貌。这说明当明代文人身处共同的时代境遇中，难免会有一些共同的认识与感受需要传达，其在晚出又灵活性较强的题跋文体创作之中显露出多重面相。明代选家也许在主观上未能意识到这一点，但他们通过对题跋文的选编，客观上呈现出明代立体化的文坛生态。例如复古派作家王世贞与反复古作家徐渭在题跋文创作中都有不俗的表现，亦均为晚明选家所推崇。由此可知，明代中后期文坛的题跋创作有着不容忽视的历史意义，这一方面体现在对文体独立性与功用价值的明确认识上，另一方面则表现于对复古与性灵两种文坛主流思潮的兼收并蓄中。

在学术方法层面上，本书采取将创作实践中所体现的文体观念与总集编选及理论概括所表达的理性认识相对照、结合的研究方式。明代的题跋文创作是相当活跃的，由于题跋文体产生较晚，因而其体要规定和体制限制相对都比较宽泛而松散。这使得明人在题跋写作过程中获取了极大的自由度，也就展现出题跋文体的多种表达功能和丰富体貌。而在总集编选中，尽管其编选目的与文体观念也存在许多差异，但试图对千变万化、五彩纷呈的题跋作品进行归类并找出其体制上的共同特征，是大多数选家的共同目的。从积极的角度来看，正是明代大量作家对题跋文体进行了大胆探索与实验，创作出丰富多姿的题跋作品，才为总集编选和理论批评提供了充足的关注对象，从而熔铸了选家多样的题跋文体观念。没有创作实践的支撑，理论将会陷入枯竭与死板。从消极的方面着眼，尽管总集编选与批评对于认识题跋文体特征、扩大题跋文体影响做出了贡献，并将对题跋文体的认知提升到自觉的理论层面，但就实际历史境况来看，无论是总集编选还是题跋批评，都未能完整反映出明代题跋创作的复杂脉络。如宋濂元明两代的题跋文作品，能够被明代选家所认识并被选入总集的，实在是寥寥可数。因此，对于明代题跋文体观念研究来说，要想探讨其真实内涵，就必须将创作实践中所体现的认识及思考与理论批评中的理性把握结合起来，通过仔细比较继而找出其异同，折中其意见，庶几能够接近明人题跋文体观念的原本面貌。

本书通过对题跋文创作实践与编选情况的系统考察，认识到突出主体情感思想的表达仅仅是明代文人对题跋认识的一个方面，题跋兼具实用性与文学性的双重特征亦为明人所深谙。这种包容态度使得拥有强烈的辨体意识的明代文人同时能对此种新兴文体加以自由灵活的应用。研究明代文人的题跋文体观念，可厘清题跋文体的体要特征及其广泛功用，也能深入论述该种文体观念所依托的深层思想建构，更能引发对于中国古代散文研究的思考。中国古代散文并非仅具实用性特征，它同样可以表现出浓厚的文学性。一方面要求"明乎提要"的实用性功能，另一方面又要求漂亮华丽的文辞之美，这早在刘勰的论述中就成为基本的原则。中国古代文人尤其是中晚明时期的文人所秉承的散文观念，与五四以来以"小品文"特征为核心的现代散文观念之间存在一定的裂痕。故而在中国古代散文研究的过程中，不应简单以文学、非文学的标准进行分割，更宜从广义的文章观角度出发来着手。事实上，不同作家、不同选本之间也存在多种交叉现象。因此，唯有运用多样化的研究方法，才能尽量客观、真实地还原文体发展与文学观念演变的历史轨辙。

近年来，文体观念研究成为综合古代文学、文体学、文学批评理论于一体的新的学术增长点。明代既是辨体意识极强的时代，又是多种文学派别交相辉映的时代，此时期的题跋文创作与题跋文体观念具有比前代更为复杂的内涵，并从侧面表现出明代文学理论与文学批评的新特征。本书的写作旨在于浩如烟海的明代总集、别集中梳理出清晰的线索，以厘清题跋文体发展的阶段性特征，以拭去对史实的曲解。因此论述的展开但求举一纲而万目张，解一卷而众篇明。而行文所涉及的论题，有些仍可继续加以关注及求索。比如书中提及的李贽，笔者仅仅举例式地分析了他的几篇题跋文章，以观其主要特点，其实他作有大量的题跋文章，《书司马相如传后》等文也被晚明选家所关注。更重要的是，李贽的族属一说为回族，其先世曾信奉伊斯兰教，族中亦有不少多族通婚者。李贽的革新精神、犀利批判以及对五四时期思想界的影响，多为当今学者所乐道。而李贽在题跋创作中所蕴含的文体观念及文学思想，则少有学人关注。李贽的开阔视野与多元文化的涵濡不无关联，题跋则成为其文学思想凝集的重要场域。凡此种种，都值得成为本书的延展性论题，在今后的研究中继续探讨及挖掘。

如果我们再对明代题跋文体做更为深入的系统及考察，会发现该领域所包含的思想内涵此前远远尚未被学界所揭示。中国古代文体自生成之时起，便具有深厚的礼学背景。可以说文体的分类是礼制在诗文创作中的有效延伸，这不仅体现在上行文体与下行文体的严格规定上，还有文体之间等级的高低差别，甚至表现在每种文类的体要规定上。如果不能严格遵守体制的规定与达成文类的实际效用，便会被称作严重的失误。《文心雕龙·定势》篇言："是以括囊杂体，功在铨别，宫商朱紫，随势各配。章表奏议，则准的乎典雅；赋颂歌诗，则羽仪乎清丽；符檄书移，则楷式于明断；史论序注，则师范于核要；箴铭碑诔，则体制于弘深；连珠七辞，则从事于巧艳：此循体而成势，随变而立功者也。"[1] 可见每一种文体都是不能随便违反其体制

---

[1] （南朝梁）刘勰著，范文澜注：《文心雕龙注》，人民文学出版社1958年版，第530页。

规定的。然而，随着题跋文体的出现与扩张，其为作家们提供了一种自由选择与发挥的可能。尤其是在进入明代之后，题跋文的创作明显呈现出多元、活跃的局面，题跋文体所具有的优势日益得到重视。于是，在思想情感的表达上文人们通过题跋文的写作找到了合适的渠道与巨大的空间。从文学思想史的角度看，明代题跋文体观念的成熟与题跋文创作的繁荣，既是明代文学繁荣的动因，也是文学思想活跃的表征。由此而言，明代题跋文体观念的研究还处于刚刚起步阶段，其中仍有较大的思想空间尚待开掘。如果再将此研究扩展开来，将宋元明清置入整体性的关联研究之中，则会具有更为广阔的学术前景。笔者虽力不能至，但仍心向往之，期待未来会有更多的学术发现。

附录　明人选题跋总集知见录①

一　凡例

1. 《明人选题跋总集知见录》（以下简称"《知见录》"）按书名音序排列。

2. 选录的总集选家包含明清易代时期文人，如黄宗羲、贺复征等。其所辑录的选本虽成书于清初，但作者的生活年代多在入清之前，因而均具备与明代文体学、文学思想相关的参照价值，故一并收入。

3. 《知见录》提要包括题跋文总集选本的名称、卷数、选家及相关生平概述、题跋文选辑情况、版本介绍等内容。

---

① 知见录主要参考书目：《景印文渊阁四库全书》（台湾商务印书馆1986年版）、《四库全书总目》（中华书局1965年版）、《续修四库全书总目：稿本》（齐鲁书社1996年版）、《四部丛刊初编》（上海书店1989年版）、《四库全书存目丛书》（齐鲁书社1997年版）、《四库禁毁书丛刊》（北京出版社2000年版）、《四库禁毁书丛刊补编》（北京出版社2005年版）、《四库未收书辑刊》（北京出版社1998年版）、《续修四库全书》（上海古籍出版社2002年版）、《丛书集成初编》（中华书局2011年版）及《丛书集成续编》（上海书店1994年版）、《中国丛书综录》（上海古籍出版社2007年版）、《中国善本书提要》（上海古籍出版社1983年版）、《中国古籍总目》（中华书局2012年版）、《中国古籍善本书目》（上海古籍出版社1998年版）。

二　《知见录》及提要

1. 《八代文钞》，一百六卷，（明）李宾编。

李宾，字烟客，梁山人。是集编录先秦至明代名家诗文，卷首有作者自序。入选者上起屈原而下至明钟惺，共九十二人。则其成书时间当在明代天启年间或稍后。编选以人为序，诸文家目下未细分体类。此集共选唐至明三十七家一百八十六篇题跋文：韩愈（二篇）、李翱（五篇）、孙樵（四篇）、皮日休（三篇）、司空图（二篇）、欧阳修（五篇）、王安石（三篇）、苏轼（二十五篇）、黄庭坚（二十九篇）、苏辙（二篇）、秦观（一篇）、晁补之（七篇）、张耒（五篇）、陆游（十二篇）、蔡襄（四篇）、陈亮（四篇）、叶适（六篇）、刘子翚（一篇）、虞集（一篇）、刘因（二篇）、元好问（二篇）、宋濂（七篇）、刘基（五篇）、王祎（一篇）、崔铣（二篇）、李梦阳（一篇）、杨慎（一篇）、王守仁（三篇）、唐顺之（五篇）、归有光（二篇）、王维桢（一篇）、李攀龙（一篇）、王世贞（十七篇）、汪道昆（二篇）、徐渭（七篇）、袁宏道（一篇）、钟惺（五篇）。

笔者所见为《四库全书存目丛书》影印天津图书馆藏明末刻本。

2. 《陈文纪》，八卷，（明）梅鼎祚编。

梅鼎祚（1549—1615），字禹金，一作雨金，号胜乐道人，宣城（今安徽宣城县）人，明代戏曲作家，诗文作家。

国子监生，后弃举子业。万历时，申时行欲荐其为官，梅鼎祚隐居不仕。著有诗文集《鹿裘石室集》，编有《汉魏诗乘》《古乐苑》《唐乐苑》等。

梅鼎祚辑陈、隋以前之文为《文纪》，此为其一。据徐朔方《梅鼎祚年谱》①考，《历代文纪》应完成于明万历三十八年（1610）。故判断《南齐文纪》《梁文纪》《陈文纪》《释文纪》皆编成于是年。《四库全书总目》评其"而或久仕梁朝，上承异代；或晚归隋主，尚署前衔，鼎祚兼其前后诸作，割并于陈，以足卷帙，未免朝代混淆"②。选本以人标目，卷二选入后主陈叔宝《题孙玚志铭后四十字》一篇。

笔者所见为《文渊阁四库全书》本。此集另有《文纪》本（中国国家图书馆藏明崇祯间刻本）。

3.《古今小品》，八卷，（明）陈天定辑并评。

陈天定，字祝皇，号欢喜道人，世称慧山先生，福建龙溪县人。

是集乃历代小品文选集。卷首有作者崇祯十六年（1643）自序，书当成于此时。全书以体标目，卷七有"题跋"体选文：苏轼（十二篇）、晁补之（一篇）、黄庭坚（二篇）、朱熹（一篇）、董逌（一篇）、陆游（一篇）、宋濂（一篇）、李梦阳（一篇）、王世贞（一篇）、徐渭（一篇）、王衡（一篇）、汤宾尹（一篇）、陈继儒（一篇）、释

---

① 徐朔方：《晚明曲家年谱》，浙江古籍出版社1993年版，第188页。
② （清）永瑢等：《四库全书总目》，中华书局1965年版，第1721页。

真可（一篇）、释明本（二篇）。卷八"杂著"类选文中，有五篇苏轼"书"类题跋文，一篇黄庭坚"书"类题跋文。

笔者所见为《四库禁毁书丛刊》影印北京大学图书馆藏清道光九年（1829）刻本。此集另有美国普林斯顿大学藏明崇祯间刻本、上海图书馆藏清雍正间万我堂刻本、中国国家图书馆藏清刻本。

4.《古文奇赏》，二十二卷，（明）陈仁锡编。

陈仁锡（1581—1636），字明卿，号芝台，谥号文庄，长洲（今江苏苏州）人；天启二年（1622）中进士，授编修，典诰敕。因不肯为魏忠贤撰铁券文而落职。崇祯初年官复原职，旋进右中允，迁国子祭酒；著有《苏文奇赏》等。

此集有万历四十六年（1618）自序。是集选录文人起自战国屈原而至南宋王炎午，依时排列。其编排体例前后有别，《四库全书总目》评曰："前有万历戊午自序，谓折衷往古，有一代大作手，有一代持世之文，有一代荣世之文。其目录内即以此三者或标注人名之下，或标注篇题之旁。而于汉文中又各分类标题。或以人为类，则分天子、侯王、郡守相、皇太子、藩国、将帅、边塞、学者；或以事为类，则分应制、荐举、弹驳、乞休、理财、议礼、灾异、筹边、议律、颂冤、治河、策士、奏记；其最异者，又别立一代超绝学者，一代超绝才子之目。自汉以后，又改此例，仍以时代为序。"① 卷二〇选录唐孙樵题跋三篇，

---

① （清）永瑢等：《四库全书总目》，中华书局 1965 年版，第 1762 页。

卷二二选录宋黄庭坚题跋十三篇、陆游题跋二篇。

笔者所见为《四库全书存目丛书》影印浙江图书馆藏明万历四十六年（1618）至天启刻本。

5.《续古文奇赏》，三十四卷，（明）陈仁锡编。

此集有天启元年（1621）自序，盖结集于是年。此集分"选经""选集"两大类，类目下再以体类分目。卷一五标目"文苑英华"，其中"杂说"类收录柳宗元《题韩愈所著毛颖传后题》，"杂制作"类收录皮日休《题后魏书释老志》。

笔者所见为《四库全书存目丛书》影印浙江图书馆藏明万历四十六年（1618）至天启刻本。

6.《三续古文奇赏》，二十六卷，（明）陈仁锡编。

此集有天启四年（1624）自序。是集以体分目。卷一九为"杂著"类选文，内又细分为"经绪类""史绪类""学绪类""政绪类""物绪类""自论类""杂文类""杂篇类"。其中"经绪类"选录司马光《读玄》，"史绪类"选录王安石《读江南录》。

笔者所见为《四库全书存目丛书》影印浙江图书馆藏明万历四十六年（1618）至天启刻本。

7.《四续古文奇赏》，五十三卷，（明）陈仁锡编。

此集有天启五年（1625）自序，书当成于此年。是集以体分目。卷一八至卷二二为"序"体选文。卷一九又细分为"书序""书后"两类，其中"书后"类选唐李翱题跋一篇、宋晁补之题跋七篇、陆游题跋四篇。卷四一为"杂著"类，选录宋刘恕《书资治通鉴后》。卷四二"杂著"类又细分为"艺绪""物绪""设论"三类，其中"艺绪"类选录元杨奂《跋赵太常稿后》、虞集《书经筵奏议后》、刘因《跋怀素帖后》、吴澄《书李伯时九歌后》。

笔者所见为《四库全书存目丛书》影印浙江图书馆藏明万历四十六年（1618）至天启刻本。

8. 《海虞文苑》，二十四卷，（明）张应遴编。

张应遴，字选卿，常熟人。此集有万历三十八年（1610）王锡爵序，及同年陈禹谟序。故此集当结集于万历三十八年（1610）。是集乃地方文集，收录海虞之地有明一代诗赋杂文，以体标目。卷二〇分列"题辞""引""跋""书后""赞"等数体，选录明吴讷题跋《题钱武肃画像卷》《跋宋高宗御制像赞》《书先圣先贤图赞后》《书钱氏所藏墨制后》、瞿汝稷《问辨牍跋》、邵鏊《书中岳钱公状后》、钱谦益《书杨仪金姬传后》。

笔者所见为《四库全书存目丛书》影印中国社会科学院文学研究所藏明万历三十八年（1610）刻本。

9. 《皇明经世文编》，五百四卷，（明）陈子龙等辑。

陈子龙（1608—1647），字卧子，别字懋中，号大樽，别号采山堂主人，松江华亭（今上海松江）人，崇祯十年（1637）进士，仕绍兴推官，兵科给事中。陈子龙曾为明末复社成员，又为几社发起人。《明史·陈子龙传》称其："生有异才，工举子业，兼治诗赋古文，取法魏、晋，骈体尤精妙。"① 著有《陈忠裕公全集》《安雅堂稿》《论史》《兵垣奏议》《皇明诗选》等。

此集有明方岳贡、张国维、任俊、黄澍、张溥、许誉卿、冯明玠、徐孚远序，及陈子龙自序。是集乃陈子龙、徐孚远、宋征璧、周立勋所主编，成书于明崇祯十一年（1638）。其自著《年谱》崇祯十一年（1638）记载："是夏，读书南园。偕闇公（徐孚远）、尚木（宋征璧）网罗本朝名卿巨公之文，有涉世务国政者，为《皇明经世文编》，岁余梓成，凡五百余卷。虽成帙太速，稍病繁芜，然敷奏咸备，典实多有，汉家故事，名相所采，良史必录者也。"② 可知其编选宗旨乃在倡导经世致用之实学。是集以人为序，收录大量奏、疏、序、议等散文，其中选录题跋文二十四篇：宋濂《恭题御赐书后》《恭题御制方竹记后》《恭跋御制诗后》《书苏伯修御史断狱记后》，杨士奇《恭题三朝赐诰命刻石后》《恭题天恩卷后》《恭题朱孔阳所受敕命后》《恭题谢庭循所授御制试卷后》《恭题敕谕致仕官罗崇后》《都城览胜诗后》，杨荣《题北京八景卷后》，金幼孜《恭题仁庙御书后》《书杨少傅陈情题本副录后》，王鏊《恭题何都御史巡抚南直隶勅》，杨廷和《书题奏录后》，张邦奇《恭题高皇命符》，郑晓《书六关图后》《书直隶三关图后》

---

① （清）张廷玉等：《明史》，中华书局 1974 年版，第 7096 页。
② 北京图书馆编：《北京图书馆藏珍本年谱丛刊》，北京图书馆出版社 1999 年版，第 63 册，第 551—552 页。

《书山西三关图后》《书辽东镇图后》《书苏州镇图后》，徐阶《题请二王冠婚》，田汝成《题余都阃筹边封事后》，陆粲《书大理卿胡公遗诗后》等。

笔者所见为《续修四库全书》影印明崇祯平露堂刻本，另有中华书局 1962 年影印本。

10.《皇明十六名家小品》，三十二卷，（明）何伟然、（明）丁允和选，（明）陆云龙选评。

陆云龙，字雨侯，钱塘人，明末作家、出版家，著有《翠娱阁近言》，所辑除《皇明十六名家小品》外，尚有《翠娱阁评选小札简》《五经提奇》《公谷提奇》等。

是书有丁允和序、何伟然序、冯元仲序，陆云龙崇祯五年（1632）序及崇祯六年（1633）序。盖是书结集于崇祯六年（1633）。此集收录明代屠隆、董其昌、文翔凤、虞淳熙、钟惺、王思任、汤显祖、徐渭、李维桢、陈仁锡、黄汝亨、曹学佺、张鼐、袁中道、陈继儒、袁宏道十六家小品文，篇后附有评语。尽管《四库全书总目》讥其"大抵轻佻狷薄，不出当时之习"[①]，但该书在晚明时期却大为流行，颇能代表时人之小品观念。是集以人为序，各家选文再以体标目。集中"题跋"类选文皆与"序"体选文分列两体辑录。屠隆小品列"跋"体，选入题跋文两篇。董其昌小品"论"体选文收录《读卫霍李广传》。虞淳熙小品列"书跋"体，选录题跋文三篇。钟惺小品列"题跋"体，

---

① （清）永瑢等：《四库全书总目》，中华书局 1965 年版，第 1765 页。

选入题跋文四篇。徐渭小品列"题跋"体，选入题跋文十篇。李维桢小品列"题跋"体，辑录题跋文五篇。陈仁锡小品"跋"体，辑录题跋文三篇。黄汝亨小品有"题后"一体，选辑题跋文五篇；又有"跋"一体，选辑题跋文二篇。曹学佺小品列"跋"体，选入题跋文一篇。张鼐小品文列"题跋"体，选入题跋文四篇。袁中道小品文列"书跋"体，收录题跋文三篇。陈继儒小品中题跋文选目页缺，题跋选文为二篇"跋"文（浙江古籍出版社点校本《明人小品十六家》中，陈继儒题跋选文归类于"跋"体）。袁宏道小品文列"题跋"体，选辑题跋文五篇。

笔者所见为《四库全书存目丛书》影印浙江图书馆藏明崇祯六年（1633）陆云龙刻本，另有浙江古籍出版社1996年蒋金德点校本《明人小品十六家》。

11.《皇明文范》，六十六卷，（明）张时彻辑。

张时彻（1500—1577），字维静，号东沙，鄞县（今属浙江宁波）人，嘉靖二年（1523）进士，授南兵部主事，以按察副使督江西学政，历福建参政、云南按察使、河南布政使等职，编纂《宁波府志》《定海县志》等，著有《芝园定集》等。

此集有隆庆三年（1569）自序，当成书于此时。选文起洪武至嘉靖，共辑录四百二十位文人的散文作品。选本以体标目。卷六四为"题跋"体选文，共十七篇：刘基《书苏伯修御史断狱记后》《书刘禹畴行孝传后》、贝琼《书九歌图后》、黄淮《题六桧堂巷》、胡俨《书袁廷玉传后》、钱习礼《书颜鲁公争座帖》、王直《题却封禅颂稿后》、李东阳《书某节妇事》、林環《跋袁镛传后》、祝允明《跋东坡草书千文》、吴鼎《跋赵子昂三骏图》、陈束《题永思言卷》、王健《题项节妇传后》、许应元《题谢樗仙绘图》、张之象《题乔氏族谱后》、何良俊《书世泽隆思卷后》、卢叔麟《书介白庵记后》等。

笔者所见为《四库全书存目丛书》影印中国人民大学图书馆藏明万历刻本，另有中国国家图书馆藏明隆庆间刻本。

12.《皇明文征》，七十四卷，（明）何乔远辑。

何乔远，字稺孝，号匪莪，晋江（今属福建）人，万历十四年（1586）进士，历任刑部主事、礼部仪制郎中、广西布政使经历等，累官南京工部右侍郎。编有《闽书》及明十三朝遗事《名山藏》等。

该集有崇祯四年（1631）靳于中序，崇祯三年（1630）韩如璜序，及崇祯四年（1631）何乔远自序，故当结集于崇祯四年（1631）。是集为明代诗文选集，选文起洪武至崇祯初年，以体标目，各体之下又细分类别。卷三六有"读"体，选明章懋、王世贞、黄仲昭、郭棐四位文人的"读"类题跋文共六篇。"读"体选文又分为"子史""文集"两类。卷五〇有"题"体，选入明朱右、宋端仪、卢廷选、李东阳、顾璘、黄准六位文人的"题"类题跋文共六篇。"题"体选文又分为"纪载""书画""宫室"三类。卷五〇、卷五一列有"跋"体，选辑明宋濂、胡翰、杨士奇、陈循、李东阳、郑普、林右、梁潜、陈敬宗、李应祯、王鏊、王鸿儒、王直、唐肃、杨荣、练子宁、钱习礼、倪谦、程敏政、祝允明、冯梦祯、刘崧、吴讷、蒋冕、王世贞、王祎、高启、李一本、杨慎、张梦兼、陆粲、何良俊三十二位文人的"跋"类题跋文共五十七篇。"跋"体选文又分为"颂圣""纪载""行谊""墨迹""图书""告身""杂跋""考古""诗卷"九类。

笔者所见为《四库全书存目丛书》影印吉林省图书馆藏明崇祯四年（1631）自刻本。

13.《金华正学编》，十二卷，（明）赵鹤辑，（明）张朝瑞重辑。

赵鹤，字叔鸣，江都（今属江苏）人，弘治九年（1496）进士，累官金华知府。武宗正德年间曾因得罪刘瑾而被贬，官终山东提学金事。著有《书经会注》《维扬郡乘》《具区文集》等。

该集有正德六年（1511）赵鹤序、万历十八年（1590）张朝瑞序，故是书初次编选时间当为正德六年（1511）。关于此集的命名来源，《四库全书总目》有叙述："以祖谦、朱子之友，基等皆传朱子之派，故命曰正学。"[①] 是集选录宋吕祖谦、何基、王柏，元金履祥、许谦，明章懋六家之文。选文以人标目，未分列文体。此集虽选入诸家题跋作品，但分类杂乱，未能具备足够的文体学研究价值。

---

① （清）永瑢等：《四库全书总目》，中华书局1965年版，第1744页。

　　笔者所见为《四库全书存目丛书》影印浙江图书馆藏明万历十八年（1590）刻本，另有中国科学院图书馆藏明正德七年（1512）杨凤刻递修本（十卷）。

　　14.《金华文统》，十三卷，（明）赵鹤编。

　　此集有正德六年（1511）赵鹤书引，故是书当结集于正德六年（1511）。是集在所辑《金华正学编》外，兼录金华耆旧之文。选文以人为序，未分列文体。集中选录元柳贯、张枢、吴师道、吴莱，明宋濂、苏伯衡题跋共七篇。《四库全书总目》言其"前列吕祖谦修文鉴法，朱子取文字法，及王柏、吴师道论文之语，则大旨仍以讲学为宗"[1]，可知其目的不在辨析文章体制。

　　笔者所见为《四库全书存目丛书》影印北京大学图书馆藏明正德七年（1512）刻万历重修本，另有中国国家图书馆藏明正德七年（1512）刻本、吉林大学图书馆藏明万历间刻本。

　　15.《今文选》及《续今文选》，十二卷，（明）孙矿等辑并评。

　　孙矿，字文融，号月峰，余姚（今属浙江）人，万历二年（1574）进士，除兵部主事，改礼部、吏部，累迁至兵部侍郎。其人对曲学颇为精通。著有《孙月峰评经》《书画跋跋》等。

---

　　① （清）永瑢等：《四库全书总目》，中华书局1965年版，第1744页。

该集有万历三十年（1602）及万历三十一年（1603）唐鹤征序。盖此二集结集于万历三十年（1602）。是集乃明人散文总集，所选起自罗圯而至李维桢，共三十一人。卷一至卷七为《今文选》，卷八至卷一二为《续今文选》。选文以体标目。《今文选》无"题跋"文体。《续今文选》卷一〇有"题跋"文体，选入李梦阳《题史痴江山雪图后》、王维桢《跋许石城所藏群公词翰卷》、王世贞《跋洞庭两山记及诗后》等。

笔者所见为《四库全书存目丛书》影印北京大学图书馆藏明万历三十一年（1603）刻本，另有湖北省图书馆藏十四卷稿本。

16.《荆溪外纪》，二十五卷，（明）沈敕编。

沈敕，字克寅，江苏宜兴人。该集有嘉靖二十四年（1545）沈敕所撰后叙，当成于此时。是集以体标目，辑录其邑汉至明艺文人物之诗文作品。卷二〇为"题跋"体选文，辑录题跋文二十五篇：唐刘勋《题平西将军庙赞亭》、无名氏《论周处》，宋欧阳修《跋国山碑》、苏轼《舣舟迎恩亭题》、岳飞《题金沙寺壁》、周必大《题东坡橘颂帖》、赵明诚《跋国山碑》、董纯儒《题周孝侯》、洪偁《跋周将军像》、赵伯鲤《题善权洞石》、谢采博《题东坡乞常州居住奏状卷》，元吴澄《题晋平西改励图》、赵孟頫《跋楚颂帖》、倪瓒《题金节妇传后》，明徐贲《题荆南倡和诗集》、夷简《跋水榭诗》、卢熊《跋吴封禅国山碑》、危山《跋周平西画像》、陈谦《题周侯祠》、李应祯《题荆南倡和集后》、张弼《题荆南倡和集后》、徐溥《题苏东坡手书》《书岳鄂王庙记后》、吴俨《跋忠节录后》、林东海《跋双溪诗后》等。

笔者所见为《四库全书存目丛书》影印北京师范大学图书馆藏清光绪宣统间武进盛氏刻常州先哲遗书本。

17.《里先忠三先生文选》，十四卷，（明）胡接辉选。

胡接辉，字笃父，庐陵（今属江西吉安）人，官监察御史。此集前有钱春序、李建泰序、周凤翔序，及崇祯十年（1637）戴澳序、阮大铖序、杨文骢序。盖是书当结集于崇祯十年（1637）。此集辑录胡铨、周必大、文天祥三家诗文。因胡铨谥忠简、周必大谥文忠、文天祥谥忠烈，故取是名。选本以人为序，各家选文又以体标目。胡铨选文列有"跋"体，选入《跋郑亨仲枢密送邢晦诗》《跋醉乡图》二篇。周必大选文列有"跋"体，选入《东坡秧马歌跋》《跋胡邦衡奏札稿》二篇。文天祥选文列有"题跋"体，选入《敬书先人题洞岩观遗墨后》《跋鲁子美万言书稿》《跋刘翠微罪言稿》《跋诚斋锦江文稿》《跋李世修藏累科状元帖》《跋李龙庚殿策》《跋吕元吉先人介轩记后》《跋周苍崖南岳六图》《跋周一愚负母图》《跋周汝明自鸣集》《跋番易徐应明梯云帙》《跋彭和甫族谱》《跋彭叔英谈命录》十三篇。

笔者所见为《四库全书存目丛书》影印复旦大学图书馆藏明崇祯十年（1637）庐陵胡氏刻本。

18.《梁文纪》，十四卷，（明）梅鼎祚编。

梅鼎祚辑陈、隋以前之文为《文纪》，包括《皇霸文纪》十三卷、《西汉文纪》二十四卷、《东汉文纪》三十二卷、《西晋文纪》二十卷、《宋文纪》十八卷、《南齐文纪》十卷、《陈文纪》八卷、《北齐文纪》三卷、《后周文纪》八卷、《隋文纪》八卷、《释文纪》四十五卷等，《梁文纪》乃其中之一。《四库全书总目》评其"是集采梁一代之文，多取之《梁书》《南史》及诸家文集，故所录不甚繁碎，考证亦颇精核"①。选本以人标目，卷五选入萧昱《题旧琵琶》一篇。

笔者所见为《文渊阁四库全书》本，另有《文纪》本（中国国家图书馆藏明崇祯间刻本）。

19.《六艺流别》，二十卷，（明）黄佐辑。

黄佐（1490—1566），字才伯，号泰泉，谥号文裕，广州府香山（今属广东）人，正德十五年（1520）进士，选庶吉士，授编修；历任江西提学佥事、南京国子祭酒等职；著有《泰泉集》《泰泉乡礼》《乐典》等。《四库全书总目》评曰："佐少以奇隽知名。及官翰林，明习掌故，博综今古。生平著述至二百六十余卷。在明人之中，学问最有根柢。文章衔华佩实，亦足以雄视一时。"② 由此可知清代学者对黄佐评价颇高。

吴承学言此集编成于嘉靖十年（1531），刻成于嘉靖四

---

① （清）永瑢等：《四库全书总目》，中华书局1965年版，第1721页。
② （清）永瑢等：《四库全书总目》，中华书局1965年版，第1503页。

十一年（1532）。① 是集从"文本于经"的观念出发，将古今文体分系于"诗""书""礼""乐""易""春秋"之一。《四库全书总目》评曰："是书大旨以六艺之源皆出于经，因采摭汉、魏以下诗文，悉以六经统之。凡诗之流五，其别二十有一；书之流八，其别四十有九；礼之流二，其别十有六；乐之流二，其别十有二；易之流十二，而无所谓别。分类编叙，去取甚严。"② "春秋"艺分"纪""志""年表""世家""列传""行状""谱牒""符命""叙事""论赞"。其中"叙事"之流又分为"叙""记""述""录""题辞""杂志"诸体类。对于"题辞"一体，黄佐定义曰："题辞者何？题诸前后、提掇其有关大体者以表章之也。前曰'引'后曰'跋'，须明简严，不可冗赘。后世又集有'读某书'及'读某文'题其前或题其后之名，皆本赵岐《孟子题辞》也。故今首录也。"③ 该体选入汉赵岐《孟子题辞》及班固《题汉书后》。

　　笔者所见为《四库全书存目丛书》影印中山大学图书馆藏明嘉靖四十一年（1562）欧大任刻本，另有中国国家图书馆藏明嘉靖四十一年（1562）欧大任刻清康熙二十六年（1687）重修本、《文渊阁四库全书》本。

　　20.《媚幽阁文娱初集》，九卷，（明）郑元勋辑。

---

　　① 吴承学：《明代文章总集与文体学——以〈文章辨体〉等三部总集为中心》，《文学遗产》2008年第6期。
　　② （清）永瑢等：《四库全书总目》卷一九二，中华书局1965年版，第1746页。
　　③ （明）黄佐辑：《六艺流别》，《四库全书存目丛书》，齐鲁书社1997年版，第300册，第459页。

郑元勋（1598—1645），字超宗，号惠东，江苏扬州人，崇祯十六年（1643）进士，官方清吏司主事，明末复社成员。著有《影园诗钞》《影园文稿》等。

是集为明代散文选本。书前有陈继儒序、唐显悦序及崇祯三年（1630）郑元勋自序，后有崇祯三年（1630）郑元化跋。盖是书当结集于崇祯三年。全书以体为序，未单列"题跋"文体。"序"体选文中辑录倪元璐《跋西蜀尹西有（图卷）》《跋董玄宰书（册子）》二篇。"杂文"类选文中辑入倪元璐《读谥》一篇。

笔者所见为《四库禁毁书丛刊》影印北京大学图书馆藏明崇祯间刻本。

21.《媚幽阁文娱二集》，十卷，（明）郑元勋辑。

此集有崇祯十二年（1639）陈继儒序、俞彦序，及同年郑元勋自序，故当成书于此时。是集以体为序，卷二列"题跋"文体，辑入明代五位文人凡六篇作品：董其昌《卧游册题词》《杨女郭节妇传题词》、李流芳《画跋》十三则、黄道周《汪明府制义跋》、李清《书唐四夷传跋》、刘侗《影园自记跋》等。

笔者所见为《四库禁毁书丛刊》影印北京大学图书馆藏明崇祯间刻本。

22.《明文案》，二百十七卷，（清）黄宗羲编。

黄宗羲（1610—1695），字太冲，号梨洲，学者称为梨洲先生，浙江余姚人；曾在南明鲁王政权中任兵部职方司主事、监察御史、左副都御史等；明清之际著名的学者和思想家，著有《南雷诗文集》《明夷待访录》《宋元学案》《明儒学案》等。

此集乃有明一代文章总集，成书于清康熙十四年（1675），有黄宗羲自序。其序曰："有明文章正宗，盖未尝一日而亡也"，"而叹有明之文莫盛于国初，再盛于嘉靖，三盛于崇祯。国初之盛，当大乱之后，士皆无意于功名，埋身读书，而光芒卒不可掩；嘉靖之盛，二三君子振起于时风众势之中，而巨子哓哓之口舌，适足以为其华阴之赤土；崇祯之盛，珠盘已坠，邾、莒不朝……士之通经学古者耳目无所幛蔽，反得以理既往之绪言：此三盛之由也。"①序文描述了明代散文的发展脉络，提出明代初期、嘉靖时期、崇祯时期为明代散文发展的兴盛阶段。

是集以体为序，未单列"题跋"文体。卷一五五至卷二〇六收录"序"体文五十二卷，选录序、引、题辞、题跋四种文体。其中辑录题跋文一百二十四篇：赵汸（六篇）、杨维桢（一篇）、戴良（二篇）、宋濂（三篇）、刘基（一篇）、苏伯衡（四篇）、贝琼（一篇）、刘尚宾（一篇）、方孝孺（八篇）、杨士奇（十七篇）、黄淮（一篇）、邹缉（一篇）、萧滋（一篇）、吴讷（一篇）、杨守陈（四篇）、徐溥（二篇）、李东阳（六篇）、吴宽（二篇）、程敏政（二篇）、罗玘（一篇）、李梦阳（一篇）、崔铣（一篇）、杨慎（一篇）、祝允明（二篇）、谢复（二篇）、王守仁（二篇）、何塘（一

---

① （清）黄宗羲辑：《明文案序》，《四库禁毁书丛刊补编》，北京出版社 2005 年版，第 44 册，第 458 页。

篇)、罗洪先(三篇)、唐顺之(二篇)、赵时春(一篇)、刘凤(一篇)、何良俊(一篇)、茅坤(一篇)、周天佐(一篇)、徐渭(一篇)、黄佐(一篇)、吴鼎(一篇)、王世贞(一篇)、李攀龙(一篇)、邹元标(二篇)、冯梦祯(四篇)、李维桢(三篇)、孙慎行(一篇)、袁宏道(一篇)、娄坚(八篇)、顾大韶(二篇)、钱谦益(八篇)、黄宗会(一篇)、傅占衡(三篇)、陈弘绪(一篇)。

笔者所见为《四库禁毁书丛刊补编》影印浙江图书馆藏清钞本。

23.《明文奇赏》,四十卷,(明)陈仁锡辑。

此书有天启三年(1623)陈仁锡自序,故当成书于此时。是集选录有明一代自宋濂至王衡共一百七十五人之散文作品。选本以人标目,各家文选再分体类选辑。书中选录明代十六家题跋文凡七十八篇,对题跋文体有细致的区分。宋濂选文列有"题"体,凡十六篇;另列"跋"体,选录十二篇。刘基选文列有"跋"体,辑录五篇。解缙选文列有"跋"体,选文两篇。方孝孺选文列有"杂著"类,包含"读"类题跋九篇;列有"题跋"体,选辑"题""跋""书"类题跋共九篇。苏伯衡选文列有"跋"体,选文一篇。杨士奇选文列有"题跋"体,选录五篇。罗伦选文列有"杂著"类,选入"题后"类题跋一篇。王守仁选文列有"杂著"类,选入"跋"类、"书"类题跋各一篇。陆粲选文列有"题"体,选辑"书后"类题跋一篇。杨慎选文列有"跋"体,选入三篇。王维桢选文列有"跋"体,选文一篇。徐渭选文列有"跋"体，选入"书"类题跋共六篇；另列有"杂著"类，选辑"读"类题跋一篇。刘凤选文列有"杂文"类，选辑"读"类题跋一篇。陶望龄选文列有"题跋"体，选入"题"类、"引"类散文各一篇。黄辉选文列有"题"体，选入一篇。陈勋选文列有"杂著"体，选入"读"类题跋一篇。尽管《四库全书总目》提要对该书评价不高，言其"去取亦多未审，盖务博而不精，好分流品而无绪，悉不免冗杂之失云"①，但从题跋文体的研究角度看，仍不失为重要总集之一。

笔者所见为《四库全书存目丛书》影印浙江图书馆藏明万历四十六年（1618）至天启间刻本。

24.《明文海》，四百八十二卷，（清）黄宗羲编。

此集乃明代文章总集，成书于清康熙二十八年（1689），由《明文案》扩编而成。《四库全书总目》评该书曰："明代文章，自李、何盛行，天下相率为沿袭剽窃之学。逮嘉、隆以后，其弊益甚。宗羲之意，在于扫除模拟，空所倚傍，以情至为宗。又欲使一代典章人物，具藉以考见大凡。故虽游戏小说家言，亦为兼收并采，不免失之泛滥。然其搜罗极富，所阅明人集几至二千余家。如桑悦《北都》《南都》二赋，朱彝尊著《日下旧闻》时，搜讨未见，而宗羲得之以冠兹选。其他散失零落，赖此以传者，尚复不少，亦可谓一代文章之渊薮。考明人著作者，当必以是编为极备矣。"② 此处多

---

① （清）永瑢等：《四库全书总目》，中华书局1965年版，第1763页。

② （清）永瑢等：《四库全书总目》，中华书局1965年版，第1730页。

以文献搜罗宏富而称许黄宗羲，而以"兼收并采"为其不足，然此种状况显示出该集依然保持着明人开放的态度，从而映现出明人的文体观念与文学思想。

是集以体为序，卷二一〇至卷三二六为"序"体选文，其中包含题跋选文。全书未单列"题跋"文体。"序"体又分为"著述""文集""诗集""赠序""送序""杂序""序事""时文""图画""技术""寿序""哀挽""方外""列女"若干类，实以所序对象（载体）作为序文分类标准。其中"著述""文集""诗集""杂序""序事""时文""图画""技术""方外"类均有题跋选文，从内容上对明代题跋文作了细致的分类。题跋选文包含"题""跋""书""读"四类，共辑入题跋文一百五十七篇：赵汸（五篇）、方孝孺（七篇）、杨士奇（十七篇）、岳正（一篇）、姚绶（一篇）、桑悦（二篇）、张汝弼（一篇）、何乔新（三篇）、蒋冕（二篇）、李默（三篇）、陆深（五篇）、薛应旗（一篇）、杨慎（一篇）、周思兼（二篇）、谢复（二篇）、何塘（一篇）、黄佐（一篇）、顾璘（一篇）、薛甲（一篇）、周复俊（一篇）、王云凤（一篇）、杨浚（一篇）、徐应雷（一篇）、宋濂（三篇）、张宁（九篇）、刘尚宾（一篇）、崔铣（一篇）、王世贞（一篇）、李攀龙（一篇）、朱曰藩（一篇）、王格（二篇）、茅坤（一篇）、李维桢（三篇）、吴国琦（一篇）、李东阳（六篇）、谢铎（一篇）、吴宽（二篇）、李梦阳（一篇）、徐渭（一篇）、冯梦祯（四篇）、唐俞（一篇）、朱升（一篇）、苏伯衡（五篇）、刘崧（一篇）、林右（一篇）、黄淮（一篇）、萧镃（一

篇）、程本立（一篇）、徐溥（一篇）、张汝弼（三篇）、程
敏政（二篇）、王守仁（二篇）、黄绾（一篇）、储巏（一
篇）、黄仲昭（一篇）、马一龙（一篇）、祝允明（二篇）、
何良俊（一篇）、郑履准（一篇）、严澄（一篇）、邹观光
（一篇）、袁宏道（一篇）、张维枢（一篇）、蒋德璟（一
篇）、娄坚（七篇）、宋楙澄（一篇）、钱允治（一篇）、张
辅（一篇）、黄道周（一篇）、陆符（一篇）、杨守陈（一
篇）、吴讷（一篇）、陈沂（一篇）、罗洪先（二篇）、许炯
（一篇）、丁养浩（一篇）、陈九川（一篇）、唐顺之（一
篇）、刘基（一篇）。此集向无刻本，只有少数抄本流传。

笔者所见为《文渊阁四库全书》本，另有中国国家图
书馆藏清抄本、天一阁藏稿本。

25.《明文衡》，一百卷，（明）程敏政编。

程敏政（1445—1499），字克勤，休宁（今属安徽）
人，成化二年（1466）进士，授编修，历左谕德，直讲东
宫，官至礼部右侍郎；其文可与李东阳齐名；著有《篁墩
集》《新安文献志》《宋遗民录》《宋纪受终考》等。

此集乃明初散文总集，凡九十八卷，补缺二卷。据刘
彭冰《程敏政年谱》[①] 考，"敏政任太常寺卿期间，曾为己
所编选《明文衡》撰序"，"明弘治七年甲寅八月十四日，
升太常寺卿"。由此判断，该集编成时间当为弘治年间。全
书以体标目，分三十八类选录明洪武至成化百余年间的各

---

① 刘彭冰：《程敏政年谱》，硕士学位论文，安徽大学，2003 年，第 71 页。

体散文，卷首有作者自序。《四库全书总目》谓此集"所录皆洪武以后，成化以前之文。在北地、信阳之前，文格未变，无七子末流摹拟诘屈之伪体。稽明初之文者，固当以是编为正轨矣"①。可知此集是反映明前期文风的代表性选本。其中"序"与"题跋"分列两体。卷四五至卷四九为题跋选文，共五卷，包括宋濂、胡翰、刘基、王祎、赵汸、徐一夔、梁寅、唐肃、谢肃、张孟兼、苏伯衡、高启、方希古、王叔英、贝琼、王景、王达等十七位文人的八十三篇题跋作品。题跋选文涵盖"题""跋""书""读"四类。但卷五一"杂著"类亦选入一篇"读"类题跋《读丧礼》（胡翰）。

笔者所见为《四部丛刊》影印无锡孙氏藏明嘉靖刊本。另有南开大学图书馆藏明正德五年（1510）张鹏刻本、中国国家图书馆藏明嘉靖六年（1527）范震李文会刻本、明嘉靖八年（1529）宗文堂刻本、明嘉靖间书林精舍刻本等。

26.《明文授读》，六十二卷，（清）黄宗羲编。

是集为有明一代散文总集，有康熙三十八年（1699）徐秉义序、康熙三十七年（1698）靳治荆序、康熙三十八年（1699）张锡琨序，及作者自序。盖结集于清康熙三十八年（1699）。《四库全书总目》曰："宗羲辑有明一代之文为《文案》，后得昆山徐氏传是楼藏书，益以所未见文集三百余种，增为《文海》。后其子百家以《文海》卷帙浩

---

① （清）永瑢等：《四库全书总目》，中华书局1965年版，第1715页。

繁，请宗羲选其尤者为此编。其序则仍《文海》之旧。盖其门人宁波张锡琨移冠此集，以见去取宗旨云。"① 全书以体标目，"序"体分为"著述类""文集""诗集""时文""赠""送别""杂类""题跋""寿挽""方外"十类。"题跋"类选文包含"题""跋""书""读"类题跋文共十四篇。

笔者所见为《四库全书存目丛书》影印中国社会科学院近代史研究所藏清康熙三十六年（1697）张锡琨味芹堂刻本。

27.《明文霱》，二十卷，（明）刘士鏻辑评。

刘士鏻，浙江杭州人，崇祯四年（1631）进士。

此集乃明代文章总集，有吴太冲题序、崇祯七年（1634）洪吉臣序。盖此书当结集于崇祯七年（1634）。是集以体标目，单列有"题跋"体。"题跋"一体选辑明代九位文人的十二篇题跋文：宋濂《恭题御和诗后》《题天台陈献肃公行状后》《跋黄鲁直书后》、刘崧《跋西台恸哭记后》、高启《跋眉庵记后》、王世贞《题八仙像后》《跋洞庭两山记及诗后》、徐渭《书石梁雁宕图后》、屠隆《祷雨记后》、李维桢《题岳云草》、陈继儒《题顾仲方词》、倪元璐《西蜀尹西有卜筑桃源图跋》。另有"书事"一体，收录王世贞《书与于鳞论诗事》。《文章辨体汇选》将该文辑入"题跋"体。

---

① （清）永瑢等：《四库全书总目》，中华书局1965年版，第1772页。

笔者所见为《四库禁毁书丛刊》影印中国科学院图书馆藏明崇祯间刻本。

28.《南齐文纪》，十卷，（明）梅鼎祚编。

梅鼎祚辑陈、隋以前之文为《文纪》，此为其一。是集以人标目，卷四辑录王僧虔《题尚书省壁》一篇。

笔者所见为《文渊阁四库全书》本，另有《文纪》本（中国国家图书馆藏明崇祯间刻本）。

29.《清源文献》，十八卷，（明）何炯编。

何炯，福建晋江人，官靖江县教谕。此集乃明代诗文总集，皆录其郡人之作品。"凡诗赋杂文，悉加甄录，搜采颇广。"① 有万历二十五年（1597）庄国祯序及同年黄凤翔序，故当成书于此时。是集以体为序，卷八列有"辨""解""读""疑""题""跋""杂著"七体。"读"体选辑明王宣、王慎中、周天佐题跋文各一篇。"题"体选辑宋王觉、傅自得、陈夫人、李纶、留元刚，元僧可庭题跋文各一篇。"跋"体选辑宋曾公亮、洪天锡、颜若愚，明郑普、蔡元伟、张冕、何炯、王国辅题跋文共九篇。

笔者所见为《四库全书存目丛书》影印中国国家图书馆藏明万历二十五年（1597）程朝京刻本。

30.《全蜀艺文志》，六十四卷，（明）周复俊编。

---

① （清）永瑢等：《四库全书总目》，中华书局1965年版，第1758页。

周复俊，字子吁，昆山（今属江苏）人，嘉靖十一年（1532）进士，授工部主事、郎中，历任四川、云南布政使等；著有《泾林集》《东吴名贤记》等。

是集辑汉魏以降蜀中文人所作诗文汇为一书，有嘉靖二十一年（1542）自序。盖此书当结集于嘉靖二十一年（1542）。《四库全书总目》评其"包括网罗，极为赅洽"①。此集未列"题跋"体。卷五九"碑跋"体类下，收录"跋"类题跋文一卷，涵盖宋欧阳修、赵明诚、陆游及元虞集、明李一本等十五位文人的作品。

笔者所见为《文渊阁四库全书》本。

31.《三台文献录》，二十三卷，（明）李时渐辑。

李时渐，字伯鸿，号磐石，山东省寿光县人；嘉靖三十五年（1556）进士，官至陕西按察司副使。

此集乃台州先哲诗文选集，前有万历五年（1577）应大猷序，后有陈锡"后语"。盖是书结集于万历五年（1577）。是集以体为序，选辑唐至明嘉靖共二百九十六位文人之诗文作品。卷一三列有"杂文""题跋"二体。"杂文"收录"读"类、"书"类题跋文各一篇。"题跋"体收录"题""跋""书后""读"类题跋文共十七篇，涵盖杜范、王齐舆、李森、周润祖、盛象翁、郭公葵、徐一夔、方孝孺、高瑛、黄绾、杨景威共十一位文人的作品。

笔者所见为《四库全书存目丛书》影印北京图书馆藏

① （清）永瑢等：《四库全书总目》，中华书局1965年版，第1717页。

明万历五年（1577）自刻本。

32.《三异人文集》，二十二卷，题名（明）李贽评。

李贽（1527—1602），号卓吾，又号宏甫，别号温陵居士、百泉居士、宏父居士等；明代杰出的思想家，曾任国子监博士、南京刑部员外郎等职；著有《焚书》《续焚书》《藏书》《续藏书》《九正易因》《明灯道古录》等。

是集乃明代诗文总集，有俞允谐序。《四库全书存目》录有《三异人集》，介绍是集曰："是书凡方孝孺诗文十卷；于谦奏疏四卷，文一卷，诗三卷；杨继盛奏疏、诗文各一卷，附录一卷。贽各为之评。贽狂悖自恣，而是集所评乃皆在情理中，与所作他书不类。"①《三异人集》内容与《三异人文集》同，当为同书而异名。但《四库全书总目》提要对该集之编者曾提出质疑："卷首题吴山俞允谐汝钦正，或允谐所为，托之于贽欤？"②明代万历后因李贽名气甚大，书肆多托其名而编撰各种书籍。但李贽对明代之忠烈之士多有表彰之辞，故四库馆臣亦仅为怀疑而已，目前尚难以否定李贽之作者身份。

全书以人标目，选辑明方孝孺、杨继盛、于谦诗文作品。"方正学文集"共十一卷，以体为序。卷二"杂著"类，收录《读邓析子》《读陈同甫上宋孝宗》。卷八"题跋"体，《题大学篆书正文后》、《题观鹅图》、《题萧翼赚兰亭图》、《题褚遂良书唐文皇帝哀册墨迹》、《题颜鲁公书

---

① （清）永瑢等：《四库全书总目》，中华书局1965年版，第1750页。

② （清）永瑢等：《四库全书总目》，中华书局1965年版，第1750页。

放生池石刻》、《题米氏山水图后》、《题灵隐寺碑后》、《题桐庐二孙先生墓文后》、《题医说后》、《题杨先生墓铭后》、《题砮碇子墓碣后》、《题胡仲申先生撰韩复阳墓铭后》、《跋刘府君墓碣后》、《题陈节妇传后》、《题王氏述训后》、《题黄东谷诗后》（"大是痛快"）、《书夷山稿序后》、《赠楼公诗卷题辞》（"代太史公作"）、《题听琴轩记后》《题许士修诗集后》。"杨椒山集"不分卷，以类为序，分"奏疏""诗集""文集"三类。"文集"中收录《跋冀梅轩留朱子语略后》一篇。于谦诗文共收录八卷，未辑入题跋文。

笔者所见为《四库全书存目丛书补编》影印浙江省图书馆藏明吴山俞氏文房刻本。

33.《删补古今文致》，十卷，（明）刘士鳞辑，（明）王宇增删。

本书乃汉魏至明代散文选本，有万历四十年（1612）刘士鳞自序及天启三年（1623）王宇序。盖此书当编成于万历四十年（1612）。《四库全书总目》所具版本注明为"无卷数内府藏本"，并评曰："是集辑汉魏六朝以至明人所著，通为一书，不分卷数，但别为十有七门，诠次颇伤芜杂，无所取裁。"① 然今人所编《四库全书存目丛书》本《删补古今文致》则是影印辽宁大学图书馆藏明天启间刻本的十卷本，显然并非四库馆臣所见之内府本。江苏广陵古籍刻印社1991年影印清光绪十年（1884）文玉山房刊本则

---

① （清）永瑢等：《四库全书总目》，中华书局1965年版，第1764页。

是清人王永启的增订本，尽管其分卷及内容与天启本区别不大，但却增加了王永启的眉批评语，反映了清人的看法，故而若研究明人之题跋观念，仍应以天启本为所依据之版本。另外，岳麓书社 1998 年版的点校本《文致》，是以韩国姜铨燮教授家藏明代汉文手抄本为底本而整理出版的。据整理者蔡镇楚介绍，姜铨燮所藏钞本扉页上书有"文致"二字，右上顶格标有"中华古文致选目录"，次页正文之前又标有"古今文致选"。检其目录，则共有一百七十一篇文章，而天启本与王永启增订本则同收文章二百二十篇。很明显，姜铨燮所藏钞本是《删补古今文致》之选本，而且也没有分卷。但据此仍难以断定姜铨燮所藏钞本是否为四库馆臣所见之内府本，盖因其虽然未分卷，却亦未"别为十有七门"，故而不能确定此二集有何版本关系。

天启本的分卷方式乃以体标目，选辑唐至明题跋文共七篇。卷九列有"书后""记语""题""跋""评""品""论""解""述"九体。"书后"类选入陆龟蒙《书李贺小传后》、苏轼《书东皋子传后》、李贽《书司马相如传后》、陈继儒《书姚平仲小传后》。"题"类选入黄庭坚《题燕郭尚父图》、李梦阳《题史痴江山图后》。"跋"类选入陆游《跋陈伯正所藏山谷帖》。

《文致》另有复旦大学藏明末刻本、南京图书馆藏清初刻本。

34.《释文纪》，四十五卷，（明）梅鼎祚编。

梅鼎祚辑陈、隋以前之文为《文纪》，此为其一。是书成于崇祯年间，辑录历代名僧之文以及诸家之文为释氏而作者。选本以人标目，卷四三选入释智永《题右军乐毅论后》一篇。

笔者所见为《文渊阁四库全书》本，另有《文纪》本（中国国家图书馆藏明崇祯间刻本）。

35.《蜀藻幽胜录》，四卷，（明）傅振商辑。

傅振商，字君雨，汝阳（今属河南汝南）人；万历三十五年（1607）进士，历任南京兵部右侍郎、兵部参赞机务等；著有《受鼎堂文集》《珠渊异宝》等。

此集乃四川地方文章总集，选文起自汉代而下迄元代，前有作者自序。是集以体为序，列有"跋"体，选入题跋文共九篇：宋张演《石经跋》、费少南《跋中兴颂磨崖碑后》、王履道《跋东坡先生书》、黄庭坚《题东坡字后》《跋东坡墨迹》、陆游《跋陵阳先生诗草》《跋关著作行记》，元虞集《跋先氏书岩》、谢瑞《跋先氏书岩》等。

笔者所见为《四库全书存目丛书》影印中国国家图书馆藏明刻本。

36.《宋文钞》，不分卷，（明）查志隆编。

查志隆，字鸣治，海宁（今属浙江）人；嘉靖三十八年（1559）进士，历官保定知府、山东按察副使、山东布政司参议等；撰有《山东盐法志》等。

是集乃宋人散文选本，以体为序，其中单列有"题跋"文体。《四库全书总目》评其"仅从《宋文鉴》诸书摘录成编，未能赅备。别裁亦未能精审"①。全书选辑题跋文共二篇：王回《书襄城公主事》、王安石《书贾伟节庙》。

笔者所见为《四库全书存目丛书》影印清华大学图书馆藏明刻本。

37.《宋文归》，二十卷，（明）题名钟惺辑评。

钟惺（1574—1624），字伯敬，号退谷，竟陵（今属湖北天门）人；万历三十八年（1610）进士，历任工部主事、礼部郎中，官至福建提学佥事，乃竟陵派代表作家。《明史·文苑传》评其曰："自宏道矫王、李诗之弊，倡以清真，惺复矫其弊，变而为幽深孤峭。与同里谭元春评选唐人之诗为《唐诗归》，又评选隋以前诗为《古诗归》。钟、谭之名满天下，谓之竟陵体。然两人学不甚富，其识解多僻，大为通人所讥。"② 钟惺辑有《历代文归》（一百六卷），此集为其一。郑艳玲认为，《历代文归》乃托名之作。选本虽题名钟惺，正文中亦有题名钟惺的相关文字内容，但皆非钟惺所为。③

是集以人为序，选录宋代一百三十一位文人之散文作品。选本未单列出"题跋"文体，共辑入十四篇题跋文：王安石《读〈孟尝君传〉》《读〈江南录〉》、晁补之《书王蠋事后》《跋林逋书后》、黄庭坚《书缯卷后》、张耒《书五代郭崇韬卷后》《题贾长卿读高彦休续白乐天事》、朱熹

---

① （清）永瑢等：《四库全书总目》，中华书局1965年版，第1751页。
② （清）张廷玉等：《明史》，中华书局1974年版，第7399页。
③ 详见郑艳玲《钟惺评点研究》，博士学位论文，复旦大学，2005年，第104页。

《跋唐人暮雨牧牛图》、陈亮《书作论法》、李格非《书
〈洛阳名园记〉后》、真德秀《跋豫章黄量诗卷》《秀蜀人
游监簿〈庆元党人家乘〉后跋》、文天祥《跋〈吕元吉先
人介轩记〉后》《跋周一愚负母图》等。

笔者所见为《四库全书存目丛书》影印山东图书馆藏
明末集贤堂刻本，另有《历代文归》本（故宫博物院藏明
崇祯间刻本）。

38.《唐宋八大家文钞》，一百六十四卷，（明）茅坤编。

茅坤，字顺甫，号鹿门，归安（今属浙江湖州）人；
嘉靖十七年（1538）进士，历任青阳、丹徒知县，礼部主
事，吏部精膳司郎中。茅坤乃明代散文流派"唐宋派"之
代表性人物；著有《白华楼藏稿》《白华楼续稿》《白华楼
吟稿》《玉芝山房稿》《徐海本末》《浙省分署纪事本末》
《史记钞》等。

此集有万历七年（1579）自序，当成书于此时。是集
专取韩愈、柳宗元、欧阳修、王安石、曾巩、苏洵、苏轼、
苏辙八家文，每家各为之引。该集的编选确立了唐宋古文
的统系，彰明了唐宋八大家散文的法度。《四库全书总目》
评曰："八家全集浩博，学者遍读为难，书肆选本，又漏略
过甚，坤所选录，尚得烦简之中。集中评语，虽所见未深，
而亦足为初学之门径。一、二百年以来，家弦户诵，固亦
有由矣。"①

---

① （清）永瑢等：《四库全书总目》，中华书局 1965 年版，第 1719 页。

此选本以人标目，作家类目下又细分各体，但未将
"题跋"单列一体。卷一〇为昌黎文钞，收录"辩""解"
"说""颂""杂著"几体，选入韩愈《读荀子》《读仪礼》
《读墨子》等。卷二五为柳州文钞，收录"说""赞""杂
著"三体，选入柳宗元《读韩愈所著毛颖传后题》。卷六〇
为庐陵文钞，收录"颂""赋""杂著"三体，选入欧阳修
《跋唐华阳颂》《记旧本韩文后》《读李翱文》《书梅圣俞稿
后》等。卷九〇为临川文钞，收录"论""原""说""解"
"杂类"五体，选入王安石《书李文公集后》《读江南录》
《读孔子世家》《读孟尝君传》《读刺客传》《读柳宗元传》
《书洪范传后》等。卷一〇六为南丰文钞，收录"论"
"议""杂著"三体，选入曾巩《书魏郑公传》。卷一四四
为东坡文钞，收录"说""赋""祭文""杂著"四体，选
入苏轼《六一居士传后》《书黄子思诗集后》等。卷一六四
为颍滨文钞，收录"说""赞""辞""赋""祭文""杂
著"六体，选入苏辙《书白乐天集后》《书金刚经后》《书
楞严经后》等。共计二十一篇题跋。

笔者所见为《文渊阁四库全书》本，另有中国国家图
书馆藏明崇祯元年（1628）刻本、北京大学图书馆藏明崇
祯四年（1631）茅著刻本、北京师范大学图书馆藏明金阊
黄玉堂刻本。

39.《同时尚论录》，十六卷，（明）蔡士顺辑。

蔡士顺，字号不详，江苏苏州人。此集有杨廷枢序及
崇祯十年（1637）蔡士顺所书"题辞"，盖当结集于崇祯十

年（1637）。是集辑录东林诸人诗文，始自万历而终于崇祯，全书以体标目。选本未列"题跋"体。卷一一、卷一二为"传"体选文，其中辑录"书"类题跋文十篇：邹元标《书学士复庵吴公传后》《书学士定宇赵公传后》《书少司徒震岗丘公传后》，孙慎行《书贾傅传》《书愍忠言后》《书大学格物》《书王公事》，焦竑《书荆川先生传后》，邹德泳《书刘忠愍公手卷后》，刘宗周《书高先生帖后》；"题"类题跋文二篇：郭正域《题王冏伯晋录》，焦竑《题杨复所先生语录》。卷一三为"论""议""赞""书""状""祭文"体选文，其中辑录倪元璐《题高先生遗像》一篇。

笔者所见为《四库全书存目丛书》影印南京图书馆藏明崇祯间刻本，另有中国国家图书馆藏清李文田抄本、清末至民国间抄本。

40. 《文编》，六十四卷，（明）唐顺之编。

唐顺之，字应德，一字义修，人称荆川先生，武进（今属江苏常州）人；明嘉靖八年（1529）进士，授兵部主事，改吏部，再改翰林院编修，历右春坊司谏；明中叶散文流派"唐宋派"的代表性人物，著有《荆川先生集》《右编》《史纂左编》《武编》《荆川稗编》《诸儒语要》等。《四库全书总目》评曰："陈元素序称，以真德秀《文章正宗》为稿本。然德秀书主于论理，而此书主于论文，宗旨迥异。元素说似未确也。""顺之深于古文，能心知其得失，凡所别择，具有精意。""学秦汉者，当于唐宋求门径；学唐宋者，固当以此编为门径矣。"①

此集有嘉靖三十五年（1556）唐顺之自序，当成书于此时。是集取由周迄宋之文，以明示学文门径为重心。故其选文虽以体分类，但未以辨体为归旨。集内题跋文归入"序"体，未单列"题跋"一体。卷五三共收录题跋二篇：柳宗元《读韩愈所著毛颖传后题》、欧阳修《书梅圣俞稿后》。

笔者所见为《文渊阁四库全书》本。

41.《文翰类选大成》，一百六十三卷，（明）李伯玙、冯厚编。

李伯玙，松江府南汇（今属上海）人，官淮王府长史。冯厚，字良载，别号坦庵先生，明慈溪（今属浙江慈溪）人，著有《洪庵稿》《中都稿》等。

此集有成化八年（1472）祁铨序，及成化九年（1473）冯厚书后序，盖当结集于成化八年（1472）。是集乃历代诗文集，以体为序，并单列"题跋"文体。卷一六一选入唐、宋、元、明文人题跋：唐柳宗元《书箕子庙碑阴》、皮日休《题安昌侯传》《题叔孙通传后》、孙樵《刻武侯碑阴》、杜牧《书处州韩吏部孔子庙碑阴》、张谓《有夏大夫关公碑阴文》、司空图《题柳柳州集后》，宋欧阳修《读李翱文》《书梅圣俞稿后》、王安石《读孟尝君传》、辛弃疾《跋绍兴亲征诏草》、黄庭坚《跋砥柱铭后》《书王知载朐山杂咏后》、秦观《书王蠋事后》、曾巩《书魏郑公传后》、李格非《书洛阳名园记

---

① （清）永瑢等：《四库全书总目》，中华书局 1965 年版，第 1716 页。

后》、张耒《书韩退之传后》《书宋齐丘化书》、张栻《跋西铭》《跋太极图说》、陈亮《周礼发题》、杨万里《跋陆宣公集古方》、真德秀《跋周子德颖斋记》《跋陈慧父竹坡诗稿》、魏了翁《题李肩吾所书乡党篇》、程颐《题明道先生墓》,元元好问《跋金国名公书》、杨奂《跋赵太常拟试赋稿后》、家铉翁《题中州诗集后》、徒单公履《书张侯言行录后》、刘因《记太极图后》《跋怀素藏真律公二帖后》、胡祗遹《跋党怀英八分书》、吴澄《书李伯时九歌图后》《书贡仲章文稿后》《书邢氏贤行》、元明善《跋卢龙赵氏族谱后》、袁袠《题书学纂要后》、虞集《书玄玄赘稿后》《题吴传朋书及李唐山水》、宋本《跋苏轼家藏杂帖》、吴莱《书张良传》、李继本《代跋萧参政与郑伯兴书后》《题邓彦文所藏墨梅》《题独庵外集后》,明宋濂《跋葛庆龙九日诗》、解缙《跋苏文中公书》、杨荣《书王右军写经换鹅图后》《书赤壁图后》、梁寅《书杨仲弘诗序后》《跋宋平金露布文》、杨士奇《跋赵子昂书东坡定惠院海棠诗后》《书宋高宗手诏后》《题夏少保家藏麦舟图》《题晦庵先生墨迹后》、胡俨《题胡忠简公家书后》《时苗留犊图后》《书柴望传后》《书袁廷玉传后》、王祎《跋玉枕兰亭帖》《跋坰上进履图》《跋南山图后》、陈敬宗《题九歌东皇太乙以下诸神卷》《题解学士草书》《题欹器图卷》《跋草虫卷后》、刘尚宾《书孟左司文集后》、黄淮《跋晦庵朱先生吟室二字刻本》《题翠屏先生自制挽诗后》、刘球《跋宋赐杨忠襄公家田劄后》、邹缉《跋金谕德比征诗集》《跋石鼓文》、陈继《书画竹后》《书勘书图后》《跋陆李诚书范文正公岳阳楼记胡忠简公上高宗封事》《书太子少传杨公聚奎堂卷后》、正直《题东山遗稿后》、童轩《跋郭汾阳轻骑见虏图》《书村田乐图》等。卷一六二、卷一六三为"杂著"类,选入韩愈《读荀》、皮日休《读司马法》、司马光《读玄》、刘因《读药书漫记二条》、吴立夫《读唐太宗〈帝范〉》等。

笔者所见为《四库全书存目丛书》影印北京大学图书馆藏明成化刻弘治嘉靖递修本。

42.《文坛列俎》,十卷,(明)汪廷讷辑。

汪廷讷,字昌期,号坐隐先生、全一真人、无无居士等,休宁(今属安徽)人;曾先后任职盐运使、长汀县丞、鄞江左司马等。汪廷讷乃明代著名戏曲作家,为"吴江派"沈璟弟子,与汤显祖等亦有往还;著有诗文集《坐隐先生集》《环翠堂坐隐集选》等;其所作戏曲类作品有《狮吼记》《种玉记》《三祝记》《投桃记》《采舟记》《天书记》《义烈记》等。

此集乃历代诗文选本,有万历三十三年(1605)祝世禄序,当成书于此时。是集以类标目,分经翼、治资、鉴林、史摘、清尚、掇藻、博趣、别教、赋则、诗概十类,选录周至明代诗文。卷三"鉴林"类共选入题跋文三篇:张耒《读楚甘公说》、王安石《读孟尝君传》《书刺客传后》。

笔者所见为《四库全书存目丛书》影印南京图书馆藏明万历三十五年(1607)环翠堂刻本。

43.《文体明辨》,八十四卷,(明)徐师曾编。

　　徐师曾，字伯鲁，别号鲁庵，吴江（今属江苏）人；明嘉靖三十二年（1553）进士，选为庶吉士，任兵科给事中，后转左给事中；明代著明文体学家，撰有《礼记集注》《周易演义》等。

　　此集有万历元年（1573）徐师曾自序，故当成书于此时。是集以《文章辨体》为参照，共辑录一百二十七种文体。明人顾尔行在《刻文体明辨序》中说："上采黄虞，下及近代，文各标其体，体各归其类，条分缕析，凡若干卷云。"[1] 卷首纲领一卷，目录六卷，附录十四卷，附录目录二卷。选本以体为序，卷四五单列有"题跋"文体，文体又细分为"题""跋""书""读"四类。"题"类收录唐皮日休《题叔孙通传后》、宋苏轼《题唐氏六家书后》、宋潘兴祠（应为"潘兴嗣"）《题张唐公香城记后》，凡三篇；"跋"类收录宋欧阳修《跋唐令长新戒》《跋学士题院名》《跋唐田布碑》《跋隋太平寺碑》《跋晋王献之法帖》《跋范文度模本兰亭序》《跋唐安公美政颂》《跋后汉郎中王君碑》《跋唐人书杨公史传记》《跋唐李德裕平泉草木记》《跋放生池碑》《跋唐司刑寺大脚迹敕》《跋唐华阳颂》、《跋汉公昉碑》（一作仙人唐君碑）等，宋辛弃疾《跋绍兴辛巳亲征诏草》，宋文天祥《跋李世修藏累科状元帖》，凡十六篇；"书"类收录宋王安石《书洪范传后》《书李文公集后》、宋林希《书郑玄传》、宋李格非《书洛阳名园记后》、宋黄庭坚《书邢居实南征赋后》、宋苏轼《书鲜于子

---

　　① （明）徐师曾著，罗根泽校点：《文体明辨序说》（与吴讷《文章辨体序说》合刊），人民文学出版社1998年版，第75页。

骏八谏后》、宋欧阳修《书三绝句诗后》，凡七篇；"读"
类收录唐韩愈《读仪礼》《读荀》、宋刘敞《读封禅书》、
宋王安石《读孟尝君传》、宋曾巩《读贾谊传》、宋欧阳修
《读李翱文》，凡六篇。

笔者所见为《四库全书存目丛书》影印北京大学图书
馆藏明万历建阳游榕铜活字印本，另有复旦大学图书馆藏
明万历十九年（1591）刻本。1959 年，罗根泽、于北山将
其中的"序说"内容辑出，与吴讷《文章辨体》之"序
说"一并印行，题为《文章辨体序说　文体明辨序说》，由
人民文学出版社出版。

44.《文章辨体》，五十卷，（明）吴讷编。

吴讷，字敏德，号思庵，常熟（今属江苏）人；永乐
中以医荐至京，受命教授功臣子弟，历任监察御史、南京
右佥都御史、左副都御史等职；著有《文章辨体》《思庵文
粹》《小学集解》《性理补注》《晦庵文钞》《晦庵诗钞》
《草庐文萃》《祥刑要览》等。

此集乃历代诗文总集，包括《内集》五十卷、《外集》
五卷、《总论》一卷，共收录五十九种文体。内有天顺八年
（1464）彭时序，故当成书于此时。是集以体为序，诸文体
目录前撰有序题，其《凡例》云："故今所编，始于古歌谣
辞，终于祭文，每类自为一类，各以时世为先后。"①卷四
〇单列有"题跋"文体，辑录唐、宋、元、明二十二家文

---

① （明）吴讷著，于北山校点：《文章辨体序说》（与徐师曾《文体明辨序说》合
刊），人民文学出版社 1998 年版，第 9 页。

人的三十九篇题跋文：唐韩愈《读荀》《读仪礼》《读鹖冠子》、柳宗元《读韩愈所著毛颖传后题》、杜牧《书处州孔子庙碑阴》，宋徐积《书郑繁传》、欧阳修《跋放生池碑》《跋平泉草木记》《跋唐华阳颂》《跋唐人书杨公使传记》、王安石《读孟尝君传》、苏轼《书黄子思诗集后》《题唐氏六家书后》、曾巩《书魏郑公传后》、黄庭坚《题摹燕郭尚父图》《跋韩退之送穷文》、李格非《书洛阳名园记后》、张耒《书五代郭崇韬卷后》、陆游《书布衾铭后》、朱熹《读唐志》《读大纪》《跋朱喻二公法帖》《跋唐人暮雨牧牛图》《跋向伯元遗戒》《跋程沙随帖》《跋病翁先生诗》《书廖德明仁寿庐条约后》、张栻《题赠地理卷后》、黄震《读汉书》、熊禾《三山郡泮五贤祠后记后语》，元刘因《读药书漫记》、柳贯《题兰亭卷》，明朱右《读禹贡》、宋濂《跋三官祠记》《书穆陵遗骸》《读宋徽宗本纪》、苏伯衡《书徐进善三命辨后》、刘基《书苏伯修御史断狱记后》《题王右军兰亭帖》。彭时在该书序文中评曰："辨体云者，每体自为一类，每类各著序题，原制作之意而辨析精确，一本于先儒成说，使数千载文体之正变高下，一览可以具见，是盖有以备《正宗》之所未备而益加精焉者也。"①

　　笔者所见为《四库全书存目丛书》影印吉林省图书馆藏明天顺八年（1464）刻本，另有中国国家图书馆藏明嘉靖三十四年（1555）徐洛刻本、故宫博物院藏明钟原刻本等。

---

① （明）吴讷编：《文章辨体》，《四库全书存目丛书》，齐鲁书社1997年版，第291册，第2页。

45. 《文章辨体汇选》，七百八十卷，（明）贺复征编选。

贺复征，字仲来，丹阳（今属江苏）人。贺复征《明史》无传。据吴承学考，尽管按《四库全书》编排次序看，《文章辨体汇选》编纂时间为明代后期，但就该书所收文章内容判断，其最终编定时间应晚于顺治四年（1647），因而贺复征当为明清之际的跨朝作家，此集编选时间亦当为明末清初①，则是集无论入选作家还是编纂思想，皆应归属于明代而无疑。

《四库全书总目》云："复征以吴讷《文章辨体》所收未广，因别为搜讨，上自三代，下逮明末，分列各体为一百三十二类。每体之首，多引刘勰《文心雕龙》及吴讷、徐师曾之言，间参以己说，以为凡例。"是集乃散文选本，未收诗赋。《四库全书总目》言是集"其中有一体而两出者"，"有一体而强分为二者"②。"题跋"文体选辑亦有疏漏之处。卷七八〇为"杂著"类，其中亦收录《删古岳读经跋》一篇。而卷三六六所收王羲之《题卫夫人笔阵图后》，是否为唐初人伪作学术界仍存有争议。但此集搜罗广博、分体细致，乃明代文体学研究的重要选本之一。

选本以体标目，将"题跋"单列为一体，卷三六四至卷三七八为题跋选文，共十五卷。"题跋"一级目类下又分"题"（卷三六四至卷三六七）、"跋"（卷三六八至卷三七一）、"书"（卷三七二至卷三七六）、"读"（卷三七七至卷

---

① 详见吴承学、何诗海《贺复征与〈文章辨体汇选〉》，《学术研究》2005 年第 5 期。
② （清）永瑢等：《四库全书总目》，中华书局 1965 年版，第 1723 页。

三七八）四类。其中明以前（晋、唐、宋、元）题跋文共计八卷一百二十三篇；明人题跋共计七卷一百二十八篇。此书收录王羲之（一篇）、孙樵（四篇）、韩愈（三篇）、李翱（二篇）、皮日休（二篇）、司空图（二篇）、柳宗元（一篇）、李德裕（一篇）、陆龟蒙（一篇）、苏轼（二十七篇）、黄庭坚（二十五篇）、欧阳修（七篇）、张耒（四篇）、王安石（三篇）、晁补之（三篇）、曾巩（二篇）、唐庚（一篇）、刘恕（一篇）、李格非（一篇）、蔡襄（一篇）、秦观（一篇）、刘敞（一篇）、陆游（九篇）、陈亮（三篇）、叶适（二篇）、朱熹（二篇）、文天祥（二篇）、辛弃疾（一篇）、真德秀（一篇）、元好问（一篇）、刘因（四篇）、吴澄（一篇）、虞集（一篇）、宋本（一篇）、王世贞（十六篇）、宋濂（十四篇）、董其昌（十二篇）、徐渭（十篇）、方孝孺（九篇）、唐顺之（六篇）、钟惺（六篇）、李流芳（五篇）、刘基（四篇）、谭元春（四篇）、祝允明（三篇）、杨慎（三篇）、黄汝亨（三篇）、袁宏道（三篇）、刘崧（二篇）、杨士奇（二篇）、李东阳（二篇）、袁中道（二篇）、张鼐（二篇）、徐一夔（一篇）、苏伯衡（一篇）、解缙（一篇）、林环（一篇）、周忱（一篇）、吴宽（一篇）、王鏊（一篇）、李梦阳（一篇）、王守仁（一篇）、陈琛（一篇）、罗洪先（一篇）、归有光（一篇）、沈炼（一篇）、王维桢（一篇）、汪道昆（一篇）、虞淳熙（一篇）、陈继儒（一篇）、曹学佺（一篇）、陈仁锡（一篇）、卢廷选（一篇）。

　　笔者所见为《文渊阁四库全书》本。

46.《文章类选》，四十卷，（明）朱榬辑。

朱榬（1378—1438），号凝真，明太祖朱元璋庶第十六子，明代藩封宁夏一世庆王；编有《宁夏志》《凝真稿》等。

此集乃历代选本，共辑入五十八种文体，有洪武三十一年（1398）凝真子自序。盖本书结集于洪武三十一年（1398）。是集以体为序编排，分五十八体。卷三八单列有"题跋"体，收录唐、宋题跋文二十五篇：柳宗元《书箕子庙碑阴》、欧阳修《读李翱文》《书梅圣俞稿后》、苏轼《书黄牛庙诗后》、辛弃疾《跋绍兴亲征诏》、王安石《读孟尝君传》《读柳宗元传》、黄庭坚《跋砥柱铭后》、秦观《书王蠋事后》、曾巩《书魏郑公传后》、李格非《书洛阳名园记后》、张耒《书韩退之传后》《书宋齐丘化书》、吕南公《题王充论衡后》、张栻《跋西铭》《跋太极图说》、陈亮《周礼发题》、杨万里《跋陆宣公集古方》、真德秀《跋周子德颖斋记》《跋陈慧父竹坡诗稿》、魏了翁《题李肩吾所书乡党篇》、胡铨《跋刘元城元祐奸党碑》、刘弇《书隐居王适中壁》、孙樵《刻武侯庙碑阴》、家铉翁《题中州诗集后》。卷三九"杂著"类另收唐皮日休《读司马法》《题安昌侯传》两篇。《四库全书总目》提要对该集评价不高，言其"标目冗碎，义例舛陋，不可枚举"①。

笔者所见为《四库全书存目丛书》影印中国国家图书馆藏明初刻本，另有中国国家图书馆藏明洪武三十一年（1398）朱榬刻本、美国普林斯顿大学藏明抄本。

---

① （清）永瑢等：《四库全书总目》，中华书局1965年版，第1739页。

47.《文章指南》，五卷，（明）归有光编。

归有光，字熙甫，号项脊生，人称震川先生，昆山（今属江苏）人；嘉靖四十四年（1565）进士，授长兴知县，改顺德通判，晚年任南京太仆寺丞；为明代"唐宋派"代表性人物，著有《震川先生集》《易经渊旨》等。

此集有嘉靖四十四年（1565）詹仰庇序，后有吴应达跋、清光绪二年（1876）许佐识重辑跋，或结集于嘉靖四十四年（1565）。《四库全书总目》介绍是集曰："前有旧序，称原无书名，有光登第后授其同年南海知县詹仰庇，仰庇以授其友黄鸣岐，鸣岐校而刻之，为题此名。然此实钞本，非其原刻。凡分六十六则，由《左传》以下迄于明，录文百十八篇。每则每篇皆有评说，而以总论看文字法冠于卷端。间杂以骈体。"① 该书于"文短气长则第四十四"中，辑录王安石《读孟尝君传》一篇，评曰："文章简短难得气长，惟王半山《读孟尝君传》、韩退之《送董邵南序》内有许多转折，读之不觉，气长真妙手也。"

笔者所见为《四库全书存目丛书》影印湖北省图书馆藏清光绪二年（1876）刻本。

48.《文字会宝》，不分卷，（明）朱文治辑。

朱文治，字简叔，钱塘（今属浙江杭州）人。是书乃历代诗文总集，有万历三十六年（1608）胡来朝序、聂心汤序、李培题辞及同年朱文治自序。盖应结集于万历三十

---

① （清）永瑢等：《四库全书总目》，中华书局1965年版，第1751页。

六年（1608）。《四库全书总目》介绍是集"取前代之文，浼善书者书之，人各一篇，裒而成集"①。该集选文以人为序。据目录所列举，书中辑入孙绰《兰亭跋》一篇，但实际选入篇目为《兰亭后序》。

笔者所见为《四库全书存目丛书补编》影印清华大学图书馆藏明万历三十六年（1608）自刻本。

49.《新安文粹》，十五卷，（明）金德玹编，苏大重订。

金德玹，字仁本，安徽休宁人，著有《四书音释》《道统源流》等。苏大，字景元，安徽休宁人。

此集前有天顺三年（1459）孙遇序、天顺二年（1458）程富序，后有天顺二年（1458）苏大后序，盖当结集于天顺二年（1458）。《四库全书总目》评是集与《新安文献志》曰："《新安文献志》成于宏治初。《文献志》载此书之目于事略。此书补遗之内亦出敏政名。则二书同时所作，略有先后耳。中间所录之文，不及《文献志》之博，而颇有《文献志》所不载者，二书固互相表里也。"② 该集以体为序，卷四单列"跋"体，选录宋、元八位文人的九篇题跋文：曹泾《跋天原发微后》、方岳《跋林君诗卷》、胡次焱《跋胡玉斋启蒙通释》、胡初翁《跋宁王吹箫图》《跋孤山梅鹤卷》、赵汸《跋东坡尺牍后》、朱升《跋孙处士过籴歌》、倪士毅《吴氏族谱跋》、倪尚谊《跋赵氏春秋集传后》。

---

① （清）永瑢等：《四库全书总目》，中华书局1965年版，第1765页。
② （清）永瑢等：《四库全书总目》，中华书局1965年版，第1741页。

笔者所见为《四库全书存目丛书》影印原北平图书馆藏明天顺四年（1460）刻本。

50.《新安文献志》，一百卷，（明）程敏政辑撰。

是集为地方诗文总集，采录南朝齐、梁至明代永乐年间有关新安之诗文作品。据刘彭冰《程敏政年谱》考，弘治八年乙卯（1495）"子程壎行冠礼，汪承之自新安来京为贺，并言及刊刻《新安文献志》诸事"。由此判断，该集编选时间应当不晚于弘治八年（1495）。[①]

卷首有先贤事略上、下二编。前六十卷为新安先达诗文，以体标目；卷六一后为新安行实。《四库全书总目》评曰："是书于南北朝以后文章事迹凡有关于新安者，悉采录之。六十卷以前为甲集，皆其乡先达诗文。略依真德秀《文章正宗》之例，分类辑录。其六十一卷以后，则皆先达行实，不必尽出郡人所论撰。分神迹、道原、忠孝、儒硕、勋贤、风节、才望、吏治、遗逸、世德、寓公、文苑、材武、烈女、方技十五目。其中有应行考订者，敏政复间以己意参核而附注之。征引繁博，条理淹贯。凡徽州一郡之典故，汇萃极为赅备，遗文轶事，咸得藉以考见大凡。故自明以来，推为巨制。"[②] 集中"序"与"题跋"分列两体。卷二二至卷二五为"题跋"文。其中卷二二选文包括"题""跋""书""读"四类，其余三卷则均无"读"类题跋。卷三五、卷三六标目"杂著"，选入"读"类题跋文

①　详见刘彭冰《程敏政年谱》，硕士学位论文，安徽大学，2003 年，第 74 页。
②　（清）永瑢等：《四库全书总目》，中华书局 1965 年版，第 1715 页。

五篇：《读诗》《读董仲舒传》《读洪范五行》《读欧阳公赵盾许止杀君论》《读货殖传》。

笔者所见为《文渊阁四库全书》本，另有黄山书社2004年版点校本。

51.《中州名贤文表》，三十卷，（明）刘昌编。

刘昌，字钦谟，号棕园，吴县（今属江苏）人；正统十年（1445）进士，历官南京工部主事、河南提学副使，迁广东参政；著有笔记《悬笥琐谈》等。此集即刘昌提学河南时编纂。

是集乃地方诗文合集，文三十卷、诗七卷。凡许衡（六卷）、姚燧（八卷）、马祖常（五卷）、许有壬（三卷）、王恽（六卷）、富珠哩翀（二卷）。此集有成化七年（1471）刘昌自序及康熙四十五年（1706）宋荦序。盖此集初结集于成化七年（1471）。每集末有刘昌所作《跋语》数则。该选本以人分类，大类之下又分列各体细目。"序"与"题跋"分列两体。其中题跋选文为：卷二"许文正公"类目下"杂著"类，《读易私言》《读文献公撰蓍说》；卷一七"马文贞公"类目下"题跋"类，《书翟太公弹琴诗序后》《跋夫子击磬图》《记御史台题名后》《题松厅事稿略后》《跋诚求唐诗》；卷二〇"许文忠公"类目下"题跋"类，《题欧阳文忠公告》《题李士诚持信手卷》《跋织成宣和御书清净经》《跋重刻羊祜碑》；卷二八"王文定公"类目下"题跋"类选文共三十五篇，皆为以"题""跋"两类命名的作品。

笔者所见为《文渊阁四库全书》本，另有中国国家图书馆藏明成化间刻本、清康熙四十五年（1706）钱塘汪氏刻本、清光绪三十年（1904）鸿文书局石印本。

52.《诸儒文要》，八卷，不著编者。

是集以人为序，选录宋周敦颐、程颢、程颐、张载、朱熹、陆九渊、张栻、杨简，明陈献章、王守仁十家散文。《四库全书总目》介绍曰："不著编辑者名氏。所录周、程、张、朱及陆九渊、张栻、杨简、陈献章、王守仁十家之文，凡八十篇。而朱子与守仁居其半，皆讲学之言。"① 其中辑入题跋文五篇：朱熹《读吕氏诗记桑中篇》《读大纪》《读唐志》《读两陈谏议遗墨》《跋黄仲本朋友说》。

笔者所见为《四库全书存目丛书》影印中国国家图书馆藏明刻本。

---

① （清）永瑢等：《四库全书总目》，中华书局1965年版，第1767页。

主要参考文献

书目类：

《北京图书馆古籍珍本丛刊》，书目文献出版社 1998 年版。

北京图书馆编：《北京图书馆藏珍本年谱丛刊》，北京图书馆出版社 1999 年版。

王云五主编：《丛书集成初编》，中华书局 2011 年版。

上海书店编：《丛书集成续编》，上海书店 1994 年版。

周骏富编：《明代传记丛刊索引》，台湾明文书局 1991 年版。

《四库禁毁书丛刊》，北京出版社 2000 年版。

《四库禁毁书丛刊补编》，北京出版社 2005 年版。

《四库全书存目丛书》，齐鲁书社 1997 年版。

《四库全书存目丛书补编》，齐鲁书社 2001 年版。

（清）永瑢等：《四库全书总目》，中华书局 1965 年版。

《四库未收书辑刊》，北京出版社 1998 年版。

《续修四库全书》，上海古籍出版社 2002 年版。

中国科学院图书馆整理：《续修四库全书总目：稿本》，齐鲁书社 1996 年版。

上海图书馆编：《中国丛书综录》，上海古籍出版社2007
　　年版。

《中国古籍善本书目》，上海古籍出版社 1998 年版。

《中国古籍总目》，中华书局 2012 年版。

《中国古籍总目索引》，上海古籍出版社 2013 年版。

王重民：《中国善本书提要》，上海古籍出版社 1983 年版。

古籍类：

（宋）孔延之编：《会稽掇英总集》，《景印文渊阁四库全
　　书》，台湾商务印书馆 1986 年版。

（宋）刘涣等撰，刘元高编：《三刘家集》，《景印文渊阁四
　　库全书》，台湾商务印书馆 1986 年版。

（宋）楼昉编：《崇古文诀》，《景印文渊阁四库全书》，台
　　湾商务印书馆 1986 年版。

（宋）吕祖谦编：《古文关键》，《景印文渊阁四库全书》，
　　台湾商务印书馆 1986 年版。

（宋）吕祖谦编：《宋文鉴》，《景印文渊阁四库全书》，台
　　湾商务印书馆 1986 年版。

（宋）桑世昌编，朱存孝辑补：《回文类聚》，《景印文渊阁
　　四库全书》，台湾商务印书馆 1986 年版。

（宋）汤汉编：《妙绝古今》，《景印文渊阁四库全书》，台
　　湾商务印书馆 1986 年版。

（宋）魏齐贤、叶棻编：《五百家播芳大全文粹》，《景印文
　　渊阁四库全书》，台湾商务印书馆 1986 年版。

（宋）谢枋得编：《文章轨范》，《景印文渊阁四库全书》，

台湾商务印书馆 1986 年版。

（宋）姚铉编：《唐文粹》，《景印文渊阁四库全书》，台湾
商务印书馆 1986 年版。

（宋）真德秀编：《文章正宗》，《景印文渊阁四库全书》，
台湾商务印书馆 1986 年版。

《宋文选》，《景印文渊阁四库全书》，台湾商务印书馆 1986
年版。

（元）方回：《桐江续集》，《景印文渊阁四库全书》，台湾
商务印书馆 1986 年版。

（元）苏天爵编：《元文类》，《景印文渊阁四库全书》，台
湾商务印书馆 1986 年版。

（元）周南瑞编：《天下同文集》，《景印文渊阁四库全书》，
台湾商务印书馆 1986 年版。

（明）蔡士顺辑：《同时尚论录》，《四库全书存目丛书》，
齐鲁书社 1997 年版。

（明）陈仁锡编：《古文奇赏》，《四库全书存目丛书》，齐
鲁书社 1997 年版。

（明）陈仁锡编：《三续古文奇赏》，《四库全书存目丛书》，
齐鲁书社 1997 年版。

（明）陈仁锡编：《四续古文奇赏》，《四库全书存目丛书》，
齐鲁书社 1997 年版。

（明）陈仁锡编：《续古文奇赏》，《四库全书存目丛书》，
齐鲁书社 1997 年版。

（明）陈仁锡辑：《明文奇赏》，《四库全书存目丛书》，齐
鲁书社 1997 年版。

（明）陈天定辑：《古今小品》，《四库禁毁书丛刊》，北京
　　出版社 2000 年版。

（明）陈子龙等辑：《皇明经世文编》，《续修四库全书》，
　　上海古籍出版社 2002 年版。

（明）程敏政辑撰：《新安文献志》，《景印文渊阁四库全
　　书》，台湾商务印书馆 1986 年版。

（明）傅振商辑：《蜀藻幽胜录》，《四库全书存目丛书》，
　　齐鲁书社 1997 年版。

（明）归有光编：《文章指南》，《四库全书存目丛书》，齐
　　鲁书社 1997 年版。

（明）贺复征编：《文章辨体汇选》，《景印文渊阁四库全
　　书》，台湾商务印书馆 1986 年版。

（明）何炯编：《清源文献》，《四库全书存目丛书》，齐鲁
　　书社 1997 年版。

（明）何乔远辑：《皇明文征》，《四库全书存目丛书》，齐
　　鲁书社 1997 年版。

（明）胡接辉选：《里先忠三先生文选》，《四库全书存目丛
　　书》，齐鲁书社 1997 年版。

（明）黄佐辑：《六艺流别》，《四库全书存目丛书》，齐鲁
　　书社 1997 年版。

（明）金德玹编，苏大重订：《新安文粹》，《四库全书存目
　　丛书》，齐鲁书社 1997 年版。

（明）李宾编：《八代文钞》，《四库全书存目丛书》，齐鲁
　　书社 1997 年版。

（明）李伯屿、冯厚编：《文翰类选大成》，《四库全书存目

丛书》，齐鲁书社 1997 年版。

（明）李时渐辑：《三台文献录》，《四库全书存目丛书》，齐鲁书社 1997 年版。

（明）李贽辑评：《三异人文集》，《四库全书存目丛书补编》，齐鲁书社 2001 年版。

（明）刘昌编：《中州名贤文表》，《景印文渊阁四库全书》，台湾商务印书馆 1986 年版。

（明）刘士鳞编：《古今文致》，江苏广陵古籍刻印社 1991 年版。

（明）刘士鳞辑，（明）王宇增删：《删补古今文致》，《四库全书存目丛书》，齐鲁书社 1997 年版。

（明）刘士鳞辑评：《明文霱》，《四库禁毁书丛刊》，北京出版社 2000 年版。

（明）陆云龙选评：《皇明十六名家小品》，《四库全书存目丛书》，齐鲁书社 1997 年版。

（明）茅坤编：《唐宋八大家文钞》，《景印文渊阁四库全书》，台湾商务印书馆 1986 年版。

（明）梅鼎祚编：《陈文纪》，《景印文渊阁四库全书》，台湾商务印书馆 1986 年版。

（明）梅鼎祚编：《梁文纪》，《景印文渊阁四库全书》，台湾商务印书馆 1986 年版。

（明）梅鼎祚编：《南齐文纪》，《景印文渊阁四库全书》，台湾商务印书馆 1986 年版。

（明）梅鼎祚编：《释文纪》，《景印文渊阁四库全书》，台湾商务印书馆 1986 年版。

（明）沈敕编：《荆溪外纪》，《四库全书存目丛书》，齐鲁
　　书社 1997 年版。

（明）孙矿等辑评：《今文选》，《四库全书存目丛书》，齐
　　鲁书社 1997 年版。

（明）孙矿等辑评：《续今文选》，《四库全书存目丛书》，
　　齐鲁书社 1997 年版。

（明）唐顺之编：《文编》，《景印文渊阁四库全书》，台湾
　　商务印书馆 1986 年版。

（明）汪廷讷辑：《文坛列俎》，《四库全书存目丛书》，齐
　　鲁书社 1997 年版。

（明）吴讷编：《文章辨体》，《四库全书存目丛书》，齐鲁
　　书社 1997 年版。

（明）徐师曾编：《文体明辨》，《四库全书存目丛书》，齐
　　鲁书社 1997 年版。

（明）查志隆编：《宋文钞》，《四库全书存目丛书》，齐鲁
　　书社 1997 年版。

（明）张时彻辑：《皇明文范》，《四库全书存目丛书》，齐
　　鲁书社 1997 年版。

（明）张应遴编：《海虞文苑》，《四库全书存目丛书》，齐
　　鲁书社 1997 年版。

（明）赵鹤编：《金华文统》，《四库全书存目丛书》，齐鲁
　　书社 1997 年版。

（明）赵鹤辑：《金华正学编》，《四库全书存目丛书》，齐
　　鲁书社 1997 年版。

（明）郑元勋辑：《媚幽阁文娱初集》，《四库禁毁书丛刊》，

北京出版社 2000 年版。

（明）郑元勋辑：《媚幽阁文娱二集》，《四库禁毁书丛刊》，北京出版社 2000 年版。

（明）钟惺辑评：《宋文归》，《四库全书存目丛书》，齐鲁书社 1997 年版。

（明）周复俊编：《全蜀艺文志》，《景印文渊阁四库全书》，台湾商务印书馆 1986 年版。

（明）朱文治辑：《文字会宝》，《四库全书存目丛书补编》，齐鲁书社 2001 年版。

（明）朱橚辑：《文章类选》，《四库全书存目丛书》，齐鲁书社 1997 年版。

（清）黄宗羲辑：《明文案》，《四库禁毁书丛刊补编》，北京出版社 2005 年版。

（清）黄宗羲编：《明文海》，《景印文渊阁四库全书》，台湾商务印书馆 1986 年版。

（清）黄宗羲编：《明文授读》，《四库全书存目丛书》，齐鲁书社 1997 年版。

（清）阮元校刻：《十三经注疏》，中华书局 1980 年版。

（清）薛熙编：《明文在》，《四库全书存目丛书》，齐鲁书社 1997 年版。

王先谦：《汉书补注》，中华书局 1983 年版。

（南朝梁）刘勰著，范文澜注：《文心雕龙注》，人民文学出版社 1958 年版。

［日］遍照金刚撰，卢盛江校考：《文镜秘府论汇校汇考》，中华书局 2006 年版。

（唐）柳宗元：《柳宗元集》，中华书局 1979 年版。

（唐）魏征、令狐德棻：《隋书》，中华书局 1973 年版。

（唐）张彦远：《历代名画记》，人民美术出版社 2005 年版。

马通伯校注：《韩昌黎文集校注》，古典文学出版社 1957 年版。

（宋）黎靖德编，王星贤点校：《朱子语类》，中华书局 1994 年版。

（宋）欧阳修著，洪本健校笺：《欧阳修诗文集校笺》，上海古籍出版社 2009 年版。

（宋）苏轼著，孔凡礼点校：《苏轼文集》，中华书局 1986 年版。

（宋）严羽著，郭绍虞校释：《沧浪诗话校释》，人民文学出版社 1961 年版。

（元）黄溍著，王颋点校：《黄溍集》，浙江古籍出版社 2013 年版。

（元）倪瓒著，江兴祐点校：《清閟阁集》，西泠印社出版社 2010 年版。

（元）脱脱等：《宋史》，中华书局 1977 年版。

（元）张雨著，吴迪点校：《张雨集》，浙江人民美术出版社 2013 年版。

李修生主编：《全元文》，凤凰出版社 2005 年版。

（明）陈子龙著，王英志辑校：《陈子龙全集》，人民文学出版社 2011 年版。

（明）高启著，（清）金檀辑注，徐澄宇、沈北宗校点：《高青丘集》，上海古籍出版社 1985 年版。

（明）归有光著，周本淳校点：《震川先生集》，上海古籍出版社1981年版。

（明）李攀龙著，包敬第标校：《沧溟先生集》，上海古籍出版社1992年版。

（明）刘基著，林家骊点校：《刘基集》，浙江古籍出版社1999年版。

（明）刘士鳞选编，蔡镇楚校点：《文致》，岳麓书社1998年版。

（明）陆云龙等选评：《明人小品十六家》，浙江古籍出版社1996年版。

（明）毛晋撰，潘景郑校订：《汲古阁书跋》，上海古籍出版社2005年版。

（明）茅坤著，张大芝、张梦新校点：《茅坤集》，浙江古籍出版社1993年版。

（明）宋濂著，黄灵庚编辑校点：《宋濂全集》，人民文学出版社2014年版。

（明）宋濂等：《元史》，中华书局1976年版。

（明）王世贞：《弇州四部稿》，《景印文渊阁四库全书》，台湾商务印书馆1986年版。

（明）王世贞：《弇州山人续稿》，载沈云龙选辑《明人文集丛刊》第1期，文海出版社1970年版。

（明）徐师曾著，罗根泽校点：《文体明辨序说》；（明）吴讷著，于北山校点：《文章辨体序说》，人民文学出版社1998年版。

（明）徐渭：《徐渭集》，中华书局1983年版。

（明）袁宏道著，钱伯城笺校：《袁宏道集笺校》，上海古籍出版社 1981 年版。

（明）袁中道著，钱伯城点校：《珂雪斋集》，上海古籍出版社 1989 年版。

（明）袁宗道著，钱伯城标点：《白苏斋类集》，上海古籍出版社 1989 年版。

王文才、万光治主编：《杨升庵丛书》，天地出版社 2002 年版。

张建业主编：《李贽全集注》，社会科学文献出版社 2010 年版。

周维德集校：《全明诗话》，齐鲁书社 2005 年版。

（清）董诰等编：《全唐文》，上海古籍出版社 1990 年版。

（清）郭庆藩撰，王孝鱼点校：《庄子集释》，中华书局 1961 年版。

（清）钱谦益撰集，许逸民、林淑敏点校：《列朝诗集》，中华书局 2007 年版。

（清）钱谦益：《列朝诗集小传》，上海古籍出版社 1983 年版。

（清）孙希旦撰，沈啸寰、王星贤点校：《礼记集解》，中华书局 1989 年版。

（清）吴曾祺：《涵芬楼文谈》，金城出版社 2011 年版。

（清）姚鼐纂集，胡士明、李祚唐标校：《古文辞类纂》，上海古籍出版社 1998 年版。

（清）张廷玉等：《明史》，中华书局 1974 年版。

（清）章学诚撰，叶瑛校注：《文史通义校注》，中华书局

2014 年版。

《宋元明清书目题跋丛刊》，中华书局 2006 年版。

专著类：

陈必祥：《古代散文文体概论》，河南人民出版社 1986 年版。

陈伯海：《近四百年中国文学思潮史》，东方出版中心 1997
　　年版。

陈传席：《中国山水画史》，天津人民美术出版社 2001 年版。

陈飞：《中国古代散文研究》，福建人民出版社 2005 年版。

陈来：《朱熹哲学研究》，中国社会科学出版社 1993 年版。

褚斌杰：《中国古代文体概论》，北京大学出版社 1990 年版。

党圣元：《返本与开新：中国传统文论的当代阐释》，河南
　　大学出版社 2011 年版。

党圣元：《在传统与现代之间——古代文论的现代遭际》，
　　山东教育出版社 2009 年版。

傅刚：《〈昭明文选〉研究》，中国社会科学出版社 2000
　　年版。

付琼：《徐渭散文研究》，上海古籍出版社 2007 年版。

郭绍虞：《中国文学批评史》，上海古籍出版社 1979 年版。

郭英德：《中国古代文体学论稿》，北京大学出版社 2005
　　年版。

郭英德、张德建：《中国散文通史·明代卷》，安徽教育出
　　版社 2013 年版。

郭预衡：《中国散文史》，上海古籍出版社 1999 年版。

侯外庐：《宋明理学史》，人民出版社 1984 年版。

简锦松：《明代文学批评研究》，台湾学生书局 1989 年版。

江枰：《明代苏文研究史》，江西人民出版社 2010 年版。

柯愈春：《清人诗文集总目提要》，北京古籍出版社 2001 年版。

郦波：《王世贞文学研究》，中华书局 2011 年版。

梁启超：《清代学术概论》，上海古籍出版社 1998 年版。

刘方：《中国禅宗美学的思想发生与历史演进》，人民出版社 2010 年版。

刘宁：《汉语思想的文体形式》，华东师范大学出版社 2012 年版。

刘中玉：《混同与重构：元代文人画学研究》，人民出版社 2012 年版。

卢辅圣主编：《中国书画全书》，上海书画出版社 2009 年版。

罗书华：《中国分体文学学史》散文学卷，山西教育出版社 2013 年版。

马建智：《中国古代文体分类研究》，中国社会科学出版社 2008 年版。

敏泽：《中国美学思想史》，湖南教育出版社 2004 年版。

漆绪邦主编：《中国散文通史》，首都师范大学出版社 2014 年版。

钱穆：《中国近三百年学术史》，商务印书馆 1997 年版。

钱锺书：《七缀集》，上海古籍出版社 1994 年版。

钱锺书：《谈艺录》，中华书局 1984 年版。

石建初：《中国古代序跋史论》，湖南人民出版社 2008 年版。

四川大学中文系唐宋文学研究室编：《苏轼资料汇编》，中华书局 1994 年版。

孙学堂：《崇古理念的淡退——王世贞与十六世纪文学思想》，天津古籍出版社 2004 年版。

谭家健：《中国古代散文史稿》，重庆出版社 2006 年版。

唐卫萍：《身份建构的焦虑：北宋"士人画"观念的发展演变》，中国社会科学出版社 2012 年版。

陶东风：《文体演变及其文化意味》，云南人民出版社 1994 年版。

童庆炳：《文体与文体的创造》，云南人民出版社 1994 年版。

王水照：《宋代文学通论》，河南大学出版社 1997 年版。

王运熙、杨明：《中国文学批评通史》，上海古籍出版社 1996 年版。

吴承学：《晚明小品研究》，江苏古籍出版社 1999 年版。

吴承学：《中国古代文体形态研究》，中山大学出版社 2000 年版。

吴承学：《中国古代文体学研究》，人民出版社 2011 年版。

吴兆路：《性灵派研究》，甘肃教育出版社 2001 年版。

谢巍：《中国画学著作考录》，上海书画出版社 1998 年版。

徐复观：《中国艺术精神》，广西师范大学出版社 2007 年版。

徐朔方：《晚明曲家年谱》，浙江古籍出版社 1993 年版。

徐艳：《晚明小品文体研究》，江西教育出版社 2004 年版。

徐燕琳：《明代剧论与画论》，广东高等教育出版社 2007 年版。

徐永明：《宋濂年谱》，浙江大学出版社 2011 年版。

杨大年编著《中国历代画论采英》，河南人民出版社 1984

年版。

尹恭弘：《小品高潮与晚明文化：晚明小品七十三家评述》，
　华文出版社 2001 年版。

余英时：《士与中国文化》，上海人民出版社 1987 年版。

曾枣庄：《宋文通论》，上海人民出版社 2008 年版。

张梦新：《茅坤研究》，中华书局 2001 年版。

张梦新主编：《中国散文发展史》，杭州大学出版社 1996
　年版。

张毅：《宋代文学思想史》，中华书局 2006 年版。

郑利华：《王世贞年谱》，复旦大学出版社 1993 年版。

郑利华：《王世贞研究》，学林出版社 2002 年版。

中国戏曲研究院编：《中国古典戏曲论著集成》，中国戏剧
　出版社 1959 年版。

周振甫：《中国文章学史》，江苏教育出版社 2006 年版。

朱广贤：《中国文章分类学研究》，民族出版社 2000 年版。

朱世英、方遒、刘国华：《中国散文学通论》，安徽教育出
　版社 1995 年版。

祝尚书：《北宋古文运动发展史》，北京大学出版社 2012
　年版。

邹云湖：《中国选本批评》，上海三联书店 2002 年版。

左东岭：《李贽与晚明文学思想》，天津人民出版社 1997
　年版。

左东岭：《王学与中晚明士人心态》，人民文学出版社 2000
　年版。

［法］保罗·利科：《解释的冲突——解释学文集》，莫伟民

译，商务印书馆 2008 年版。

［美］包弼德：《斯文：唐宋思想的转型》，刘宁译，江苏人民出版社 2001 年版。

［美］黄仁宇：《万历十五年》，中华书局 2007 年版。

［德］H. R. 姚斯、［美］R. C. 霍拉勃：《接受美学与接受理论》，周宁、金元浦译，辽宁人民出版社 1987 年版。

［美］姜斐德：《宋代诗画中的政治隐情》，中华书局 2009 年版。

［美］勒内·韦勒克、奥斯汀·沃伦：《文学理论》，刘象愚等译，江苏教育出版社 2005 年版。

［日］青木正儿：《清代文学评论史》，杨铁婴译，中国社会科学出版社 1988 年版。

［美］宇文所安：《中国文论：英译与评论》，王柏华、陶庆梅译，上海社会科学院出版社 2003 年版。

［日］佐藤一郎：《中国文章论》，赵善嘉译，上海古籍出版社 1996 年版。

论文类：

陈少松：《论钟惺散文的艺术特色》，《南京师大学报（社会科学版)》1997 年第 4 期。

陈正宏：《明代诗文研究史 1368—1911》，《中国文学研究（辑刊)》2000 年第 1 期。

党圣元、任竞泽：《论中国古代"杂文"的文体特征》，《江海学刊》2010 年第 6 期。

邓安生：《古代题跋试探》，《天津师大学报》1986 年第

5 期。

樊庆彦：《明代苏轼研究"中熄"说献疑——兼论明代苏文
　　评点的学术价值》，《复旦学报（社会科学版）》2010
　　年第 3 期。

傅刚：《论汉魏六朝文体辨析观念的产生与发展》，《文学遗
　　产》1996 年第 6 期。

付琼：《苏文选本在明清时期的刊刻和流行——兼评明代苏
　　轼研究"中熄"说》，《兰州学刊》2009 年第 7 期。

付琼：《徐渭散文的特色及其在文学史上的地位》，博士学
　　位论文，复旦大学，2004 年。

傅璇琮、周建国：《〈步辇图〉题跋为李德裕作考述》，《文
　　献》2004 年第 11 期。

付瑶：《楼钥题跋研究》，硕士学位论文，暨南大学，
　　2013 年。

郭坚：《古代"序跋"浅说》，《阅读与写作》2003 年第
　　3 期。

郭英德：《论中国古代文体分类的生成方式》，《学术研究》
　　2005 年第 1 期。

郭英德：《中国古代文体形态学论略》，《求索》2001 年第
　　5 期。

何诗海：《明代辨体批评的成就》，《南京师范大学文学院学
　　报》2013 年第 3 期。

何诗海：《〈文通〉与明代文体学》，《苏州大学学报（哲学
　　社会科学版）》2013 年第 3 期。

衡均：《中国画题跋蠡测》，《西北师大学报（社会科学

版)》1993 年第 2 期。

黄国声:《古代题跋概论》,《中山大学学报》1980 年第
　　4 期。

姜丽娟:《明清的小说序跋研究》,硕士学位论文,兰州大
　　学,2007 年。

赖琳:《黄庭坚题跋文研究》,硕士学位论文,兰州大学,
　　2007 年。

李菁:《晚明文人陈继儒研究》,硕士学位论文,上海师范
　　大学,2006 年。

李志远:《冯梦龙戏曲序跋研究》,《中华戏曲》2008 年第
　　1 期。

李子良:《徐渭小品的审美取向和创作姿态》,硕士学位论
　　文,东北师范大学,2007 年。

刘彭冰:《程敏政年谱》,硕士学位论文,安徽大学,
　　2003 年。

罗灵山:《题跋三论》,《益阳师专学报》1994 年第 2 期。

毛雪:《古代题跋文体源流述略》,《平顶山师专学报》2003
　　年第 1 期。

毛雪:《苏轼、黄庭坚题跋文研究》,硕士学位论文,郑州
　　大学,2003 年。

孟伟:《清人编选的文章选本与文学批评研究》,博士学位
　　论文,复旦大学,2006 年。

欧明俊:《论晚明人的“小品”观》,《文学遗产》1999 年
　　第 5 期。

邱美琼、胡建次:《论黄庭坚的记、序、题跋及其对宋文文

体的拓展》，《江西教育学院学报（社会科学）》2003
年第 4 期。

任竞泽：《〈文章正宗〉"四分法"的文体分类史地位》，
《北方论丛》2011 年第 6 期。

王国强：《题跋起源考述》，《图书馆理论与实践》2010 年
第 10 期。

王连起：《从董其昌的题跋看他的书画鉴定》，《中国书画》
2006 年第 6 期。

魏景波：《东坡题跋思想艺术浅论》，《陕西教育学院学报》
2001 年第 1 期。

魏舒婧：《〈文章类选〉述略》，《宁夏师范学院学报（社会
科学）》2015 年第 1 期。

吴承学：《明代文章总集与文体学——以〈文章辨体〉等三
部总集为中心》，《文学遗产》2008 年第 6 期。

吴承学：《宋代文章总集的文体学意义》，《中国社会科学》
2009 年第 2 期。

吴承学、何诗海：《贺复征与〈文章辨体汇选〉》，《学术研
究》2005 年第 5 期。

吴承学、何诗海：《浅谈中国古代文体价值谱系》，《古典文
学知识》2013 年第 6 期。

吴承学、刘湘兰：《序跋类文体》，《古典文学知识》2009
年第 1 期。

夏咸淳：《论明末嘉定文人李流芳》，《上海师范大学学报
（哲学社会科学版）》2005 年第 2 期。

徐大军：《〈四库全书总目〉集部存目提要辩证》，硕士学位

论文，南京师范大学，2006 年。

徐建融：《文人画和士人画》（上），《国画家》2008 年第
　　1 期。

杨峰：《归有光研究》，博士学位论文，复旦大学，2006 年。

杨庆存：《宋代散文体裁样式的开拓与创新》，《中国社会科
　　学》1995 年第 6 期。

杨晓玲：《苏轼题跋文研究》，硕士学位论文，江西师范大
　　学，2012 年。

岳振国：《晁补之题跋文研究》，《大庆师范学院学报》2014
　　年第 4 期。

张静、唐元：《书跋与题跋之辨》，《湖北三峡职业技术学院
　　学报》2010 年第 2 期。

郑艳玲：《钟惺评点研究》，博士学位论文，复旦大学，
　　2005 年。

郑砚云：《陆游题跋文研究》，硕士学位论文，陕西师范大
　　学，2007 年。

朱迎平：《宋代题跋文的勃兴及其文化意蕴》，《文学遗产》
　　2000 年第 4 期。

后　记

本书由我的博士学位论文修改而成。我对中国古代文论的正式接触始于《河岳英灵集》陶翰评语疏证。在硕士学习阶段，通过对几部明代散文总集的阅读，我对题跋这一文体产生了浓厚的兴趣。题跋文体制灵活而内容丰富，往往能够折射出中国古代文人所秉持的传统文化追求与精神境界。而有明一代又是中国古代文体学理论成就非常突出的历史时期，于是在博士学习阶段我便以明代的题跋文体观念为题，来展开论文的写作。

之所以选择文体观念为核心论题，初衷是试图将中国古代文学史研究与中国古代文论研究有机结合，继而弥补此二者在方法论上的一些"裂痕"。中国古代文学史研究更强调还原文学创作的客观历史状况，而中国古代文论研究则格外重视把握理论范畴、建构话语体系。偏废一方，便极易落得"不重文献"或"不讲理论"的责备。具体至文体学研究来讲，既关注批评家在选本辑录过程中表现出的文体偏好，也兼顾文人在实际创作、文体应用过程中所反映出的文体观念，或许可以更为客观地还原在某一历史阶段中文体使用的真实状况。其实文体观念的研究与文学思想史研究的方式有颇多相似之处。

遵循该种研究思路，我对明代文人的题跋文作品进行了大量阅读。首先是对现存的明代总集选本进行搜集和阅读，从二百多部总集中挑选出辑录题跋文的五十余种选本，并针对这些收录题跋的总集做出选文标目的归类。而明人总集规模庞大，以上种种工作已耗费大量时间，因而一些存放于京外地区的孤本短时间内实在无暇顾及。其次是对明代重要题跋文作家别集的阅读。明人题跋作品数量之多，绝非几年时间便可通览及熟谙。我也只得依凭诸多选本的辑录线索，采取以点带面的方式，对明代题跋文学史进行宏观刻画。仍可细化之处希望今后还能有机会继续补充完成。

章学诚在《文史通义》中曾论及"求知之功力"与"成家之学术"的区别，认为"学不可以骤几，人当致攻乎功力则可耳。指功力以谓学，是犹指秫黍以谓酒也"。从纂集求知到著述为学，是学术研究必经的两个层面，也是我今后治学仍将继续追寻的目标。可我深知自己力有未逮，仍需补苴罅漏。中国古代文论与古代文学研究的往复求索，时常充斥着踟蹰不前与事倍功半的困境。突出问题意识而不堆砌文献，同时耕读原始材料力图贴近文学史实，这两者缺一不可又都实非易事。但无论如何，我仍以为本书的撰写对于文体学研究是一次有意义的尝试。比如近十年来刊发题跋文体观念研究的系列论文后，该论题得到了学界的关注，一方面是多篇论文有幸被《高等学校文科学术文摘》、中国人民大学复印报刊资料转载，另一方面是该论题的成果被学人引述或用以拓展研究。更值得关注的是，2018 年党圣元老师主持的国家社会科学基金重大项目"中国古代文体观念文献整理与研究"的立项。该项目广泛涉及中国古代文体观念的发展演变及其个案、中国古代文体分类观念及个案、中国古代辨体批评、出土文献文体形态与观念、中国古代文体观念重要理论范畴与关键词等诸多文体学研究的重要内容，是中国古代文体观念研究的集大成之作。而我能够参与其中，并将本书作为项目阶段性成果，这些都令我颇感欣幸。

以上种种想法及努力，都应归功于恩师党圣元先生的指教。在中国社会科学院文学研究所求学的六年间，我的每一点进步和收获，都离不开党老师的帮助。在学术研究方面，党老师一直引导我兼顾文献基础与理论建构的能力，提醒我在研究过程中要始终葆有问题意识。在生活中，党老师亦对我关心有加，直至毕业后的多年时间，还时常为我答疑解惑。党老师是中国古代文论研究领域的著名学者，为人正直诚恳，待人坦率热情，有许多优点值得我今后不断学习。此外，我还要诚挚感谢曾给予我莫大支持的学界前辈们，曾为我悉心授课的老师们。在此恕不一一提及，但这些恩情我都铭记于心。感谢曾为我编发论文的期刊编辑老师，以及中国社会科学出版社杨康老师。

回首经年，在多种人生角色中迁转，以致修订任务一拖再拖，今日小书终可付梓刊行，我感慨良多。感谢家人的全力支持！中国古代文人讲求"立德""立功""立言"

之"三不朽"传统。但亦有庄子"支离其德""入则鸣，不入则止"的思想境界影响后世。古代文人因儒道互补而构筑起健全的精神世界，自由出入于世间。从事中国传统文化研究，除却凭借研究以谋求自立，更可通过研究而澡瀹神气、提升品格，而这或许便是我撰著该本小书的最大收获。

左杨

癸卯年于北京